Mensch, 18 Jahre, sucht Zukunft

Jugendroman - auch für Erwachsene
Caroline Caspar

Bibliografische Information der Deutschen Nationalbibliothek: Die Deutsche Nationalbibliothek verzeichnet diese Publikation in der Deutschen Nationalbibliografie; detaillierte bibliografische Daten sind im Internet über http://dnb.dnb.de abrufbar.

© 2026 Caroline Caspar
Verlag: BoD · Books on Demand GmbH,
Überseering 33,
22297 Hamburg, bod@bod.de
Druck: Libri Plureos GmbH,
Friedensallee 273, 22763 Hamburg

ISBN: 978-3-7431-3897-1

Unser Wissen ist unsere Macht –
unser Nichtwissen ist die Macht
der Anderen!

Inhaltsverzeichnis

009 Heimkehr

017 Ellen

023 Gegen den Wind

032 Alte Muster

039 Verunsicherungen

048 Lehrreiche Eindrücke

064 Schlusspunkte

068 Lukas

096 Starker Abgang

118 Zeltlager

159 Mein Asyl

169 Tagebuch

301 Abrechnung

Vorwort

Unsere Welt und Umwelt ist unzweifelhaft in einem Besorgnis erregenden Zustand. Tatsache ist auch, dass viele Jugendliche, die ich im persönlichen Umgang eigentlich immer als angenehm erlebt habe, zutiefst verunsichert und misstrauisch sind. Es fehlt oft an Perspektiven für eine lebenswerte Zukunft und somit an Motivation. Die Gesellschaft ist durch Nachrichten von Komasaufen, das Konsumieren von zum Teil heftigen Drogen und einen Anstieg der Gewalt zu Recht alarmiert. Diese Probleme sind keine modische Zeiterscheinung, sondern eine Reaktion. Nur das Verändern der wahren Ursachen wird auf Dauer zu einer positiven Entwicklung führen.

Dieses Buch ist entstanden nach jahrelangen Beobachtungen und Gesprächen mit Jugendlichen und jungen Erwachsenen aus dem Kreis meiner Kinder und deren Freunden, weiteren Verwandten sowie Schülern und ehemaligen Schülern. Der Entschluss zu einer Verarbeitung in schriftlicher Form entstand u. a. aus der traurigen und verstörenden Erkenntnis, welch fatale Wandlungen oft Unbedachtheit, erlebte Gewalt und Ungerechtigkeit, fehlende Wertschätzung, fortgesetzt empfundene Demütigung und Sprachlosigkeit zur Folge haben.

Gesehen habe ich diese bei einer Vielzahl von jungen Menschen, in deren saubere, fröhliche und wahrhafte Gesichter ich noch einige Jahre zuvor geblickt hatte. Und ich weigere mich, diese Entwicklung als zwangsläufig und unabänderlich anzusehen. Ja, bei manchen ist vielleicht alles zu spät – aber warum ist das so? Einige mögen sagen, so ist das Leben. Ich aber halte es mit den Worten von Sophie: „Wenigstens einmal darüber nachzudenken könnte sich vielleicht lohnen!"

Da dieses Buch aus der Sicht der achtzehnjährigen Sophie geschrieben wurde, sind versöhnliche Worte kaum zu finden. Kinder und Jugendliche wollen keine Kompromisse. Wer sich auf die Schilderung und Gedanken der Hauptperson einlässt, wird manches Mal beim Lesen betroffen innehalten. Die Gespräche und Schilderungen im Kapitel "Zeltlager" beleuchten Kämpfe und Seelenzustände vieler junger Erwachsener.

Der Roman bietet aber vor allem die Chance, einzutauchen in Leben und Sinnsuche eines jungen Menschen, Verarbeitung und Bewältigung von Krisen und nicht zuletzt zu selbstkritischem Hinterfragen der eigenen Werte und Rückschau auf persönliche Träume.

Wobei es unerheblich ist, dass der Ich-Erzähler ein Mädchen ist. Im Kapitel „Tagebuch" werden Lebenswirklichkeiten mit den Mitteln der Logik aufgeschlüsselt und in Frage gestellt. Alles betrifft ebenso das männliche Geschlecht, da die meisten Aussagen die gesamte Menschheit im Blick haben.

Jugendlichen will er Mut machen, nicht zu resignieren, sondern das Leben anzupacken und sich Wissen anzueignen, um stärker zu werden, sich hörbar wehren zu können, die richtigen Entscheidungen zu treffen und ein möglichst unabhängiges, selbstbestimmtes Leben zu führen.

Zum Abschluss noch ein paar erklärende Worte zu der Gestaltung der Zeltlager-Gespräche: Ganz bewusst habe ich mich für Dialoge in ihrer tatsächlichen Form mit all ihren Besonderheiten entschieden. Dies geschah aus Gründen der Wahrhaftigkeit und nicht, um Personen oder Gruppen herabzusetzen – eher im Gegenteil! Oft schien mir genau in diesen Formen des Sprechens eine eigentümliche Genauigkeit der Schilderung und Eindrücklichkeit der Gefühlslage zu liegen.

Heimkehr

Ich hätte nicht hierherkommen sollen, hab mich mal wieder bequatschen lassen. Erst vor einer Woche bin ich mit meinem neuen, starken Selbstbewusstsein zu meiner – nicht „in meine" – Familie zurückgekehrt, aber unfassbar schnell bin ich wieder im Spinnennetz dieser ewigen Eltern-Kind-Sache gelandet. Zwar kann ich mich am Rand halten, aber es kostet gnadenlos viel Energie, diese anhänglichen, klebrigen Fäden los zu werden. Und es wird fleißig weitergesponnen!

Aber ich widerstehe tapfer allen Versuchen, mich wieder "auf Kurs" zu bringen. So nennen es meine Eltern, wenn ich mich unauffällig genug verhalte, damit es keine Diskussionen gibt, alles Unerfreuliche sorgsam ausgeblendet werden kann. Wie auch immer sie es angehen wollen, die Uhr kann nicht zurückgestellt werden. Die Veränderungen haben bereits stattgefunden, man kann sie nicht durch Leugnung ungeschehen machen. Wir sind keine Einheit, schon lange nicht mehr. Es ist aber dennoch möglich, anständig zusammen in einem Haus zu leben. Zumindest war das meine Hoffnung, wenn auch mit Zweifeln vermischt, als ich meinen Entschluss zur Heimkehr fasste.

Schon als ich nach meinem Handy griff, um meine Eltern von meiner Rückkehr zu unterrichten, befiel mich Unwohlsein. Eine Art unguter Vorahnung, dass meine Entscheidung eventuell übereilt gewesen sein könnte. Der Gedanke, es könne zu einer Wiederholung all jener Abläufe kommen, die in der Vergangenheit für so viele zerstörerische Stürme in meinem Kopf gesorgt hatten, beunruhigte mich. Zitternd wählte ich dennoch die Nummer, machte mir aber gleichzeitig bewusst, dass ich den Versuch, denn das war es schließlich, jederzeit abbrechen konnte, sobald dadurch Schaden entstehen würde. Mein Vater meldete sich am Ende der Leitung. Das war gut, denn er neigte nicht dazu, allzu viele Worte zu machen. Es reichte eine kurze Information, dass ich heute noch heimkäme und dann alles erklären würde. Wir legten gleichzeitig auf. Mein Herzschlag normalisierte sich langsam.

Vier Stunden später stand ich dann vor der Haustür. Ein abwandlungsfähiger Textentwurf im Kopf für die notwendige Aussprache gab mir die Sicherheit, dass zumindest der Auftakt gelingen würde. Meine Mutter öffnete, begrüßte mich freundlich und musterte mich misstrauisch. Offensichtlich suchte sie nach Zeichen der Verwahrlosung. Ich musste lachen. Im Wohnzimmer saß mein Vater in seinem Lesesessel, schaute kurz auf und faltete sorgfältig seine Zeitung zusammen. Ein kurzes "Hallo!", dann tranken wir Kaffee zusammen. Es war wohl an mir, das Gespräch zu beginnen.

Ich hatte mir meine Formulierungen sorgfältig überlegt. Klar, ehrlich, aber nicht so fordernd, frei von Ablehnung, einsichtig, keine langen Pausen. Jeder Einwurf meiner Eltern würde mich aus dem Konzept bringen.

„Also erst einmal hoffe ich, ihr habt euch nicht allzu viele Gedanken gemacht. Wie in meinem Brief stand, war ich erst einige Zeit auf einem Zeltplatz. Danach bin ich sozusagen als Untermieter in die Wohnung von Arianes Cousin Christoph gezogen. Der ist gerade in Australien. Also alles ganz ordentlich. Dort hab ich viel gelesen, gelernt und nachgedacht. Das hat mir eine Menge gebracht. Außerdem habe ich in einem Café als Bedienung gearbeitet. Diese Zeit hat mir gezeigt, dass ich sehr gut alleine für mich sorgen kann.

Das möchte ich auch hier so beibehalten: Um mein Essen, meine Wäsche und das Zimmer kümmere ich mich selbst. Ich bin nun zurückgekommen, um zu Ellens Beerdigung zu gehen und mein Abi zu machen. Auch das kann ich selbstständig regeln. Danach werde ich ausziehen und mir irgendwo ein kleines Zimmer suchen.

Und dann wollte ich noch fragen, ob ihr mein Zeugnis abgeholt und mich von der Schule abgemeldet habt?"

Lange Pause, meine Mutter sprach zuerst.

„Natürlich haben wir uns Sorgen gemacht, was denkst du denn? Du hättest dich ruhig einmal zwischendurch melden können, damit wir wissen, wo du bist. Ich wusste schon gar nicht mehr, was ich den Leuten erzählen soll. Und ich weiß auch nicht, warum du alles so kompliziert machst. Du isst natürlich mit uns. Ich kann das nicht leiden, wenn jemand anders in meiner Küche rummacht.

Das mit deinem Zeugnis haben wir erledigt. Das war ganz schön peinlich für uns. Aber du bist wenigstens versetzt."

Mein Vater ergriff nun das Wort. Ihm schien das alles ziemlich lästig zu sein. Außerdem war er wohl ziemlich enttäuscht von mir und meinem Verhalten.

„Also du willst über dein Leben selbst bestimmen. Wir werden ja sehen, wie weit du damit kommst. Gut, dass du wenigstens dein Abitur machen willst. Dann gehst du am besten morgen gleich zu deinem Direktor und klärst, wie das noch klappen kann. Du wirst dich für dein Verhalten entschuldigen müssen. Egal, wie du das findest, du bist hier nicht zu Besuch und wir sind auch kein Hotel. Das heißt, du musst dich einfügen, solange du bei uns lebst. Du kannst nicht unser ganzes Leben auf den Kopf stellen."

Mutter wieder:

„Und wenn die Nachbarn dich fragen, du warst im Schüleraustausch."

Auch wenn sich alles in mir dagegen wehrte, das würde ich tun, um meine Ruhe zu haben. Sie hatten mir schon wieder ganz schöne Grenzen gezogen, das musste ich für ein reibungsloses Miteinander wohl erst einmal so hinnehmen. Zum Teil verstand ich sie auch, weshalb ich dazu keinen Kommentar abgab. Aber es passte mir nicht, weil es ein ungeliebter Rückschritt war. Zum Thema Schule gab es doch noch etwas zu sagen.

„In diese Schule gehe ich nicht wieder zurück. Ich werde versuchen, noch

Unterlagen für ein externes Abi in diesem Jahr zu bekommen. Muss vielleicht eine Nachprüfung machen. So viel, wie ich gelernt habe, kann ich das schaffen. Was diese Angelegenheit betrifft, möchte ich nicht kontrolliert werden: Ich muss mich ganz auf meine Aufgaben konzentrieren können. Sobald es wichtige Informationen gibt, bekommt ihr die natürlich von mir.

Wenn ihr meine Unabhängigkeit in diesem Punkt nicht akzeptieren könnt, sollte ich vielleicht lieber nach einer Alternative suchen und nicht hierbleiben. Ich will einfach keine Streitereien und Diskussionen mehr."

Meine Mutter hatte schon wieder das große "P" für Panik auf der Stirn. Was sollen denn die Leute sagen? Nach dem Abi ausziehen ist normal, aber vorher geht gar nicht. Sie beeilte sich zu sagen:

„Oh Gott, nein. Du bleibst natürlich auf jeden Fall hier, bis du dein Abitur geschafft hast. Was das Lernen betrifft, lassen wir dich ganz in Ruhe. Halt dich einfach an die Regeln, dann gibt es schon keine Diskussionen."

„Ja gut. Ich mein ja bloß, falls das Zusammenleben für beide Seiten zu nervig wird, dann macht es keinen Sinn."

Natürlich gab es doch Fragen. Wie weit ich denn wäre mit dem Lernen, Ermahnungen, nicht immer nachts zu üben und vielleicht besser ohne Musik, Kritik an meiner Kleidung. Am unerfreulichsten waren Besuche von Nachbarn oder Bekannten, zu denen ich dazu gerufen wurde, um von meinem "Schüleraustausch" zu erzählen. Meine Mutter meinte, es sei einfach zu auffällig, wenn ich mich gar nicht blicken ließe. So sonderte ich höflich, aber möglichst knapp meinen Text ab und verschwand gleich wieder in meinem Zimmer. Noch nie hatte ich so viel am Stück gelogen. Das widersprach völlig meinen Grundsätzen. Aber weder wollte ich meine Eltern öffentlich bloßstellen, noch hatte ich Lust im Falle einer Richtigstellung noch länger mit diesen Leuten reden zu müssen. Ich nahm diese Einschränkungen hin bzw. beteiligte mich sogar daran, weil mir das als das kleinere Übel erschien, fühlte mich aber nicht wohl dabei.

Wirklich viel hatte die klare Ansage bei meiner Rückkehr also nicht gebracht. Sicher flüsterten sich meine Eltern abends in ihrem Zimmer hoffnungsvoll zu, das sei doch sicher nur so eine „Phase" mit der Selbstbestimmung. Besonders glücklich sind sie mit mir zurzeit bestimmt nicht, aber für ihr Glück bin ich als Kind auch nicht zuständig. Dafür müssen sie sich andere Inhalte suchen, die sie selbst beeinflussen können.

Vielleicht sollte ich mich jetzt einmal vorstellen: Ich heiße Sophie, bin mittlerweile 18 Jahre alt, habe im vergangenen Sommer völlig frustriert die Schule geschmissen und bin von zu Hause abgehauen. Mein Leben war mir unerträglich geworden. Die ständige Einschränkung meines Verstandes sowie die verzweifelten Fragen, welchen Sinn ich meiner Zukunft geben könnte, trieben mich zu diesem Schritt. Und ich bereue ihn keine Sekunde.

Ellen

Warum ich so ein finsteres Gesicht mache? Hallo! Vielleicht weil ich hier am offenen Grab einer früheren Freundin stehe und es in mir finster ist? Weil alle Erwachsenen so tun, als sei dies hier ein gesellschaftliches Ereignis? Sogar neu eingekleidet haben sich die meisten, stellen angestrengt Betroffenheit zur Schau.
Haben sie nicht gestern noch getönt, wie störrisch und unverschämt dieses Mädchen war? Wie ordinär und leichtfertig es sein Leben geführt hatte? Schon zu Lebzeiten hätte es ja den Eltern immer nur Kummer und Blamagen bereitet. Und jetzt noch diese Undankbarkeit - sich einfach umzubringen! Schon bemerkenswert dieser untrügerische Durchblick der scheinheiligen Gesellschaft. Wie sie sich selbst solch ein tragisches Geschehen so zurecht

basteln, dass Selbstzweifel oder Gedanken an eigenes Versagen gar nicht erst aufkommen können.

Sobald ich meinen Blick hebe, kocht der Zorn in mir hoch. Ich will die alle nicht sehen! Aber gehen kann ich jetzt nicht mehr, denn irgendwie fühle ich mich verpflichtet, Ellen hier zu verabschieden. Schuldgefühle habe ich auch. Je genauer ich mich erinnere, desto klarer wird mir, an einem Punkt habe ich sie genauso abgeschrieben wie viele andere hier.

Keiner der Anwesenden scheint sich zu fragen, wie es so weit kommen konnte, dass Ellen das Leben zu schwer wurde, um noch einen anderen Weg zu finden. Jedes Mitgefühl gilt den Eltern. Dabei hat dieser Vater, der jetzt gerade in Selbstmitleid zerfließt, seine Tochter in der letzten Zeit wie Dreck behandelt, während die Mutter immer nur wegsah. Auch depressive Verstimmungen rechtfertigen es nicht, sein Kind im Stich zu lassen. Vor Jahren noch war Ellen ein völlig anderer Mensch gewesen, fröhlich, voller Träume und Tatendrang, eine gute Schülerin.

So ungefähr im Alter von 14 Jahren musste ein Ereignis eingetreten sein, das Ellen von ihrem vorherigen Leben abgeschnitten hatte. Mir fiel das zum ersten Mal auf, nachdem ihre Mutter für mehrere Wochen zur Kur gefahren war. Ellen blieb in dieser Zeit allein mit dem Vater, der für seine Grobheit und Brutalität bekannt war. Es hatte öfter schon Gerüchte im Ort gegeben, er würde seine Frau schlagen. Aber das war vielleicht nur das übliche Geschwätz der Gelangweilten ohne jegliche Beweise und konnte genauso gut nicht stimmen.

Offensichtlich jedoch war in der mutterlosen Zeit etwas geschehen, das Ellens Selbstbild stark beschädigt hatte, denn sie fing an, sich auffallend zu verändern. Immer öfter kam sie zu spät zum Unterricht oder fehlte völlig, machte kaum noch ihre Hausaufgaben. Schlechte Klassenarbeiten blieben natürlich nicht aus. Auf die Ermahnungen der Lehrer reagierte Ellen nur mit Schulterzucken. Wir anderen verstanden das nicht, stellten ihr aber auch keine Fragen.

Ihre Art zu sprechen - falls sie überhaupt noch etwas sagte - hatte sich ebenfalls seltsam gewandelt. Ihre Worte klangen so nachlässig dahingenuschelt, kaum öffnete sie den Mund dabei, als wolle sie die Worte mit den Zähnen hindern, nach außen zu dringen. War doch einmal etwas verständlich, so hörte ich meist sehr abfällige Bemerkungen über alles und jeden, wozu Ellen entweder unglücklich ins Leere blickte oder aber in hysterisches Lachen ausbrach. Ich weiß nicht, was ich schrecklicher fand.

Irgendwie wirkte dieses Verhalten auch abstoßend auf mich. Und erst ihre Kleidung! Grau, lang, weit, zugeknöpft und oft auch nicht ganz sauber. Wie einen Panzer aus Stoffen hatte sie mehrere Lagen über sich gestülpt – auf eine äußerst unattraktive Art. Die Haare schien Ellen sich auch nicht mehr zu waschen!

Je klarer ich meine Rolle als bloßer Beobachter wahrnehme, desto schlechter fühle ich mich. Wir (ich) hätten mit ihr reden müssen, war doch allen klar, dass da etwas ganz schön schieflief. Stattdessen machte ich den Fehler, meinen Eltern davon zu erzählen und sie zu fragen, ob man nicht etwas unternehmen müsse, vielleicht das Jugendamt informieren über diese Verwahrlosung. Sicher sei Ellen Schlimmes zugestoßen. Die beiden hatten sich vielsagend angeblickt: „Nein, nein, da mischen wir uns nicht ein, das geht uns nichts an! Mit so was kann man in Teufels Küche kommen. Solche Verdächtigungen können ganz üble Folgen haben. Das ist sicher nur so eine Phase. Und jetzt lassen wir das Thema!"

Bei diesem einen Vorstoß blieb es dann. Es war auch klar, dass es hier nichts zu diskutieren gab.

An den Tuscheleien hinter vorgehaltener Hand hatte sich meine Mutter schließlich auch beteiligt, das hatte ich ja öfter schon mitgekriegt. Aber jetzt war es auf einmal nur eine „Phase"! Also lagen die Vorkommnisse doch nicht so im Dunkeln, dass man sie nicht hätte beleuchten können. Daran bestand jedoch offensichtlich kein Interesse. Leugnung und Verdrängung – das bewährte Rezept. Wie lange darf man schweigen, um keine Schwierigkeiten zu bekommen? Fängt nicht selbst das größte Unglück im Kleinen an? Hatte ich mich nicht auch aus der Verantwortung gestohlen?

Nach der 10. war Ellen dann von der Schule abgegangen und aus meinem Blickfeld verschwunden. Als ich sie ein paar Monate später zufällig wiedersah, hatte sie erneut eine erstaunliche äußere Wandlung durchgemacht. Die Haare blond gefärbt, stark geschminkt, auf hochhackigen Schuhen, den Körper in einen bemerkenswert kurzen, engen Schlauch gezwängt, erschreckte sie mich noch mehr als vorher. Ein knappes ablehnendes „Hallo!", das mich bewusst auf Abstand hielt, dann ein abruptes Abwenden sind alles, woran ich mich bei unserer letzten Begegnung erinnern kann.

Gegen den Wind

„Dieses sage ich Euch zum Trost: Gottes Wege sind unergründlich. Aber in allem liegt ein göttlicher Sinn, auch wenn wir (dummen, kleinen Menschen?) ihn oft nicht sehen und verstehen können." Dieser verlogene, allgegenwärtige Satz auf Beerdigungen reißt mich aus meinen Gedanken. Das ist mein Stichwort. Ich werde jetzt gehen, das halte ich nicht aus, ich kriege keine Luft mehr, mir wird schlecht.

Noch in der Drehung bemerke ich den Blick meiner Mutter und wende mich noch einmal um. Sie hat die Brauen hochgezogen, ihre Lippen sind ganz schmal geworden. Sie schüttelt den Kopf, nickt kurz in Richtung der Menschenmenge. „Ich gehe!", sage ich nur. Als sie darauf hin Schultern und Hände kurz hilflos anhebt, tut sie mir irgendwie leid. „Kein Stress! Ich komme nach Hause", füge ich deshalb noch schnell leise hinzu und hoffe, dass sie das beruhigt.

Endlich bin ich raus aus dieser unerträglichen Situation. Erst einmal tief durchatmen. Ich laufe vorbei an sauberen Bungalows und Einfamilienhäusern unserer Kleinstadt am Bodensee mit gepflegten Vorgärten, auf die viel Mühe verwendet wurde. Die wohl ausdrücken sollen, dass auch drinnen alles in bester Ordnung sei.

Es ist einer dieser trüben Tage, an denen ein Teil der Dunkelheit hängen bleibt. In vielen Fenstern ist schon Licht, in einigen Gärten blinken Lämpchen durch die letzten Schneereste. In den Räumen bewegen sich Gestalten, was mir zeigt, es sind Menschen dort. Aber das warme Gefühl meiner Kindheit will sich nicht einstellen. Das mag daran liegen, dass ich mittlerweile Schein und Sein voneinander trennen kann. Ich habe Unordnung, Gewalt und viel Leid hinter den Fassaden von Häusern und Menschen entdeckt.

Als ich klein war, fand ich diesen Anblick schön und beruhigend für mein schon immer aufgewühltes Temperament, fühlte mich sicher. Manchmal vermisse ich diesen Zustand. Wenige Schritte noch, dann bin ich auf dem freien

Feld, spüre scharfen Gegenwind, warte darauf, dass mein Hirn wieder leer gepustet wird. Meine Füße werden jetzt langsamer, die Gedanken rennen weiter.

Armer, bedauernswerter Gott – ich hoffe für ihn, dass er nur eine Projektion ist! Für alles, was schiefläuft, wird er verantwortlich gemacht. Und schon muss sich niemand mehr Gedanken machen über eine eigene Verantwortlichkeit. Wie praktisch! So kann man sich gemütlich im eigenen Leben einrichten, wenn doch eh nichts zu ändern ist. Was für ein Gottesbild ist das auch? Wie kann ein Sinn liegen in sadistischem Auswurf von Schicksalsschlägen, Gewalt, Kriegen usw.? Na ja, ich glaube ja sowieso, dass Menschen selbst schuld sind an dem Unheil, das sie verursachen. Eigentlich logisch – oder?

Diese Vorstellung eines uralten Überpapas, der auf der Wolke sitzt und straft und nur aus dieser Angst heraus seine Bedeutung erhält, die brauche ich nicht. Ein Vater reicht doch wohl vollauf! Mir jedenfalls! Für die Kirchen ist es natürlich praktisch, dieses Verständnis aufrecht zu erhalten. Inklusiv Himmel und Hölle können sie so ihre Macht festigen und ständig erweitern.

Wie hat man es bloß geschafft, so vielen Erwachsenen das freie Denken abzugewöhnen? Wo sind die Helden, wo die Vorbilder geblieben? Woran sollte ich mich orientieren? Es gibt wirklich keinen Menschen in meinem Umfeld, dem ich nacheifern möchte. Bei näherer Betrachtung entwickelt sich stets nur ein Gedanke: "So will ich nie werden!" Aber ich habe ja jetzt einen Plan für mein Leben, schriftlich, sozusagen als Gerüst zum Nachschlagen.

Ob ich das alles so schaffen werde, weiß ich nicht. Einreihen in das Heer der Gleichgeschalteten werde ich mich jedenfalls nicht mehr. Wie sehr der Wille zur Selbstbestimmung auf harten Widerstand trifft, habe ich am eigenen Leib erfahren. Gerade muss ich wieder an diesen Satz denken, den schon meine Großeltern gerne zitierten: "Nicht für die Schule, für das Leben lernen wir." Stimmt schon, aber wie und was wir dort lernen, ist doch meistens für das Leben nicht brauchbar. Viel eher vernichtet das System oft genug die Chancen kluger Köpfe auf eine gute Zukunft.

Vor allem geschieht das dann, wenn es unerwünscht ist, selber zu denken. Wenn die besten Noten an diejenigen verteilt werden, die alles nachplappern und hübsch auswendig lernen. Trittst du heraus aus der Reihe und hast eigene, andere Ideen, dann wirst du gnadenlos fertig gemacht und als

Querulant und Störer abgekanzelt. Und wehe dir, du bist auf einem Gebiet weiter oder intelligenter als deine Lehrer, dann beginnen diese Machtkämpfe, die nur ein Ziel haben: dich klein zu kriegen.

Du bekommst ihre ganze geballte Überheblichkeit zu spüren. Deine Beiträge werden so lange ins Lächerliche gezogen, bis du endlich selber glaubst, dass du eine Null bist. Zu diesem Zweck werden mit Vorliebe auch die Eltern einbezogen mittels kleiner Zettel mit dem beängstigenden Kurztext: „Wir bitten um ein Gespräch." Wie oft habe ich die mit nach Hause gebracht!

Auch spitze, halblaute Bemerkungen bei der Rückgabe von nicht so gut bewerteten Arbeiten werden gezielt eingesetzt, um dich vor gesammelter Mannschaft bloß zu stellen. Sehr motivierend! Dazu kommt noch, dass deine Mitschüler den Respekt vor dir verlieren durch solche Manöver und sauer sind, weil ein gereizter Lehrer die ganze Klasse nervt. Genau so hab ich`s mehrfach erlebt.

Nach jahrelangem wachsendem Zorn, Bauchschmerzen und Morgenübelkeit konnte ich meine dunkle Seite nur noch mit äußerster Selbstdisziplin unterdrücken. Allzu hell werd ich das jetzt nicht beleuchten. Ich bin froh, dass ich diesen Zustand hinter mir habe und mich nicht mehr vor mir selbst fürchten muss. Wer Ähnliches erfahren hat, weiß vermutlich, welche Phantasien ich da entwickelt habe, um Schmerz und Zorn zu übertönen und loszuwerden, die Gewalt meiner Peiniger mit Gegengewalt zu beantworten. Sie sollten fühlen, was ich fühlte – sollten begreifen, vielleicht sogar bedauern, was sie mir antaten.

Es braucht schon eine Menge, um einen friedlichen Menschen zu solchen Vorstellungen zu bringen. Doch je weiter sich diese entwickelten, desto mehr überkamen mich Zweifel. Ja sicher, es ging um meine Menschenwürde, die in der Schule fortwährend verletzt wurde. Aber kann man durch Unrecht sich sein Recht erstreiten? Hat man dadurch nicht sogar sein eigenes Recht verwirkt? Will ich wirklich eine weitere Steigerung von Gewalt, denn das wäre unzweifelhaft die Folge? Man musste das Rad doch stoppen und nicht immer weiterdrehen. Plötzlich fand ich mich widerlich, erkannte meine Gedanken als völlig verirrt und verbannte diese in die hinterste Ecke meines Gedächtnisses.

Aber der seelische Schmerz blieb mir erhalten und musste irgendwie bewältigt werden. Ich entdeckte, dass ich ihn durch körperlichen Schmerz unterdrücken konnte. Eine Zeitlang wandte ich die Methode erfolgreich an, indem ich mich mit Messern, Scheren oder kantigen Steinen verletzte. Das übertönte nicht nur, sondern härtete mich auch ab, sodass ich mit den Zuständen und dem Verhalten mir gegenüber, das sich ja nicht verändert hatte, besser umgehen konnte.

Diese Abhärtung führte jedoch keineswegs zu einer Gleichgültigkeit bezüglich der nach meiner Definition völlig falsch verstandenen Werte, die man unbedingt durchsetzen wollte und die man uns ständig vorbetete, als würde das Falsche jemals richtig durch permanente Wiederholung. Zum Beispiel das Betonen der Notwendigkeit von Disziplin, was zum Zwecke der Unterdrückung geschah, nicht um der Sache selbst willen.

Ja doch, ich halte Disziplin für wichtig. Aber eben nicht die künstlich durch Vorschriften, Verordnungen und auch oft Bequemlichkeit von außen aufgedrückte – meist entbehrt die eh jeder Logik – sondern eben Selbstdisziplin, die einen in die Lage versetzt, schwierige Situationen auszuhalten, um etwas zu erreichen.

In diesem Zusammenhang fallen mir noch zwei andere Begriffe ein, die dringend genau definiert werden müssen, weil sie von den Erwachsenen meistens falsch eingesetzt werden: „Respekt" und „Konsequenzen".

Wenn Respekt lautstark gefordert wird, so meist in Form einer Drohung, die nichts anderes meint als jede Form von Widerstand aus Angst vor Bestrafung sofort einzustellen. „Ich erwarte mehr Respekt von dir, sonst…!" Die richtige Bedeutung ist jedoch Anerkennung der Würde und /oder Autorität des Anderen, Achtung vor dem Gegenüber. Hieraus ergibt sich, dass man sich Respekt verdienen muss, nicht einfach verlangen kann. Außerdem ist das für mich eine Sache der Gegenseitigkeit. Sind weder Würde noch Autorität vorhanden, wird`s richtig schwer mit dem Respekt. Dann wirkt eine solche Forderung einfach nur absurd und es wird unmöglich, ihr nachzukommen.

Dann der Begriff Konsequenzen, der in der Schule neuerdings als Umschreibung für Bestrafung benutzt wird, wohl um eine Art von Folgerichtigkeit vorzugaukeln. Es gibt zwar auch strafrechtliche Konsequenzen, aber es soll ja wohl hoffentlich nicht eingeführt werden, Schüler für ihre Streiche oder Verweigerungen schon zu kriminalisieren.

Wahre Konsequenzen sind Folgen des eigenen Handelns, meiner Entscheidungen in einem weit größeren Rahmen, die sowohl positiv als auch negativ ausfallen können. Schließlich macht es auch inhaltlich einen Unterschied, ob ich durch aktives Handeln ein begangenes Unrecht wieder gutmache oder ob ich die Schulordnung abschreibe. Oh Mann, es wird ja schon dunkel, und wenn ich mich nicht schleunigst auf den Heimweg mache, wird es als Folge wieder Ärger geben.

Alte Muster

Als ich drei Stunden später ziemlich abgehetzt und mit schlechtem Gewissen das Haus betrete, in dem ich nun wieder vorübergehend wohne, herrscht eine angespannte Stimmung. Meine Mutter streckt den Kopf aus der Küche und fragt vorwurfsvoll:
„Warum kommst du so spät?"
Bevor ich mich entschuldigen kann, knurrt mein Vater aus dem Hintergrund:
„Wir essen um sechs, das weißt du genau. Wenn es hier nach mir ginge, würdest du hungrig ins Bett gehen!"
Na dann eben keine Entschuldigung.
„Ihr könnt essen, wann ihr wollt. Das ist doch nicht abhängig von mir. Oder habt ihr die letzten Monate auf Essen verzichtet?"
Ich will am liebsten ganz schnell in meinem Zimmer verschwinden und stürme

die Treppe hoch, aber die Stimme meiner Mutter ruft mich zurück:

„Komm, lass uns reden!"

Ja, vielleicht sollten wir das wirklich tun, wir müssen schließlich noch eine Weile miteinander auskommen und ständiger Streit kostet mich zu viel Kraft. Also setzte ich mich zu ihr in die Küche.

„Ich hab mir so gewünscht, dass alles wieder gut wird, jetzt, wo du zurück bist. Aber du bist immer kurz vorm Explodieren, das versteh ich nicht. Hoffentlich ist diese Phase bald vorbei, damit hier wieder Ruhe einkehrt. Kannst du denn nicht ein bisschen Rücksicht nehmen? Komm, iss was und beruhige dich."

Aufseufzend schiebt sie mir einen Teller Spaghetti herüber. Schon wieder dieses Wort! Ich bin in keiner Phase: Mein Leben, meine Anforderungen haben sich grundsätzlich gewandelt, denke ich, während ich esse. Und Rücksicht nehmen auf die elterlichen Gefühle, die ja nicht die meinen sind, eher in krassem Gegensatz zu diesen stehen, fällt mir einfach schwer, solange ich noch diesen Zorn in mir habe. Ihre geballte Erwartung, alles schnell wieder vergessen zu können, stresst mich.

Das Essen verschafft mir etwas Zeit. Ich muss mir gut überlegen, was ich antworte. Wenn die Worte einfach so aus mir heraus rollen, wird es immer zu verletzend. Irgendwann ist jeder noch so große Teller leer.

„Eigentlich ist doch alles gut soweit.", beginne ich. „Schau mal, ich habe doch ganz klar gesagt, wie ich mir das hier wieder vorstellen kann. Wie eine WG eben. Mein Zimmer, meine Wäsche mache ich auf jeden Fall selber. Für mein Essen könnte ich auch alleine sorgen. Mit der Schule das werde ich auch selbst regeln. Ich habe wirklich alles gut vorbereitet. Eigentlich könntest du deine ewige Sorge jetzt mal abschalten. Ansonsten arbeite ich für meine Nachprüfung, mach mein Abi so schnell wie möglich. Danach ziehe ich aus, gehe meinen Weg. Was weiter wird, ergibt sich schon. Wenn das so funktioniert, gibt`s auch keine Spannungen mehr."

Meine Mutter runzelt kaum merklich die Stirn. Da kommt noch was, sie will jetzt mehr.

„Du stellst dir das alles so einfach vor. Das ergibt sich, von wegen ergibt sich! Da musst du schon auch selber was tun. Studieren, wenn du schon Abitur hast. Man muss ja auch genug Geld verdienen, um sich was aufzubauen, eine Familie zu gründen und so. Es kann ja wohl nicht sein, dass du noch gar keinen Plan hast? Zeit genug zum

Nachdenken hast du dir ja schließlich genommen!", endet sie.

„Erst einmal muss ich für mich wissen, was sich überhaupt lohnt, aufgebaut zu werden. Es muss was sein, was diese Dreckswelt verändert und was ich vor mir selbst verantworten kann! Einen ungefähren Plan hab ich sehr wohl! Karriere werde ich jedenfalls nie machen, das kann ich dir gleich sagen und ob ich jemals eine Familie gründe, steht auch nicht fest. Jetzt fehlt ja wohl nur noch der Spruch von „Enkelkindern". Ich will auf keinen Fall so leben wir du und fast alle, die ich im Laufe der Zeit so kennenlernen durfte."

Besser halte ich jetzt den Mund, ich rede mich schon wieder in Rage. Langsam stehe ich auf, räume den Teller in die Spülmaschine, mache mich zum Rückzug bereit. Kopfschüttelnd schaut mir meine Mutter zu.

„Du warst immer so ein fröhliches Kind. Und du hast es doch auch gutgehabt, bist immer von uns beschützt und unterstützt worden. Schlechtes hast du doch gar nicht erleben müssen. Was hat dich nur so verändert? Wir haben doch auch immer darauf geachtet, dass du die richtigen Freunde hattest. Ich verstehe das einfach nicht."

„Ich weiß.", antworte ich noch im Hinausgehen. „Gute Nacht."

Mir geht es nicht gut, als ich in meinem Zimmer ankomme. Deprimiert lasse ich mich auf mein Bett fallen. Schon bereue ich es wieder, mich erneut, wenn auch mit klarer Abgrenzung, auf die angepasste Gesellschaft eingelassen zu haben. Die Gedanken kreisen unkontrolliert in meinem Kopf, bauschen sich auf, bilden dicke Knoten. Ich hatte das doch alles mit so viel Mühe geordnet.

Warum kann etwas, das logisch durchgeplant war, nicht einfach funktionieren? Das habe ich mir einfacher vorgestellt. Klare Ansagen, an die sich alle halten, und es läuft. Dachte ich. Bedeutet das nun auch, dass der ganze Lebensplan, der auf wahrhaft schmerzliche Weise entstanden ist, nichts taugt? Macht ein fehlerhaftes Teil zwangsläufig das Ganze unbrauchbar? Nicht wieder dieses Gefühl der Verwirrung, nicht noch einmal diese Verzweiflung, mit der ich ganz allein bin.

Langsam, unaufhaltsam, meldet sich nun das schlechte Gewissen, so wie es das von jeher tat, wenn ich ganz ehrlich zu meinen Eltern war. Sie haben dann diesen verwundeten, enttäuschten Blick. Ganz tief brennt er sich in dein Inneres ein. Alles in mir wehrt sich dagegen, eingesaugt zu werden in den Kreisel aus 17 Jahren Schuldgefühlen bei gleichzeitiger Lähmung von Gedanken und Handlungsunfähigkeit. Ich will lieb sein, ich will lieb sein, ich soll lieb sein, ich muss lieb sein - ich will nicht mehr lieb sein, nie wieder! Ihr habt mich enttäuscht - nicht umgekehrt! Ihr macht meinen Kopf kaputt, ich halte das einfach nicht aus!

   Also schlafen kann ich jetzt nicht, lernen funktioniert auch nicht in diesem Zustand. Mich überkommt eine furchtbare Angst, ich könne alles wieder verlieren, was ich mir so mühsam erkämpft habe. Es fühlt sich an, als würden meine sämtlichen Erkenntnisse gleichzeitig verblassen und schrumpfen. Der Puls rast, mir ist heiß, die altbekannte Übelkeit meldet sich zurück.

   Hastig reiße ich das Fenster weit auf. Anschließend beginne ich damit, die Möbel umzustellen. Es soll hier nicht mehr so aussehen, wie all die vergangenen Jahre. Bilder und Poster kommen ab. Alles, was mich an meine frühere Existenz erinnert, wird aus den Regalen geräumt. Diese Dinge entsprechen mir nicht mehr. Ich muss mich davon befreien. Langsam komme ich zur Ruhe. Im Zimmer herrscht nun kühle Sachlichkeit. Endlich werden auch meine Erinnerungen und Gedanken wieder klar und einigermaßen zeitlich gegliedert.

   Diese innere Ablehnung meiner Eltern ist bei mir ja nicht ganz plötzlich entstanden. Sie hat sich im Laufe der Jahre entwickelt durch die Erfahrungen und Beobachtungen, die ich gemacht habe. Ich erinnere mich sehr wohl an eine Zeit, als ich bedingungslos vertraute und zu ihnen aufschaute. Damals waren sie alles für mich. Und heute? Heute möchte ich nicht im Ansatz so werden wie sie. Niemals ein so oberflächliches, verlogenes, etabliertes Leben führen. Diese Wandlung habe ich als großen inneren Verlust erlebt, den ich den beiden extrem übelnehme. Aber am besten beginne ich von vorn.

Verunsicherungen

Ja, es gab da mal dieses fröhliche kleine Kind. Damals, vor einer gefühlten Ewigkeit, als es noch genügte, wenn es Sommer war, die Sonne schon morgens heiß vom Himmel brannte und ich den ganzen Tag im Freien und, was mir am liebsten war, am See herumstreunen konnte. Damals, als es ausreichte, wenn im Winter der Schnee in dicken Flocken aus den Wolken fiel und ich mit Schlitten und Skiern die Hügel und Berge hinunter sausen durfte. Damals, als die Nikolausstiefel prall gefüllt waren und unter dem leuchtenden Weihnachtsbaum viele bunte Päckchen auf das Auspacken warteten.

Aber auch zu dieser Zeit hatten sich schon Zweifel und viele Ängste in der Seele angesammelt. Verlustängste, drohendes Unheil, Gefühle der Hilflosigkeit und allgegenwärtiger Gefahr beherrschten die Nächte, wuchsen sich aus zu fürchterlichen Albträumen.

Was ist geschehen mit diesem kleinen Mädchen? Es hat immer genug zu essen gehabt, seine Kleider waren sauber. Das Haus war groß und gemütlich, dem Kinderzimmer fehlte es an nichts. Im Garten gab es ein Baumhaus und gleich hinter dem Gartentor breitete sich eine aufregende Wildnis aus mit Wiesen, Bach, Feldern, einem kleinen Wäldchen und einem Dickicht, das nur Kinder betreten konnten, um sich dort Höhlen zu bauen. Für schulisches und vorschulisches Lernen war alles Erdenkliche getan worden, die Freizeiten verliefen sinnvoll organisiert. Ach ja, und für die "richtigen" Freunde war gesorgt worden.

Offensichtlich hat das aber nicht genügt, um es zu einem fröhlichen großen Menschen zu machen. Seltsam, nicht wahr? Vermutlich sind diese Dinge ja gar nicht das Wesentliche für eine gesunde Entwicklung. Für meine Person kann ich jedenfalls berichten, dass mein Vertrauen erheblich beschädigt wurde und brutale Ängste einsetzten, als die Erwachsenen begannen, "sich selbst zu suchen". Viele Dinge drangen sicher aus Unaufmerksamkeit, Gedankenlosigkeit oder auch Unterschätzung des kindlichen Verstandes an mein Ohr – macht das für mich einen Unterschied?

Ich erinnere mich noch genau an das erste Mal, als ich meine Mutter zu einer Freundin sagen hörte:

„Gut, dass du Zeit hattest, ich muss mal wieder mit einem Menschen reden. Wenn ich immer nur mit dem Kind zusammen bin, fällt mir langsam die Decke auf den Kopf. Manchmal habe ich das Gefühl, mein Leben ist vorbei."

Der Stich in mein kleines Herz ist nicht zu beschreiben, jede Ohrfeige wäre gnädiger gewesen. Ich konnte doch nicht daran schuld sein, dass meiner Mama die Decke auf den Kopf fällt und sie stirbt. Stellt es Euch einfach bildlich vor, dann versteht Ihr.

Die Antwort der Freundin war ebenso eindringlich:

„Du musst dich einfach jetzt um dich kümmern, fahr doch an den Wochenenden einfach mal alleine weg, damit du frei durchatmen kannst und wieder zu dir kommst."

Hey, so eine Doofe, und wer kümmerte sich dann um mich? Außerdem war Mama doch bei sich, wo denn auch sonst?

Papa hatte sicher auch keine Zeit für mich, der musste ja, so hatte ich gehört, unbedingt den Stress von der Arbeit in verschiedenen Sportvereinen loswerden. Arbeiten musste er auch immer sehr lange, weil er es zu etwas bringen wollte und "Kinder viel Geld kosten". Deswegen sprachen wohl auch die Erwachsenen davon, sich Kinder "anzuschaffen". Ich bekam zum ersten Mal das Gefühl, dass Kinder etwas sehr, sehr Belastendes sind – dummerweise war ich eins.

Später kam noch die Sache mit Radio und Fernsehen dazu. Auch auf diesem Gebiet gab es eine Superplanung, an welchen Tagen ich wie viel Minuten von welcher pädagogisch wertvollen Sendung sehen durfte. Grundsätzlich nicht verkehrt, wäre nicht etwas Anderes völlig übersehen worden: Nachrichten! Auch meine Eltern sahen nicht viel fern, aber die Nachrichten waren ihnen sehr wichtig. Möglichst auf verschiedenen Kanälen aus unterschiedlichen Blickwinkeln, vervollständigt durch "Expertenaussagen", Augenzeugenberichte und zugehörige Diskussionen.

Hier sah ich Krieg, Blut, Explosionen, tote, verstümmelte und verhungernde Kinder, hörte von Katastrophen, Zusammenbruch, Vernichtung, schrecklichen Krankheiten, die sich auf der ganzen Welt ausbreiten würden. Sicher verstand ich nicht alles, aber an das verstörende Gefühl erinnere ich mich genau.

Das passte so gar nicht zu der heilen Welt mit Christkind, Zahn- und

Schnullerfee und manch anderen drolligen Gesellen, von denen ich vorgelesen bekam. Es gab sogar Eltern, die ihre Kinder totprügelten oder Mütter, die ihre Babys vom Balkon warfen oder in der Gefriertruhe einsperrten. Wenn so etwas wirklich geschehen konnte, dann war alles möglich.

Leider sprach niemand mit mir darüber, höchstwahrscheinlich bemerkten sie mich nicht einmal, während sie sich auf die Sendungen konzentrierten. Und wenn ich nachfragte, wurde ich entweder überhört oder bekam Erklärungen wie: „Das ist alles nur gespielt, das hat nichts mit uns zu tun." Oder: „Später. Das verstehst du noch nicht." Genau das war doch mein Problem – ich verstand es nicht! Dadurch waren meine Kopfbilder erst recht außer Kontrolle.

Ich bekam das Gefühl, ich würde belogen, denn schließlich wusste ich ja jetzt, dass keineswegs die meisten Menschen leise redeten, sich nicht stritten und immer vernünftig über alles sprachen. Gut, dass das sowieso nicht richtig gelang, hatte ich schon bemerkt. Zum Schluss hieß es meistens doch: „Das wird jetzt so gemacht, basta!" Manchmal fühlte sich auch einer der Erwachsenen durch ein Gespräch tödlich beleidigt trotz der samtweichen, leisen Worte und rastete dann völlig aus. Der war dann in den Erklärungswelten meiner Eltern ein bisschen krank. Dabei hatten sie wohl völlig ausgeblendet, welch ein Geschrei oft zwischen ihnen beiden herrschte, wenn sie dachten, ich schliefe.

Ohnehin glaubte ich das nicht. Ich fand es völlig normal wütend zu werden, wenn immer nur um alles drum rumgeredet wurde. Man haut nicht, schreit nicht, zerstört keine Dinge. All das kam mir nun schon etwas lächerlich vor, weil es ja offensichtlich doch getan wurde. Das Schlimmste aber war in all meiner Angst und Sorge das Bewusstsein, dass meine Eltern mir in schlimmen Situationen nicht wirklich würden helfen können. Sie waren nicht mehr meine Helden. Erstens weil sie nicht ehrlich waren, zweitens weil sie ständig alles total verdrehten, nur um nicht handeln zu müssen. Womöglich konnten sie es auch gar nicht, weil sie schwach waren. Für sie war immer alles völlig in Ordnung, oder vielleicht gaben sie das auch nur vor, während mir meine Eindrücke von der wahren Welt sehr bedrohlich erschienen.

Meine Fragen dazu wurden ebenso meist belächelt und verniedlichend beantwortet. So war irgendwann klar, ich würde selbst stark sein müssen, um mich den Gefahren der Welt stellen zu können. Da ich aber noch klein und schwach war und daher nicht genau wusste, wie ich das eigentlich anstellen sollte, fühlte ich mich ziemlich hilflos. Der einzige Lichtblick war mein Großvater, den ich allerdings nicht allzu oft sah, weil er sich mit meiner Mutter zerstritten hatte. Er hörte mir zu, beantwortete meine Fragen.

Natürlich war über dieser Angstschicht auch noch ein anderes, fröhliches, albernes, wissbegieriges Kind, aber die ersten Zweifel waren gesät, Furcht und Ungewissheit ließen sie stetig wachsen.

Ich wurde älter und wollte diskutieren über meine Meinungen, forderte Erklärung und Aufklärung. So viele drängende Fragen hatten sich aufgehäuft und ließen mir keine Ruhe. „Immer dagegen!", wetterte mein Vater oft genervt und strafte mich mit Nichtachtung, bei heftigeren Auseinandersetzungen auch mit gemeinen Verboten. Damit war das Thema für ihn erledigt. Mutter sendete Blitze in meine Richtung, weil ich die Stimmung verdarb. Sie zelebrierte Harmonie, während ich an meinen unausgesprochenen, abgewürgten Wahrheiten zu ersticken drohte, meine Fragen ohne jede Antwort blieben.

In meinem Kopf herrschte Nacht für Nacht ein fürchterlicher Tumult, ein unbarmherziger Kampf sich widersprechender Gedanken. Manche blitzten auf für einen kurzen Moment, schienen die Lösung zu sein, verschwanden aber sofort wieder und ließen sich nicht zurückholen.

Für Stunden saß, lag oder kauerte ich dann regungslos, um mich zu erinnern, suchte nach Fetzen und Inhalten, den Blick ganz nach innen gekehrt. Nur selten gelang es mir. Die Verzweiflung, vielleicht den einzig wahren Gedanken verloren zu haben, zehrte an meinen Kräften. Nichts ließ sich unter „erledigt" abheften, nichts ließ sich eindeutig ordnen. Ich drehte mich im Kreis. Gefangen in einem Labyrinth, aus dem ich ohne Anhaltspunkte unmöglich den Ausgang finden konnte. Zu viel – alles zu viel!

Ich weiß nicht, inwieweit meine Mutter oder mein Vater diese innere Zerrissenheit bemerkten. Ist auch nicht wichtig. Denn selbst wenn, löste das bei ihnen nicht den Willen aus, mir auf irgendeine Weise beizustehen. Sie wollten nur, dass es anders wäre, problemlos wie bei den unauffälligen Kindern der Nachbarn. Als ich für einige Zeit resignierte und völlig verstummte, waren sie erleichtert statt besorgt. Endlich herrschte wieder Harmonie!

Wenn meinen Eltern ihr ständiges unter der Decke halten zu anstrengend wurde und fürchterliche Streitereien die Nacht zerrissen, flüchteten sie – Mutter meist auf eine Insel, wo sie sich zu finden hoffte, während Vater mit den "Jungs" die verloren Zeit versuchte nachzuholen. Ungefähr zwölf war ich, als sie einfach voraussetzten, ich müsse das verkraften können. Ich jedoch fühlte mich einfach nur böswillig im Stich gelassen. Warum war es ihnen nicht möglich, die paar Jahre, bis ich wirklich eigenständig sein würde, für mich da zu sein, wenn ich sie brauchte?

Schließlich hat kein Kind entschieden, zur Welt zu kommen, sondern die Eltern haben das verursacht. Also kann man doch auch verlangen, dass sie sich für eine überschaubare Zeit der Verantwortung zu stellen, auch wenn nicht alles ist, wie sie sich das vorgestellt haben. Aber nein, stattdessen überfrachten sie uns mit ihren früheren Enttäuschungen, hohen Erwartungen und überzogenen Forderungen – das alles natürlich zu unserem Besten.

Lehrreiche Eindrücke

Andere Umgebung – die gleichen Machtspielchen: die Schule. Lächerliche Weisheiten, sinnleeres Eintrichtern von Wissen, Unterdrückung freien Denkens oder gar kritischer Fragestellungen. Ihre Waffen waren mächtig: Abwertung, Demütigung und nicht zu vergessen die Noten. Sie sprachen von Respekt und meinten kritiklose Unterwerfung. Wenn Ihr Respekt wollt, dann verdient ihn Euch!
Die Grundschule war noch locker, obwohl ab der dritten Klasse sowohl für die Eltern als auch die Lehrer nur noch die Noten zählten, die zum Gymnasium führten. War das wirklich so wichtig? Und wenn ja, wofür? Diese Fragen sollten mich später noch sehr oft beschäftigen. Beantworten musste ich sie mir selber, was auch sonst? Die Anderen denken doch für dich, also

sollst du auch keine Fragen stellen. Mach einfach, was dir gesagt wird!

Ab der 10. Klasse war ich bzgl. der Beurteilung in denjenigen Fächern, in denen es häufig um Meinungen, Interpretationen oder Visionen geht, was in höheren Klassen auch die Fremdsprachen betrifft, leider auf das - fehlende - Wohlwollen meiner Lehrer angewiesen. Das offene Formulieren abweichender Vorstellungen von der Welt und deren Zukunft wurden kommentiert mit süffisantem Spott und pseudo-pädagogischen, aggressiven Vorträgen. Dadurch wurde meine Klugheit demontiert und ich sah vor den Mitschülern reichlich dumm aus, was mich immer wieder sehr verletzte.

Die Funktion von Sprache und Ausdruck im Hinblick auf die jeweilige Situation, Aussage und Absicht des Gesagten war mir immer sehr wichtig. Gleichzeitig nerven mich Oberflächlichkeiten und leere Worthülsen ohne Aussage, lehne ich überflüssiges Gerede ab. So habe ich mir frühzeitig angewöhnt, reine Informationen kurz und knapp ohne schmückendes Beiwerk zu übermitteln. Handelt es sich aber um komplexe Zusammenhänge, deren Bezug zueinander und Abhängigkeiten voneinander wichtig für das Verständnis sind, dann wähle ich meine Worte sorgfältig und lasse kein Detail, das mir wichtig erscheint, aus. Hierbei vermeide ich weitgehend Fremdwörter und bringe Beispiele ein.

Bei solchen Erklärungsversuchen wurde ich immer wieder von meinen Lehrern unterbrochen und abgewürgt, was mich zunehmend frustrierte. Ein paar Mal versuchte ich vergeblich zu vermitteln, dass nur Halbwahrheiten dabei herauskommen, wenn nicht alle Aspekte eines Zusammenhanges geschildert werden. Sie meinten dann, so ausführlich müsse das nicht besprochen werden und ich übertreibe maßlos. Zudem überfordere ich meine Mitschüler durch meine Sprache. Schließlich sei ich noch keine Studentin und solle entsprechend meiner Rolle als Schüler in einem kurzen Satz auf Fragen antworten.

Wenn aber ein Satz nach meinem Verständnis nicht ausreichte, konnte ich nur noch schweigen und war völlig blockiert. Ich wusste, dass die Forderung falsch war und war doch zum Schweigen verdammt. Noch dazu hatte ich meine Ausführungen unterbrechen müssen, wodurch die restlichen Wörter und Sätze wie zerrissene Nebelschwaden in meinem Kopf umherzogen, ohne ihr Ziel zu erreichen. Meine Anstrengungen wurden nicht gewürdigt, ich war mal wieder lächerlich gemacht worden und der Rest der Klasse war zu Blödmännern degradiert worden. Aber nur einige Wenige schien das zu stören. Gesagt hat niemand etwas.

Heftige Zweifel quälten mich in der Folge. Konnte vielleicht alles, was ich als wahrhaftig und elementar wichtig ansah, völlig gegenstandslos sein? War mein Geist so verwirrt, mein Verstand fehlgeleitet? Aber im Inneren fühlte ich mich gleichzeitig überlegen, was mich noch mehr verwirrte und wütend und unsicher zugleich werden ließ. Wiederholt drängte sich mir der Verdacht auf, dass ich einfach nicht in diese Welt passte.

Meine Eltern zeigten ihre Enttäuschung über meine mittelmäßigen Noten deutlich und machten mir ständig Vorwürfe, malten meine Zukunft in düsteren Farben. Als Mensch war ich praktisch nicht mehr vorhanden, ich war nur noch mein Notendurchschnitt. Erklärungsversuche von meiner Seite wurden nicht zugelassen.

Oft kam es im Unterricht auch dazu, dass ich nachfragte, warum wir bestimmte Themen behandeln sollten, andere mittendrin abbrachen oder weshalb ein Mitschüler oder ich bestraft werden sollten. Dann erschien oft auf der Stirn der jeweiligen Lehrperson eine dicke rote Ader, es entstand eine Pause, dann wurde ich laut als ständig widerspenstig, respektlos und renitent zurechtgewiesen. Danach durfte ich dann wieder einen dieser kleinen Mitteilungszettel in den Rucksack stopfen.

Ich ließ es mir selten anmerken, aber solche Vorfälle waren mir nicht gleichgültig. Sie beschämten und verletzten mich in hohem Maße. Dabei hatte ich doch wirklich nur den Grund für bestimmte Maßnahmen verstehen wollen – völlig ohne Hintergedanken. Hätte man es mir erklärt, ich wäre sofort zufrieden gewesen und hätte mich bedankt.

Mir als Person schien ständig unterstellt zu werden, ich wolle die Lehrer in einen Fehler treiben, den ich ihnen anschließend vorhalten konnte. Handelt so jemand, der ein reines Gewissen hat? Ich war in gewisser Weise sicher unbequem, aber ist das ein Charakterfehler? Rechtfertigt das eine ungerechte Benotung als Echo oder gar als Erziehungsmaßnahme?

Beispiel: Meine beste Freundin Ariane war nicht sehr gut in Englisch. Also half ich ihr oft bei den Aufgaben. Schriftliche Texte formulierte ich, sie schrieb sie dann sauber ab. Also waren unsere Aufgaben bis auf eingebaute kleine Änderungen identisch. Regelmäßig wurden ihre Arbeiten mindestens eine Note besser beurteilt.

Auch die Beurteilung meiner Aufsätze und Interpretationen konnte ich oft nicht nachvollziehen. Natürlich wollte ich dafür eine Erklärung – die stand mir schließlich auch zu! Ein Aufsatz hatte die vorgegebene Überschrift: "Ein kleiner Klaps kann nicht schaden – oder?"

Es war mir schon klar, worauf die erwünschte Argumentation hinauslaufen sollte. Aber so einfach erschien mir der Sachverhalt nicht und ich bin noch jetzt davon überzeugt, man muss hier stark differenzieren, kann nicht einfach verurteilen. Ich begann also die Einleitung wie folgt:

<Bei der Beurteilung dieser Behauptung gilt erst einmal festzustellen, was noch ein kleiner Klaps ist, wo er landet, wie alt das Kind ist, mit welcher Absicht er ausgeführt wird und welchen Schaden das Kind davonträgt. Des Weiteren ist zu berücksichtigen, wie der Ausführende sich danach fühlt.>

Dann fuhr ich fort:

<Nach meinem Ermessen kann von einem kleinen Klaps nur dann gesprochen werden, wenn die Berührung zwar als Rüge wahrgenommen wird, aber nicht weh tut. Bei einem kleinen Kind kann solch ein Klaps auf die Hand sinnvoll sein, um eine Verletzung zu verhindern, wenn es zum Beispiel kurz davorsteht, auf eine

heiße Herdplatte zu fassen. Dann richtet er sicher keinen seelischen Schaden an. Ein Schlag ins Gesicht dagegen ist immer zu verurteilen, weil das als eine ungeheure Demütigung empfunden wird.

Fühlt der Erwachsene sich gut nach einem Klaps, so finde ich das bedenklich. Dann nämlich hat er sich am Kind lediglich abreagiert für etwas, das mit diesem selbst und dessen Verhalten eigentlich gar nichts zu tun hat. Das spürt ein Kind genau und es wird darüber verstört sein. Wenn er sich allerdings schlecht fühlt, sich Vorwürfe macht und das eigene Verhalten als grundsätzlich falsch erkennt, so kann er mit dem Kind, ganz gleich wie alt es ist, darüber reden, wie es zu der Handlung kam und sich dafür entschuldigen, was für das Verständnis sehr wichtig ist.>

Den restlichen Text lasse ich weg, der ist nicht mehr so wichtig und wurde auch nicht sonderlich kommentiert. Er beschäftigte sich in der Hauptsache mit der Aussage, dass man eigentlich grundsätzlich Kinder überhaupt nicht schlagen sollte, dass es gesetzlich verboten ist sowie mit der Geschichte der Prügelstrafe und deren Folgen für die Kinder und deren späteres Verhalten ihren eigenen Kindern gegenüber.

Die Einleitung wurde durchgestrichen – **am Thema vorbei** – völliges Unverständnis meinerseits. Das Gleiche beim größten Teil des ersten Abschnittes im Hauptteil. Letzter Satz zweiter Absatz: **schlechter Stil – Satz zu lang**. Großes Fragezeichen neben dem ganzen Absatz. Note 3-.

Bei meiner Nachfrage wurde ich darüber belehrt, dass es darum gegangen sei, sich entweder dafür oder dagegen zu entscheiden und dementsprechend zu argumentieren – kein sowohl als auch, das sei einfach falsch. Das Fragezeichen bedeute, dass sie nicht wisse, wie ich zu einer solchen Einschätzung käme, etwas Negatives könne nicht zugleich positiv sein und sie würde sich gerne mal mit meiner Mutter über meine Erziehung unterhalten. Aber weniger negativ könne es sich auswirken, gab ich zu bedenken. Darauf erhielt ich keine Antwort.

Dann versuchte ich noch zu erklären, dass ein Satz, in dem sich alles aufeinander beziehe, zwangsläufig so lang sein müsse. Man könne die fortlaufenden Gedankengänge nicht einfach durch einen Punkt unterbrechen, das vermindere die Wirkung. Ich bemerkte, wie sie schon wieder ungeduldig wurde, schwieg frustriert und ließ es dabei bewenden. In der Pause las ich mir alles noch einmal durch und kam zu dem

Schluss, dass es mir unmöglich wäre, meine Gedanken anders zu lenken oder auszudrücken. Allerdings war ich im Zweifel, ob das vielleicht an einer Art Unvermögen meinerseits liegen könne.

Bei Interpretationen wurde uns immer wieder das Lesen der Sekundärliteratur angeraten. Gelesen habe ich die auch, oft mit großem Interesse. Gelegentlich jedoch hatte ich in Bezug auf den Inhalt eines Buches eine völlig andere Wahrnehmung, fand andere Dinge wichtig und beurteilte einige Vorgänge und Handlungen völlig gegensätzlich.

Man sollte nun meinen, Lehrer wären begeistert, wenn einer ihrer Schüler neue Feststellungen macht und diese genau herleitet und beschreibt. Weit gefehlt – die Sekundärliteratur ist beinahe ein Dogma innerhalb der Lehrerschaft. Es ist lediglich gestattet, so man eine sehr gute Note haben möchte, das Gleiche in eigenen Worten ein wenig abgewandelt nachzubeten, evtl. noch einige Zitate einzufügen. Für mich ist das aber keine Interpretation eines Buchtextes, sondern lediglich ein Beweis dafür, dass man den Inhalt des Sekundärwerkes verstanden hat. So wird man zur Hochstapelei und zum geschickten Abschreiben erzogen – wenn man es denn zulässt – und zur

Vorspiegelung einer irrealen Persönlichkeit. Und man wird dafür auch noch belohnt – so lange, bis man gar nicht mehr weiß, wer man eigentlich ist. Aber die Noten stimmen! Bravo!

Die Missachtung meiner schriftlichen Arbeiten ging nicht spurlos an mir vorüber. So war ich ständig zerrissen zwischen der Wahrnehmung: "Ich kann alles, ich bin genial" und dem niederschmetternden Gegenteil: "Ich bin völlig unfähig und kann gar nichts!" Diese beiden Empfindungen kämpften erbittert gegeneinander, ohne dass eine von ihnen gewinnen konnte. Das fühlte sich gar nicht gesund an, war teilweise ungeheuer anstrengend und erfüllte mich in vielen Nächten mit ungeheurer Traurigkeit.

Ich habe in dieser ganzen Zeit auf dem Gymnasium nur zwei Lehrer erlebt, die an den Schülern wirklich interessiert waren und diese für ihr Fach begeistern konnten. Und diese beiden lösten bei den Kollegen nichts als Neid aus und waren ziemlich isoliert.

Einer davon war ein Mathelehrer, der mich zwar sehr für das Fach Mathematik an sich begeistern konnte, mein mathematisches Vorstellungsvermögen aber dennoch nicht über meine eigenen Grenzen hinaus steigern konnte. Aber ich bemühte mich nach Kräften und mochte den Unterricht. Dann war da noch die

Musiklehrerin, die uns so viele unterschiedliche Musikstile mit ihrem Enthusiasmus nahebrachte, dass Musik bald zu unserem heimlichen Hauptfach wurde. Für Chor und Schulorchester existierte sogar eine Warteliste.

Bestimmte Typen verursachten mir dagegen regelrecht Übelkeit:

Die hoch gebildete Deutschfrau mit Doktortitel – sie erging sich in Vorträgen über Ehre, Treue, Verantwortung und Größe der Romantik. Aber so oft es sich anbot, machte sie abfällige Bemerkungen über ihren Mann. Dabei versorgte sie uns mit Informationen, die wir gar nicht haben wollten. Kam ein neuer Referendar an die Schule, so flatterte und flötete sie frisch parfümiert durch die Korridore, drängte sich auf in einer Art, die an Eindeutigkeit nicht zu überbieten war. Dadurch wurde alles, was sie uns vermitteln wollte, für mich unglaubwürdig.

Der Französischlehrer – äußerlich lässiger Ökotyp mit Gesundheitssandalen und wenig Hang zur Körperpflege. Stets zu einem lockeren Spruch aufgelegt schwärmte er vom "savoir vivre" und der Leichtigkeit des Seins. Auf den ersten Blick ein sympathischer Mann, stimmt`s? Seine Aussprache war jedoch so grauenhaft, dass man bald kein Französisch mehr hören mochte, jedenfalls nicht seins. Diese vergleichsweise kleine Schwäche wäre aber noch hinnehmbar gewesen.

Sein wahres Gesicht jedoch, das sich in der Öffentlichkeit zeigte, deckte alles andere als eine einzige Inszenierung auf. Seinen eigenen Sohn behandelte er wie den letzten Dreck. Bei einem sommerlichen Flohmarkt musste ich das entsetzt erkennen: Zusammen mit diesem Sohn, vielleicht elf Jahre alt, hatte unser Lehrer einen Tisch mit altem Spielzeug, Büchern und Spielen aufgebaut. Ich konnte erkennen, dass der Junge sich von manchen dieser Gegenstände kaum trennen mochte. Heimlich und mit Tränen in den Augen versuchte er, einige Dinge wieder in seinen Rucksack zu packen. Der Vater bemerkte das und gab dem Jungen eine Ohrfeige.

„Hier habe ich das Sagen! Und ich sage, das brauchst du nicht mehr!", schrie er den Jungen an.

Reichlich verstört lief ich weiter. Dieser Vorfall ging mir nicht mehr aus dem Kopf. Ich hatte die Lust verloren, etwas zu kaufen. Hätte ich nicht etwas sagen müssen? Aber was? Als ich auf dem Rückweg wieder in der Nähe dieses Standes war – ich wäre ihm gerne ganz ausgewichen – hörte ich den Alten brüllen:

„Du Depp! Dafür hättest du das Doppelte kriegen können! Ich hab dir doch gezeigt, wie das geht! Kapierst du denn gar nichts? Das Eis ist jetzt gestrichen."

Nun hielt mich nichts mehr. Ich pflanzte mich vor dem Stand auf und zischte meinen Lehrer an:

„Für mich sind Sie gestorben! Wie kann man so unmenschlich mit dem eigenen Kind umgehen? Ihr Sohn kann einem nur leidtun."

Als ich meinen Eltern davon erzählte, waren sie außer sich. Nicht etwa, weil dieser Mann so gemein gewesen war! Nein, sie waren entsetzt darüber, dass ich mich „mal wieder" eingemischt hatte in Dinge, die mich nichts angingen. Auf die Frage hin:

„Dann sagt mir doch mal, was uns überhaupt etwas angeht. Was muss passieren, damit man sich einmischen darf?", wurde ich auf mein Zimmer geschickt. Am nächsten Tag erzählte ich allen Mitschülern und Freunden davon.

Unser Bio-Mann erfüllte so manches Klischee eines Studienrates im mittleren Alter. Salbungsvoll lief er stets ein paar Schritte hinter dem Direktor her und biederte sich an, um von ihm geliebt zu werden. Das Gleiche versuchte er auch – leider meistens mit Erfolg – bei den Schülerinnen. Da er ein sehr schöner Mann mit wallenden schwarzen Haaren war, meist einen auf Menschenfreund machte und zum Vertrauenslehrer gewählt worden war, konnte er bei den meisten Mädchen punkten. Außerdem hatte sich herausgestellt, dass man als Mädchen ihn nur ein wenig bewundern musste, um eine gute Note zu bekommen. Bei den Jungen glich er das dann wieder aus, die behandelte er eher schlecht.

Bald stellte sich heraus, dass er ein bisschen zu viel Menschenfreund gewesen war. Vielleicht hatte er den Begriff auch missverstanden. Jedenfalls tauchten Gerüchte auf, er habe mit zwei Schülerinnen ein Verhältnis gehabt. Er war aber verheiratet und hatte drei Kinder. Eines der beiden Mädchen – Skandal in der Kleinstadt - hatte eine ganze Nacht weinend und rufend vor seinem Haus gesessen und war schließlich von ihren Eltern abgeholt und in eine Klinik gebracht worden. Der Lehrer behauptete, das Mädchen habe sich auf Grund einer Schwärmerei völlig absurde Hoffnungen gemacht. Er habe diese Gefühle weder erwidert noch begünstigt.

Nun bin ich nicht blöd und weiß schon, dass es solche Schwärmereien gibt, bei denen sehr junge Menschen auch schon mal übergriffig werden. Ich weiß auch, dass es Erpressungen von

Lehrern gibt, indem mit unwahren Behauptungen bzgl. sexueller Belästigung gedroht wird für bessere Noten. Das kommt schon mal vor. Aber dieser Mann ging mit seinen Bemerkungen und Blicken bei einigen schon so weit, dass es für den Zuschauer peinlich war.

Bei Unterrichtsversuchen, deren Durchführung man längst beherrschte, wollte er trotzdem ständig mit Hand anlegen und kam einem unangenehm nah. „Damit keine Fehler passieren." Na klar! Und immer, auch außerhalb der Stunden, suchte er die Nähe der weiblichen Schülerschaft und sonnte sich in deren Bewunderung.

Und dieses Mädchen war erst fünfzehn Jahre alt! Zehn Jahre später wäre es ihr sicher möglich gewesen, dieses Verhalten als Minderwertigkeitskomplex oder Midlife-Crisis einzustufen und innerlich auf Abstand zu gehen. Aber doch nicht mit fünfzehn. Da hätte wirklich er, der weitaus Ältere und Erfahrenere, den Stecker ziehen müssen. Vielleicht auch mit den Eltern sprechen sollen. Auch auf die Gefahr hin, dass sich die Gefühle darauf hin ins Gegenteil verkehrten. Aber dieser Verantwortung ist er nicht gerecht geworden. Lieber hat er diese fast noch kindliche Liebe für die Steigerung seines eigenen Selbstwertgefühls ausgenutzt. Also wer ist in dieser Angelegenheit der Schuldige und hätte die Konsequenzen ziehen müssen für sein Verhalten?

Letzten Endes ging das Mädchen von der Schule ab, verbrachte einige Zeit in der Psychiatrie, zog später mit ihren Eltern weg. Auf ihr lastete die Schande. Der Bio-Mann blieb an der Schule, es gab keine eindeutigen Beweise, keine Zeugen. Als Beamter konnte man ihn eh nicht entlassen, also wäre er höchstens strafversetzt worden, um dann auf einem anderen Gymnasium so weiter zu machen. Ich hatte zumindest zu keinem Zeitpunkt das Gefühl, er habe aus dieser Sache etwas gelernt.

Das sind nur ein paar Ereignisse, die es eigentlich unmöglich machen, vor einer dieser Personen Respekt zu haben und von ihr irgendetwas anzunehmen.

Schlusspunkte

Und dann rückte der Tag näher, an dem es mir endgültig reichte, in dieser Lehranstalt meine Lebenszeit zu verschwenden und seelisch und geistig immer weniger zu werden. Es kamen zu diesem Zeitpunkt mehrere Dinge zusammen: mein geliebter lebensfroher Opa, mit dem ich über alles hatte reden können – wir hatten oft heimlich telefoniert –, der mich immer wieder aufgebaut und meinen Widerspruchsgeist unterstützt hatte, war recht plötzlich gestorben. Das war ein wirklich harter Schlag für mich.
Auch die endgültige Trennung von meinem Freund Lukas, die schon länger in den Startlöchern stand, setzte mir zu. Höchstwahrscheinlich hatte der Tod meines Großvaters mir bewusst gemacht, dass das Leben jeden Tag vorbei sein

kann, man wirklich keine Zeit zu verlieren hat und man sich rechtzeitig von Ballast befreien sollte.

   Genau das würde ich tun. Ich verabredete mittags ein Treffen für den Freitagabend und warnte Lukas schon vor. Wir hatten schon länger nicht mehr miteinander gesprochen. Aufgrund unerfreulicher Ereignisse hatte ich den Kontakt seit Wochen verweigert. Irgendwie ging ich deshalb auch davon aus, dass er genau wie ich vom definitiven Aus unserer Beziehung überzeugt war. So kann man sich täuschen!

   Lukas hatte sich gut vorbereitet, um den erahnten Schritt zu verhindern. Er kam mit Blumen, wollte mich küssen, was ich aber abwehrte. Als hätte er das gar nicht bemerkt, erzählte er mir strahlend von "unserem" gemeinsamen Urlaub in Griechenland, für den er bereits die Route festgelegt und die besten Strände zum Surfen herausgefunden hatte. Er redete ohne Punkt und Komma. Mein versteinertes Gesicht schien ihn nicht im Geringsten zu interessieren oder aus der Fassung zu bringen. Die Szene erschien mir völlig absurd.

   Ungeduldig mit dem Fuß wippend wartete ich auf den Moment, an dem ihm die Luft ausginge. Endlich war er still. Eines hatte er erreicht. Ich fühlte mich schlecht und war nach dem

Redeschwall meilenweit von der Sachlichkeit in meiner Vorstellung entfernt. Ich musste mich schon ein wenig überwinden, ihm meinen Entschluss mitzuteilen. Aber ich hatte an dessen Richtigkeit keinerlei Zweifel. Als nach einem kurzen Nachdenken darüber, wie der Schnitt zu vollziehen sei, Empörung über sein ignorantes Verhalten in mir aufstieg, ging dann alles ganz schnell.

„Lukas, ich will unsere Beziehung beenden. Das funktioniert nicht mehr, nicht für mich. Es tut mir leid, wenn du das nicht so empfunden hast. Anders wäre es mir lieber. Aber mein Entschluss steht fest, versuch jetzt bitte nichts mehr!",
sagte ich mit bewusst fester Stimme.

Dennoch startete Lukas noch einen Versuch:

„Aber wir könnten doch in Ruhe noch einmal über alles reden. Vielleicht finden wir noch eine Einigung."

„Nein Lukas. Wir sprechen hier nicht über einen Vertrag. Wir reden über eine Beziehung, die zu Ende ist. Den wahren Grund kennst du."

„Aber du hast doch gesagt, du verstehst mich! Du wolltest versuchen, damit klarzukommen."

„Hab ich ja versucht. Aber ich habe meine Leidensfähigkeit überschätzt. Es gibt keine Diskussion. Akzeptier das bitte!"

„Aber lass uns doch…"

„Keine Diskussion!"

Meine Stimme wurde schärfer.

„Darf ich dich mal anrufen?"

„Nein, ich brauche jetzt meine Ruhe!"

„Können wir nicht Freunde bleiben?"

„Nein! Das will ich nicht! Freunde, denen ich nicht vertrauen kann, brauche ich nicht."

Ohne auf weitere Einwände zu warten, drehte ich mich um und ging. Im Nachhinein war ich erstaunt und auch etwas erschrocken über meine Härte. Aber ein Schnitt ist ein Schnitt - vorbei ist vorbei. Wozu dann noch viele Worte machen, die doch zu keiner anderen Entscheidung führen? Zwei Querstraßen weiter setzte endlich die erwartete Erleichterung ein. Ich lief singend nach Hause.

In der folgenden Nacht setzte tiefe Traurigkeit ein über das, was ich verloren hatte. Daran änderte auch die Tatsache nichts, dass es eine Illusion gewesen war. Ich fühlte mich leer, entsetzlich allein und weinte mich in den Schlaf.

Lukas

Ihr wisst ja noch gar nichts über Lukas und mich – außer dass unsere Geschichte ein Ende hatte. Sie hatte aber auch einen Anfang, einen sehr schönen Anfang. Diese Episode – ich wünschte, ich hätte einen anderen Ausdruck dafür – hat mir so richtig klar gemacht, wie schnell auch ich fremdgesteuert werden kann und bereit bin, mich selbst zu verleugnen, um an einer Situation festzuhalten, die ich so nicht gewollt habe. Davon will ich nun erzählen:

Lukas begegnete mir zum ersten Mal an einem Dezemberwochenende bei einem Snowboardwettbewerb in Sölden. Ich bin eine sehr gute Snowboardfahrerin und an den Wochenenden im Winter und während der Weihnachtsferien auf der Piste, seit ich 13 Jahre alt bin. An diesem Wochenende war viel Neuschnee vorhanden, die Sonne schien von einem wolkenlosen Himmel, wir hatten drei tolle Tage vor uns, die Snowboardzicke – Verzeihung: Snowboardkönigin – Elisabeth war verhindert und die Stimmung in der Gruppe war großartig.

Wir trafen gerade die letzten Vorbereitungen für das erste Rennen, als ich ein mitreißendes Männerlachen hörte. Als ich mich umdrehte, sah ich einen fantastisch aussehenden Jungen mit dunklen Haaren, dunklen Augen und einem weißen Wolfsgebiss auf einem Schneehaufen stehen und Reden halten. Verstehen konnte ich nichts, aber es musste sehr komisch sein, denn alle bogen sich vor Lachen.

Ich muss gestehen, er gefiel mir sehr, von Anfang an. Sein lässiges, selbstbewusstes Auftreten, der provozierende Blick, dazu noch eine athletische, durchtrainierte Figur – dieses Gesamtbild prägte sich mir tief ein. Plötzlich war da ein Mischgefühl von gewaltiger Aufregung und zugleich absoluter innerer Ruhe – sehr angenehm.

Eigentlich hatte ich bis zu diesem Tag kein großes Interesse an einer Liebesgeschichte gehabt. Bisher hatte ich immer Wert darauf gelegt, mit den Jungen freundschaftlich umzugehen, das war viel lustiger und verhinderte Komplikationen. Vieles, was ich dabei erfuhr, bestätigte mich darin, keine engere Beziehung einzugehen. Es war klar, dass man dabei nur verlieren konnte. Als Freund konnte man jedem von ihnen blind vertrauen. In einer Beziehung aber sahen sie alle nur ein Machtspiel, in dem jeder unbedingt die Oberhand gewinnen wollte. „Wenn die Mädels dich erst mal am Haken haben", da waren sie sich einig, „dann nehmen sie dich in Haft, da hast du keinen eigenen Willen mehr und dein Geld ist auch bald weg." Es kann natürlich auch am Alter der Jungen gelegen haben, aber diese Einstellung fand ich ziemlich abstoßend.

Also Sex hatte ich schon einmal – aber nur einmal. Es war nicht die Offenbarung, eher das Gegenteil. Wir feierten einen wilden Geburtstag bei einer Freundin zu Hause mit viel Alkohol. Die Eltern waren verreist, was meine Eltern allerdings nicht wussten. Ich war 16, durfte zum ersten Mal lange weg. Irgendwann landete ich mit einem ganz niedlichen und auch sehr betrunkenen Jungen in einem Gästezimmer. Laute Musik dröhnte durch das Haus bis zu dem Zimmer, wir waren sehr ausgelassen.

Es geschah dann eigentlich mehr aus Neugier als aus Verlangen, jedenfalls kann ich das für mich sagen. Es war nicht schön, eher anstrengend und bemüht. Wir verhedderten uns in den weggezerrten Kleidungsstücken. Das heftige Keuchen des Jungen störte mich, das war mir alles zu eng, zu nah.

Als es vorüber war, fühlte ich mich erleichtert. Der zweite Gedanke war, dass ich mir das hätte sparen können. Ich richtete meine Kleidung, blickte auf meine Uhr, es war Zeit zu gehen. Der Junge war eingeschlafen. Sicher konnte er sich am nächsten Tag an nichts erinnern. Hoffentlich hatte ich auch so viel Glück, dachte ich noch beim Hinausgehen.

Hatte ich nicht. Das war kein One-Night-Stand, das war ein ausgewachsener Fehltritt gewesen. Der Kater von diesem Erlebnis dauerte länger an als der vom Alkohol. Es fühlte sich nicht gut an. Man darf niemanden so nah an sich heranlassen, wenn keine echten Gefühle im Spiel sind, so viel wusste ich jetzt. Das würde mir nicht noch einmal passieren. Abgehakt, Lehre draus gezogen, vergessen.

Zurück zu Lukas. Ein wilder Kerl, er ging mir nicht mehr aus dem Kopf. Ab und zu blickte ich mich zu der Gruppe der jungen Männer um. Dabei traf mich blitzartig sein breites Lachen. Also beobachtete er mich auch. Ich bemerkte, dass alle Mädels ihn anhimmelten, aber er schien nur mich zu sehen. Das tat mir gut, ich genoss es. Manchmal konnte ich seinen Blick auf meinem

Hinterkopf fühlen. Ein bisher unbekanntes, aber angenehmes Gefühl aufsteigender Hitze breitete sich in meinem Körper aus. Ich hätte gern seine Nähe gesucht, aber ein leiser Warnruf, wie ein Signal bei aufkommender Gefahr, hielt mich davon ab.

Auch mein Stolz sorgte dafür, dass ich den ganzen Vormittag über ganz bewusst den Abstand zwischen uns beibehielt. Genau so viel, dass er mich gerade noch sehen konnte, wenn er es denn wollte. Ich war so aufgeregt und leicht überdreht.

Dann begannen die einzelnen Wettbewerbe, was äußerste Konzentration erforderte. Alle anderen Eindrücke mussten ausgeschaltet werden. Drei Stunden später waren die Rennen beendet und die Sieger standen fest. Lukas war der beste beim Parallelslalom, ich hatte einen dritten Platz ergattert. So landeten wir bei der Siegerehrung beide auf dem Stockerl, er ganz oben, ich rechts außen – nacheinander natürlich. Ich freute mich, als er mir zujubelte, obwohl er mit seinen lauten Pfiffen etwas übertrieb.

Bei den anschließenden Musik-Acts standen wir plötzlich dicht nebeneinander. Blitz und Donner – Magen im Schleudergang! So fühlte es sich an, als sich unsere Schultern kurz berührten. Ich wunderte mich darüber, dass solch ein leichter Körperkontakt überhaupt durch die dicke Bekleidung hindurch spürbar war, aber nur kurz. Er sah mich mit einem offenen Blick an, zeigte wieder seine beeindruckenden perfekten Zahnreihen und lachte.

Dann packte er mich bei den Schultern und schob mich langsam vor sich her. „Sophie, ich bin Lukas und wir gehen jetzt zusammen zum Essen", waren seine Worte und ich ließ mich ohne zu zögern aber ein wenig zittrig leiten. Meine Mädels blickten erstaunt und winkten mir dann lachend zu. „Hau schon ab und amüsier dich!", hieß das wohl.

Wir redeten mehr als wir aßen, der Appetit war trotz des anstrengenden Tages nur gering. Jeder schilderte sein bisheriges Leben in einem Schnelldurchlauf. Daraus entwickelte sich bald eine Mischung aus Vertrautheit und großen Erwartungen.

Ich wusste also nun, dass Lukas in den Schweizer Alpen aufgewachsen war, 24 Jahre alt war, keine Geschwister hatte, eine Zwergenschule besucht hatte, die im Winter am besten mit Schlitten oder auf Skiern zu erreichen war. Überhaupt war er immer gerne zur Schule gegangen. Darum beneidete ich ihn richtig. Seit zwei Jahren lebte und studierte er in Freiburg Sport und

Anglistik, konkrete Pläne für die Zukunft hatte er noch nicht. Am liebsten würde er nur professionell Snowboard fahren.

   Er sah seiner Zukunft ohne Sorgen entgegen nach dem Motto: „Irgendwas geht immer". Seine Unbeschwertheit faszinierte mich, seine Nähe fühlte sich gut an, ich war plötzlich eine andere, eine leichtere Sophie, die ich so noch nicht kannte, die ich aber viel lieber mochte. Ob ich das in diesen Worten dachte, glaube ich nicht, aber im Rückblick kann ich es nicht besser beschreiben.

   Es hielt uns dann nicht länger auf den Plätzen. Lukas schnappte sich seinen Rucksack, zog mich an der Hand nach draußen. Wir rannten durch die Dunkelheit weit von den Häusern weg auf einen Hügel. Je länger wir uns dort bewegten, umso heller wurde es. Ein halber Mond wühlte sich aus einer dicken Wolke heraus, der Sternenhimmel strahlte uns an. Das habe er mir zeigen wollen, sagte Lukas, während er ein großes Fernglas aus dem Rucksack zog.

   Lukas war ein richtiger Sterngucker. Er zeigte und erklärte mir voller Begeisterung alle Sternbilder, von denen ich nur den großen und den kleinen Wagen kannte, wobei ich mich heute nur noch an die Kassiopeia erinnern kann.

Sie war eine Königin aus der griechischen Mythologie, ziemlich eigensinnig und streitbar, die sich schöner fand als die Nymphen, wodurch sie deren Vater, den Meeresgott Poseidon, in Wut brachte und an den Himmel verbannt wurde. Diese Geschichte gefiel mir.

Ich entdeckte einen Sternenkindergarten, den Lukas Andromedanebel nannte. Bald, so sagte er, wolle er mit zusammen nach Namibia fliegen. Nirgends sei der Sternenhimmel so klar wie dort. Dann erzählte er noch viel von den einzelnen Planeten, die man mit bloßem Auge erkannte. Das konnte ich schon nicht mehr richtig aufnehmen.

Irgendwann riss die Erklärungsschnur, er umarmte und küsste mich stürmisch. Ich küsste zurück, schließlich lagen wir im Schnee. Meine Gedanken waren völlig ausgeschaltet, der Wunsch nach mehr wurde stärker. Aber erst einmal fror ich ganz schön. „Mir ist so kalt", flüsterte ich. Lukas lachte: „Ja, das ist der Hauch des Todes. Jetzt dauert`s nicht mehr lang."

Im nächsten Moment hatte er mich hochgerissen und trug mich ein Stück. Es wurde ernst. Wohin sollten wir gehen? Unsere Vierbettzimmer waren keine Option. Aber auch dazu fiel ihm etwas ein. Schließlich befanden wir uns im Keller, wo alle Skier, Boards und die

Skianzüge aufbewahrt wurden. Diese wurden für uns Unterlage und Decke.

   Dort verbrachten wir die Nacht, schliefen miteinander und ich fühlte mich fiebrig, schamlos, unersättlich, so voller Leidenschaft, gleichzeitig aber sicher und aufgehoben wie nie. Alles, einfach alles fühlte sich richtig an. Am frühen Morgen verabschiedeten wir uns bis zum Frühstück und schlichen uns in unsere Mannschaftszimmer. Die anderen Mädels wurden natürlich sofort wach. Wie ausgehungert stürzten sie sich auf mich, ich sollte sofort alles erzählen. Und ich berichtete ausführlich von all den Dingen, die ich laut aussprechen konnte.

   Noch eineinhalb verrückte Tage folgten, dann war das Wochenende vorüber. Ich war glücklich. Wir sahen uns an jedem freien Tag. Die kommenden Wochenenden verbrachten wir gemeinsam auf der Piste. An den anderen Abenden telefonierten wir lange miteinander. Mit jedem Treffen fühlte ich mich Lukas stärker verbunden. Die Schulzeiten waren viel erträglicher geworden, die negativen Bewertungen der üblichen Lehrer trafen mich nicht mehr. Ich hatte jemanden, der mich und meine Eigenheiten zu schätzen wusste. Für diese Erfahrung, die sich anfühlte, als stecke ich in einer eisernen Rüstung, war ich sehr dankbar.

Manchmal phantasierten wir über eine gemeinsame Zukunft und ja – ich konnte mir das durchaus vorstellen. Schließlich war ich total verliebt und wollte eh keinen Tag ohne Lukas sein. Das Wichtigste war gegenseitiges Vertrauen, in diesem Punkt waren wir uns einig, dachte ich jedenfalls. Und ich vertraute bedingungslos.

Als es langsam Frühling wurde – sehr früh in diesem Jahr - und die Wintersaison durch Schneemangel fast zu Ende war, besuchte Lukas mich eben zu Hause. Er wohnte dann bei einem Kumpel in einem Nachbarort, wo wir uns ganz ungestört treffen konnten. Die Zeiten nach Mitternacht verbrachte ich zu Hause, schon um unangenehmen Fragen meiner Eltern auszuweichen.

Eigentlich wollte ich die ganze Sache vor ihnen geheim halten, obwohl Lukas sie gerne kennengelernt hätte. Deshalb sollte er auch um die Ecke in seinem Auto warten, wenn er mich abholte. Aber an einem Samstagnachmittag stand er plötzlich mit einem großen Blumenstrauß vor der Tür. Er stellte sich vor als der Freund, den Sophie unterschlagen wolle, obwohl er doch so grauslich gar nicht sei. Meine Mutter musste lachen und bat ihn herein, ich fand es furchtbar peinlich. Nach etwa einer halben Stunde und einer Art Informationsveranstaltung konnten wir dann endlich gehen.

Meiner Mutter hatte Lukas gut gefallen, das konnte man deutlich sehen. Mein Vater war höflich, gab sich aber sehr zurückhaltend. Mir gefiel Beides nicht und ich machte Lukas Vorwürfe, weil er mich einfach überrumpelt hatte. Aber er schmetterte alles ab, lachte nur und meinte, es sei völlig normal gelaufen und doch auch sehr lustig gewesen. Ich sei viel zu empfindlich, was meine Eltern betraf. Da war sicher was dran und ich war auch schon wieder versöhnt, konnte ihm nie lange böse sein. Erstens weil er so völlig unbekümmert und frei von berechnenden Gedanken schien, zweitens weil ich Streit zwischen uns für Lebenszeitverschwendung hielt – damals.

Nach über zwei Monaten der gemeinsamen Einigelung hatte ich das Bedürfnis, mal wieder etwas mit meinen Mädels allein zu unternehmen. Als ich Lukas am Dienstag von diesen Plänen für das folgende Wochenende erzählte, war ich von seiner Reaktion vollkommen überrascht, fast schockiert. Seine Stimme klang rau und hart:

„Ich habe nicht damit gerechnet, dass du mich so schnell satt hast. Läuft das jetzt auf Trennung raus oder wie soll ich das verstehen?"

„Um Gottes Willen nein!", reagierte ich bestürzt, „Wie kommst du nur auf so eine Idee? Ich möchte nur gerne auch mal wieder Zeit mit meinen Freundinnen verbringen – ohne Jungs – nur wir allein."

„Na ja, ich habe dir ja nichts zu verbieten, aber ich registriere das schon genau. So solltest du mit mir nicht umgehen. Ich dachte, du hättest dich für mich entschieden und wir verbringen unsere Zukunft zusammen. Und jetzt schließt du mich einfach aus. Da muss ich doch denken, dass du auch noch andere Geheimnisse vor mir hast. Kannst du dir eigentlich vorstellen, wie sehr mich das verletzt? Also wenn dir wirklich so viel an mir liegt, wie du gesagt hast, wenn du unseren gemeinsamen Traum und mich noch ernst nimmst, dann musst du dein Verhalten überdenken. So kann man keine ernsthafte Beziehung führen!"

„Ouh, ouh, ouh, das ist jetzt aber hart. Ich lieb dich und steh absolut zu dir. Aber eine Beziehung ist doch kein Gefängnis!"

„So siehst du das also, ich verstehe."

Aufgelegt – aufgelegt, bevor ich noch irgendetwas sagen konnte. Ich war sauer – ich fühlte mich im Recht! Lukas rief am nächsten Abend nicht an, auch nicht am übernächsten, auch am dritten Tag nicht! Alarm! Ich war unsicher, fühlte mich nicht mehr im Recht, vermisste unsere Gespräche. Aber ich hatte - noch - meinen Stolz und änderte meine Pläne nicht.

Es wurde so ein fröhliches Wochenende. Alle schliefen bei Ariane, deren Eltern mal wieder unterwegs waren. Es war laut und lustig. Wir alberten und blödelten herum, sprangen mitten in der Nacht nackt in den Pool und ich vergaß den Stress mit Lukas. Erst am Sonntag, als ich längst wieder zu Hause war, meldete sich mein schlechtes Gewissen. Vielleicht waren die Regeln bei einer Fernbeziehung wirklich anders, vielleicht hätte ich Lukas fragen müssen, anstatt ihn vor vollendete Tatsachen zu stellen.

Am Nachmittag hoffte ich noch, alles würde sich von selbst regeln. Je später es wurde, desto weniger Lust hatte ich auf weitere Mädelsabende. Das war es doch nicht wert, dass ich dafür meine Liebe aufs Spiel setzte, oder?

Es pochte und arbeitete in meinem Kopf. Ich dachte darüber nach, ob es wirklich die notwendige Konsequenz einer funktionierenden Beziehung war, dass sie einen so einengte, keinen Freiraum mehr zuließ. Gleich darauf fand ich mich ungerecht und undankbar. Konnte ich nicht versuchen, ein wenig auf Lukas zuzugehen und einfach glücklich sein? Das hatte ich doch eigentlich gewollt, also musste ich auch etwas dafür tun.

Um 22.00 Uhr konnte ich nicht mehr warten, ich wählte Lukas` Nummer. Es meldete sich eine Frauenstimme! War ich richtig bei Lukas? Er sei gerade duschen, sie sei Ingrid, ob sie etwas ausrichten könne? Ich legte auf. Das war doch nicht möglich! Die hatte sie doch nicht mehr alle, wie dreist! Wenn diese Ingrid aber gar nichts von ihr, Sophie, wusste? Dann hatte er sie nicht mehr alle. Toll, was sollte ich jetzt tun? Eigentlich wollte ich heulen, verbot es mir aber im nächsten Augenblick.

Zitternd rief ich zehn Minuten später noch einmal an, wollte jetzt wissen, was Sache ist. Am liebsten hätte ich natürlich gehört, dass das ein dummer Zufall gewesen war. Jetzt war Lukas am Apparat. Bevor ich ein Wort sagen konnte, ging er sofort zum Angriff über:

„Eigentlich bist du schuld, dass es so weit gekommen ist. Darüber solltest du sauer sein."

„Was soll das heißen, wie weit ist es denn gekommen? Kannst du mir das bitte mal erklären?"

„So weit, wie du sowieso schon denkst. Das war doch klar!"

„Dass du mich betrügst, weil du dich mal über mich geärgert hast, war klar? Was ist mit dem gegenseitigen Vertrauen? Ich glaub`s ja nicht! Die Verantwortung willst du mir also zuschieben. Und jetzt? Glaubst du, ich nehme das einfach so hin? Ich bin so enttäuscht von dir!"

Meine Stimme war immer leiser geworden, dann war sie ganz weg. Ich hatte einen dicken Kloß im Hals. Das musste doch ein böser Traum sein. Am anderen Ende der Leitung tat sich was, Lukas schwenkte um:

„Es tut mir so leid, ich wollte dich einfach verletzen. Aber das hat nichts mit meiner Liebe zu dir zu tun. Ich fühlte mich ja auch hintergangen, war total einsam und unglücklich. Du weißt, dass ich nicht gut allein sein kann, du darfst mich nicht noch mal in eine solche Situation bringen. Dann wird so was nie wieder passieren, glaub mir doch! Hilf mir jetzt bitte. Eigentlich wollte ich einfach nur die Zeit rumkriegen, bis ich dich wiedersehe."

Er klang ganz erbärmlich, ein bisschen bedauerte ich ihn auch aber ich war trotzdem sehr wütend.

„Ich werde dich ganz bestimmt nie wieder in eine solche Situation bringen. Dein Verhalten kann ich dir nicht verzeihen. Ich glaube, ich will dich nicht wiedersehen."

Das stimmte gar nicht, ich fing an zu weinen, Lukas hörte ich ebenfalls schluchzen.

„Aber ich hab dir doch gesagt, dass es mir leid tut. Ich schwöre dir, es kommt nicht mehr vor. Was muss ich denn machen, damit du mir glaubst, an uns glaubst? Alles was du verlangst, tue ich. Damit du vergessen kannst, uns noch eine Chance gibst. Ich war so blöd, das weiß ich jetzt. Aber jeder hat doch eine zweite Chance verdient! Sophie, bitte – lass es uns versuchen! Ich will doch nur dich! Gib uns nicht auf. Wir können noch so viele gute Zeiten haben."

Ich glaube, das war genau das, was ich hören wollte. In diesem Moment glaubte ich ihm, glaubte ohne Einschränkung. Er hatte einen Fehler gemacht, aber er bereute ihn so sehr. Und wir hatten doch so viel Schönes zusammen erlebt! Das wollte ich zurückhaben.

„Ich werde versuchen es zu vergessen, dir wieder zu vertrauen. Aber du musst mir versprechen, jetzt immer ehrlich zu mir zu sein – vorher, nicht hinterher."

„Du kannst ja schon wieder einen Scherz machen"

„Das war kein Scherz, das war bitterernst. Ich will mit dir zusammen sein, nur mit dir. Aber nicht um jeden Preis. Also versprich es mir!"
„Alles, alles, ich schwöre! Ach Sophie! Ich schwänze morgen die Uni und komme zu dir, O.K.?"
„O.K., also bis morgen."
Nach diesem Gespräch war ich total am Ende, fiel sofort wie tot in mein Bett und wurde erst richtig wach, nachdem der Wecker zum fünften Mal geklingelt hatte.

Als Lukas mich am nächsten Tag von der Schule abholte, waren wir uns noch etwas fremd. Wir sprachen alles noch mal durch – zum letzten Mal - und nahmen uns vor, es nun endgültig zu vergessen. Der Abend und die beginnende Nacht waren wirklich unfassbar schön. Alles war wieder gut, so schien es.

Wir beschlossen, in den Osterferien zum Surfen nach Gran Canaria zu fliegen, nur 245,- € für eine Woche. Das konnte ich von meinem Sparbuch bezahlen. Meine Eltern hätten bestimmt nichts dagegen, ich wurde ja bald achtzehn. Jetzt würde es sich auch auszahlen, dass sie Lukas schon kennengelernt hatten.

Ein paar weitere herrliche Wochenenden folgten, ein warmes mit nächtlichem Baden im noch sehr kalten See, eher kühle mit klaren Nächten zum

Sterne gucken und ein weiteres, an dem wir in der Morgendämmerung auf Hochsitze kletterten, um Wild zu beobachten. Und die Osterferien rückten immer näher.

Das Board hatte ich schon in meinem Zimmer stehen. Ich hatte es von Arianes Cousin Christoph leihen können, der gerade mal wieder einen stressigen Praktikumsplatz hatte und wahnsinnig viel Zeit investieren musste, um endlich mal eine Festanstellung zu bekommen. Da blieb kein Tag für Freizeitaktivitäten. Schon ganz schön traurig.

Eine Woche vor Ostern wurde plötzlich mein Opa krank und sollte sich einer komplizierten Herzoperation unterziehen. Damit hatten sich meine Surfpläne erledigt. Ich würde sicher nicht wegfahren, während mein Großvater in Lebensgefahr schwebte. Als ich Lukas das erzählte, spürte ich hinter Mitleid und Bedauern gleich wieder erhebliche Verärgerung. Aber nein, es sei ja völlig klar, dass ein Urlaub unter diesen Umständen nicht möglich sei, beruhigte er mich auf meine erregte Nachfrage. Aber ich fühlte mich verunsichert. Da war es wieder, dieses ungebetene, ungeliebte Misstrauen.

Eine SMS von Lukas am nächsten Abend, dass er nun mit ein paar Kumpels fahren würde, schon am Flughafen sei und ich auf seinen Anruf nicht warten solle, ich hätte ja jetzt sowieso keine Zeit für ihn, machte mich noch hellhöriger.

Den Rest der Woche beherrschte die Sorge um den Kranken unsere Familie. Nach der Operation, bei der es zu Komplikationen gekommen war, bezeichneten die Ärzte den Zustand meines Opas als stabil. Im Gegensatz zu meinen Eltern beruhigte mich diese Aussage nicht. Was bedeutet schon stabil, doch nur, dass sich gerade nichts verändert. Stabil auf welchem Niveau – kurz vor dem Tod oder leicht verbessert? Wie war die Perspektive?

Als ich den Chefarzt danach fragte, reagierte der ziemlich patzig und verweigerte mir jede Auskunft – Arztgeheimnis, na klar! Meine Eltern weigerten sich nachzufragen und verboten mir jede weitere Einmischung. Ihr Argument war, dass Opa einen engagierten Chefarzt brauche und keinen, der verärgert sei.

„Hallo, das ist ja wohl das Mindeste, dass ein Arzt engagiert ist, dazu hat er einen Eid geschworen! Sonst kann er seinen Kittel ja gleich in die Tonne treten. Ich bleibe jedenfalls hier und beobachte alles. Hört mir eigentlich noch jemand zu? Nein? Na ja, wie immer halt. Führ ich halt Selbstgespräche."

Durch die ganze Aufregung und das Handyverbot im Krankenhaus fiel mir erst nach zwei Tagen auf, dass Lukas sich kein einziges Mal gemeldet hatte. Ein leiser Verdacht meldete sich, wurde zunehmend aufdringlicher. Meine Telefonate kamen nicht durch, das Handy war offensichtlich ausgeschaltet. Am vierten Tag hielt ich es nicht mehr aus und rief seinen Freund Jens an, der sicher zu den „Kumpels" gehörte. Ich hasste mich dafür, in eine so unwürdige Situation gedrängt zu sein und Lukas hinterher zu spionieren.

Jens war gleich am Apparat und ja, er sei auch mitgeflogen zum Surfen. Der Wind sei fantastisch - was mich so gar nicht interessierte. Also Lukas sei gerade "draußen" und er wolle auch gleich wieder aufs Brett. Er würde ihm sagen, dass er mich anrufen solle. Als ich gerade auflegen wollte, hörte ich eine weibliche Stimme rufen:

„Lucki, komm jetzt, wir wollen doch los!"

Ich schmiss das Handy aufs Bett, als hätte ich mir daran die Finger verbrannt. „Ingrid!", schoss es durch meinen Kopf. Niemand außer mir durfte ihn Lucki nennen und das auch nur in ganz intimen Momenten – verdammt!

Ich konnte ihn mir förmlich vorstellen, wie er angewurzelt dastand, den

Zeigefinger auf den Lippen, und ganz blass geworden war. Nicht noch einmal diese Demütigung. So viel waren seine Worte also wert, so wenig war ich offensichtlich wert! Mir wurde schlecht. Was hatte ich jetzt wieder falsch gemacht? Als ich mich aus meiner Erstarrung gelöst hatte, liefen mir heiße Tränen über das Gesicht. Ich hatte gar nichts falsch gemacht – ich nicht, dachte ich trotzig. Dann war es, als sei jedes Gefühl für Lukas abgestorben, gerade wie mit der Schere abgeschnitten. Ich wurde ganz ruhig.

Jetzt musste ich erstmal wieder ins Krankenhaus. Das war wichtiger als alles andere. Gerade als ich das Haus verlassen wollte, um zum Bus zu laufen, klingelte mein Telefon – Lukas! Ich drückte ihn weg. Was hätte ich auch sagen sollen - es gab nichts mehr zu sagen. Eigentlich war ich nur noch genervt. Der Bus kam. Noch drei Mal drückte ich seinen Anruf weg, dann ging ich doch dran. Er klang bemüht fröhlich:

„Hallo, ich komme gerade von draußen, bin ständig am Surfen. Man muss die Zeit ja nutzen. Mein Handy nehm ich an den Strand nicht mit und dann war plötzlich der Akku leer und…"

„War das Ingrid?"

Keine Antwort. Ich musste wohl etwas lauter werden.

„War das Ingrid?"
Die anderen Leute im Bus sahen mich sehr interessiert an – egal.
„Wer?"
„Die Stimme, die dich gerufen hat, Lucki hat sie gerufen, du erinnerst dich?"
„Ja, ach das. Sie wollte so gerne mitkommen, aber es ist nichts passiert. Das glaubst du mir doch? Du bist doch meine liebste Sophie! Übermorgen bin ich wieder zurück. Dann komme ich gleich zu dir. Ich freue mich so auf dich!"
Mir blieb fast die Spucke weg.
„Nein Lukas, ich glaube dir gar nichts mehr und du wirst nicht kommen. Lösch meine Nummer!"
Dann legte ich auf. Das Telefon schwieg.

Der Zustand meines Großvaters verschlechterte sich täglich. Dann war Opa, mein Opa, tot. Es dauerte, bis ich das richtig begriff. Nun hatte ich endgültig niemanden mehr, der mich verstand, der sich meine Probleme anhörte, niemanden, der Rat wusste. Ich würde also in Zukunft mit all meinen Schwierigkeiten erst recht alleine klarkommen müssen. Was ich dafür benötigte, war eine klare Linie, von der aus es vorwärts gehen sollte.

Dazu war es nötig, erst einmal alle Angelegenheiten im Schwebezustand abzuarbeiten. Wenn man die Schule nicht dazu rechnete, weil sich das ja auf natürliche Weise
erledigte, gab es da im Moment nur eine Sache – das klärende Abschlussgespräch mit Lukas, der von Zeit zu Zeit immer noch versuchte, Kontakt zu mir aufzunehmen. Dadurch wurde alles immer wieder neu aufgewühlt. Zuerst aber musste ich selbst verstehen, was da eigentlich geschehen war, damit ich nie wieder in eine solche Falle tappen konnte. Wenn diese Form die einzige Art von wahrer Liebe sein sollte, so wollte ich mich in Zukunft lieber davon fernhalten.

Anstatt gestärkt zu werden durch Liebe, um sich mit vereinten Kräften den Problemen des Lebens entgegen zu stellen, war ich schwach und gleichgültig geworden. Aus Angst, Fehler zu machen und dafür mit Nichtachtung gestraft zu werden, war ich unglaublich vorsichtig geworden. Hatte sämtliche Vorlieben, die zu Verärgerung führen konnten, abgelegt und verdrängt. Was mir vorher wichtig gewesen war, drang nicht mehr zu mir vor. Viel zu beschäftigt war ich damit gewesen, auf Anrufe zu warten, mich schuldig zu fühlen und mir Sorgen zu machen, Lukas könne mich nicht mehr mögen. Dazu noch dieses zerstörerische Misstrauen, das mich erfasst hatte. Das war keine Liebe mehr, das war zu krankhafter Abhängigkeit geworden, die mich immer kleiner machte.

Meinen Biss hatte ich verloren, was jedem aufgefallen war außer mir. Mit dem Abstand, den ich jetzt hatte, erkannte ich, dass ich durch meine Konzentration auf Lukas kein Interesse mehr hatte, Dinge zu hinterfragen oder kontroverse Diskussionen zu führen. So wirkte ich wesentlich pflegeleichter und weniger widerspenstig. Das kommentierten meine Lehrer so, dass ich nun wohl doch auf dem Weg zum Erwachsenwerden sei. So weit war es also mit mir gekommen.

Aber damit war nun Schluss, das Thema „Lukas" würde beendet werden. Das schadete mir nur. Und ich hatte keine Schuld, außer dass ich mir das hatte zu lange einreden lassen. Mein Vertrauen war verloren, die Luft war raus, die Basis unserer Beziehung reine Illusion. Nur hatte ich überhaupt keine Lust, ihn anzurufen. Aber schließlich habe ich es ja dann doch getan und ihm meinen Entschluss unmissverständlich mitgeteilt.

Vor diesem Anruf lagen jedoch erst einmal zwei lange Nächte, in denen ich den Anfangszeiten unserer Beziehung bitterlich hinterher weinte. Erneut wurde alles aufgewühlt, was ich schon vergessen geglaubt hatte. Denn sobald der Zorn verebbt war, überwältigte mich der Schmerz über den Verrat und die fortgesetzte Manipulation meines Willens.

Dazu kam noch der Zweifel, ob ich jemals wieder würde vertrauen können, sei ein Anfang auch noch so leidenschaftlich. Ich hatte schließlich gesehen, was trotz höchsten Glücks zu Beginn einer Beziehung später daraus werden konnte. Das wollte ich nicht noch einmal erleben. Als Schutz sah ich für mich nur den Entschluss, ganz auf diese Form von Zwischenmenschlichkeit zu verzichten.

Auch die zwei Schultage bis zum geplanten Anruf Freitagnachmittag waren eine einzige Qual. Ich war unausgeschlafen, todtraurig und musste mich irrsinnig anstrengen, um dem Unterricht zu folgen. Die meisten Inhalte erschienen mir noch unbrauchbarer als gewöhnlich. Außerdem beherrschte ich mich eisern, damit mich nur niemand fragte, wie es mir nun gehe. Ich musste das erst einmal für mich verarbeiten. Überdies schämte ich mich.

Der Rest des Wochenendes gehörte den Mädels. So war es verabredet. Zuerst ging ich nur hin, um Nachfragen zu verhindern. Selbst gegenüber meinen

Freundinnen, mit denen ich früher immer alles geteilt hatte, konnte ich unmöglich zugeben, dass ich mich so sehr hatte täuschen lassen. Ich war der einsamste Mensch auf dieser Erde.

Ein Gefühlswirrwarr aus Versagen, Blamage und dem Wunsch zur Selbstzerstörung war letztendlich übrig geblieben vom großen Traum, gemeinsam zu wachsen und sich dem Rest der Welt entgegen zu stämmen. Unmöglich, das einfach auszusprechen. Wie konnte ein logisch denkender Geist überhaupt in solch eine Situation geraten? All diese Gedanken quälten mich auf dem Weg zu unserem Treffen und zweimal wäre ich fast wieder umgekehrt.

In der ersten Stunde empfand ich die Situation noch als sehr beklemmend und war eigentlich nur der Beobachter einer fröhlichen Mädchenrunde. Aber plötzlich hatte sich etwas verändert. Ich konnte förmlich zusehen, wie ich mich in die Sophie zurück verwandelte, die ich früher einmal gekannt hatte. Als ich wieder ganz bei mir war, rückte ich mit der Wahrheit raus.

Nachdem ich meine ganze Geschichte losgeworden war, herrschte erst einmal betroffenes Schweigen. Dann bekam ich ganz viel Mitleid. Dieses Gefühl, von dem ich gar nicht gewusst hatte, wie sehr es mir fehlte. Tränen liefen – Tränen der Trauer und noch mehr Tränen der Erleichterung. Ich wurde in den Arm genommen und gedrückt – was ja für gewöhnlich nicht so mein Ding ist –, und es tat mir unendlich gut.

Irgendwie hatten die Mädels schon länger geahnt, dass bei mir so manches nicht mehr im Lot war. Auch mein Rückzug von den gemeinsamen Unternehmungen war ihnen verdächtig erschienen. Am meisten Sorgen hatte sich Ariane gemacht, der ich fortwährend ausgewichen war. Aber dass ich so krass unter Einfluss gestanden hatte, war ihnen nicht klar gewesen. So was ging ja gar nicht, waren sich alle einig. Sie bestätigten mich absolut in meiner Entscheidung, die Beziehung zu beenden und jeden Kontakt in Zukunft zu verweigern. Dann machten wir zusammen einen Schnitt und erklärten die Angelegenheit für beendet. Alles auf Anfang.

Jetzt musste ein Drink her. Wir mixten zusammen, was das Zeug hielt und wurden immer alberner. Es war herrlich. Ich hatte meine Freundinnen zurück, ich hatte mein Leben wieder! Der Abend endete erst am nächsten Morgen und ich hatte nicht einen Moment an Lukas gedacht. Der Mann war endgültig Geschichte – auch in meiner Seele. Kein Schmerzgedächtnis, kein Bedauern mehr. Auch die verabredete Aussprache ängstigte mich nicht. Zudem rückten die ersehnten Sommerferien immer näher. Zeit zum Durchatmen, Zeit zum Genießen – ohne Zensur und Zensuren, ohne Verpflichtungen.

Starker Abgang

Nachdem ich mit all meinen Sinnen wieder bei mir war, hatte ich die feste Absicht, mich auf den Rest des Schuljahres zu konzentrieren. So viel zur Theorie. Am System der Unterrichtsvorgänge hatte sich ja nichts geändert. Mein Widerspruchsgeist war neu erwacht und ich war weniger denn je bereit, mich kleinmachen zu lassen. Als daraufhin versucht wurde, durch Ignorieren – ich wurde einfach nicht drangenommen – oder Zurechtweisungen meine Beiträge abzuwürgen bzw. deren kritischen Inhalt lächerlich zu machen, wurde ich wieder wütend.
   Noch unterdrückte ich diese Regungen. Ich gab mir so viel Mühe – hatte ich ja schon ausgeführt – komplizierte Zusammenhänge detailliert zu schildern. Das tat ich doch nicht für mich, ich wusste es ja schon! Da hatte ich

eine solche abwertende Behandlung einfach nicht verdient. Wenn dann gesagt wurde: „Hier spricht die Expertin!", oder auch: „Möchten wir mal wieder unsere Überlegenheit zeigen?" – „Müssen wir mal wieder unsere überragende Intelligenz zur Schau stellen!" – „Das haben andere, größere Geister lange vorher herausgefunden!", bevor ich überhaupt zu Ende gesprochen hatte, dann kam bei den Zuhörern natürlich nichts mehr an. Alles umsonst. Trotz Klugheit, Durchblick und der Bereitschaft, dich mitzuteilen, wirst du solange als Depp behandelt, bis du dich schließlich erst auch so fühlst, später dann demgemäß benimmst.

Es konnte dann schon mal passieren, dass ich reagierte und sagte:

„Ich kann ja auch nichts dafür, dass ich nicht so dumm bin, Halbwahrheiten oder Fehler in Ihrem Unterricht nicht zu bemerken. Eigentlich müssten Sie doch froh darüber sein. Schließlich wollen Sie uns ja alles richtig beibringen, vermute ich."

Neuerlicher Eintrag, Termin beim Direktor, Brief an die Eltern. Wenn ich mich nicht einfügen könne – einfügen in falsche oder fehlerhafte Informationen? – dann müsse "man" über eine tageweise Beurlaubung vom Unterricht nachdenken. Das käme natürlich auch in meine Schulakte. Nach dieser Aussage dachte ich zum ersten Mal darüber nach, mich vielleicht selber zu "beurlauben".

Aber es waren ja nur noch ein paar Wochen bis zu den Sommerferien. Ich wollte mir nicht noch mehr schaden, also würde ich jetzt die letzten Arbeiten so gut wie möglich schreiben, um ein einigermaßen anständiges Zeugnis zu bekommen. Ich lernte viel, vor allem für Mathematik, paukte französische Vokabeln und fühlte mich gut vorbereitet.

Was haben die eigentlich immer alle für ein Problem? Dieser Gedanke ging mir oft durch den Kopf, wenn ich mal wieder zum Schweigen verdammt wurde, bevor ich noch zu Ende geredet hatte. Mir fielen schon immer Widersprüche oder Fehler auf und dann musste ich das auch sagen. Es ging doch schließlich um die Wahrheit. Meine Grundschullehrerin hat mich darin immer bestätigt und gefördert. Sie war daran interessiert, auf Fehler aufmerksam gemacht zu werden, hat das nie als böse Absicht oder als überheblich angesehen. Im Gegenteil, sie schien eher stolz auf mich zu sein, hielt mich für sehr begabt, die besten Noten hatte ich auch.

Ich glaube, sie hat verstanden, dass bei mir diese verschiedenen Gedanken einfach auftauchen und von mir gründlich durchgedacht werden müssen. Weil ich ohne das zu keinem Ergebnis kommen kann. Jedes Gebäude sieht von den unterschiedlichen Seiten her anders aus. Das Gesamtbild kann ich nur erfassen, wenn ich alle ansehe und in meinem Kopf zusammenbringe – Geometrie liegt mir absolut, da sehe ich alles genau, nur mit der Zahlenmathematik habe ich seit der 10. Probleme. Wenn ich nur aus einer Perspektive schaue, kann ich mir den Rest nur ungefähr denken. Das ist für mich unbefriedigend bis unerträglich. So ist das auch bei geistigen Gebäuden.

Man muss doch in der Lage sein, Kritik und Selbstkritik an einem Standpunkt zuzulassen. Jeder hat schließlich die Möglichkeit, sich zu hinterfragen und dann zu einem Schluss zu kommen. Entweder ich sehe die Kritik als berechtigt an, dann muss ich umdenken, was mich persönlich weiterbringt. Oder ich erkenne sie als nicht zutreffend, dann kann ich entsprechend argumentieren. Das ist eigentlich nicht viel komplizierter als eine Frage zu beantworten. Dafür muss ich die Maschine doch auch anwerfen.

Aber diese innerlich hohlen Herr und Frau Dr. Professor-Typen mit unordentlichem Eigenleben sind im Denken und Selbstverständnis so eingleisig, dass es weh tut. Vielleicht kommt es ja automatisch, dass bei zu kompliziertem Privatleben die geistigen Vorgänge so vereinfacht werden, dass wenigstens diese noch überschaubar sind.

Und wenn man sich ein wenig komplexer und hochgebildet darstellen möchte, hat man alle möglichen Zitate zur Hand und natürlich jede Menge Sekundärliteratur zum leichten Umformulieren. Das nennt man dann Bildung. Und so lange man sich schön in den eigenen Kreisen mit denselben Spielregeln bewegt, fällt das auch niemandem auf, schon gar nicht einem selbst.

Eigentlich könnte man das als sehr traurig bezeichnen. Da es aber immer so weitergegeben wird, bezeichne ich es lieber als gefährlich, weil diese geistigen Einschränkungen das Handeln beeinflussen und damit dem Gleichgewicht sowie dem Wohl aller Menschen auf unserem Planeten letztendlich schaden. Außerdem werden dadurch diejenigen Menschen, die keine Zitate auswendig gelernt haben und in einer einfachen Sprache die ganz normalen Wahrheiten aussprechen, als dumm gekennzeichnet, wodurch ihre Worte überhört werden und ihnen permanent Unrecht getan wird.

Nicht missverstehen bitte: Nicht jeder, der einfache Worte benutzt, ist klug, vorausschauend, ein großer Seher. Auch hier muss man zuhören, nachdenken, differenzieren. Aber das kann anstrengend sein.

Anfang Juni, es waren noch zehn Tage bis zu den Zeugnissen. Die Stimmung war kaum noch auszuhalten für mich – in der Schule und zu Hause. Ich fühlte mich ständig kritischen, misstrauischen Blicken ausgesetzt. Ein gutes Zeugnis hatte ich versprochen – wollte ich ja auch selber. Aber es kostete mich so viel Energie, die nötige Selbstdisziplin aufzubringen, meine Gedanken runter zu schlucken.

Manchmal erstickte ich fast daran, nur noch Kopf- und Magenschmerzen, Tag für Tag. Donnerstag und Freitag kriegten wir noch Arbeiten zurück, ich hoffte auf ein annehmbares Ergebnis. Ab dem folgenden Mittwoch würden meine Eltern erst mal im Urlaub sein, damit wäre auf der Schiene wenigstens erst mal Ruhe. Sie flogen immer vor den Ferien, seit ich nicht mehr mitkam, weil es dann viel günstiger ist. War mir eh recht.

Die Arbeiten in Physik und Mathematik waren gut (12 und 11 Punkte) bewertet, also hatte ich mich in beiden Fächern um eine Note verbessert. Der Dämpfer kam am Freitag. Englisch, Französisch, Geschichte und Deutsch standen noch aus. Irgendjemand im Universum schien sehr daran interessiert, dass ich nicht zu hoch fliegen konnte.

Französisch war mit 10 Punkten auch akzeptabel, aber die nächsten zwei Schulstunden nahmen mir jede Hoffnung darauf, jemals tatsächlich nach meinen Leistungen auch nur halbwegs objektiv beurteilt zu werden. In einer Doppelstunde Deutsch-Leistungskurs war Rückgabe der Arbeit: „Beschreiben Sie die Bedeutung von Thomas Manns Roman „Der Zauberberg" unter Berücksichtigung der Sekundärliteratur". Großer Schock - ich hatte nur 7 Punkte bekommen, was einer 4- entspricht. Dann sah ich mir die Kommentare genauer an. Für mich hieß die Arbeitsanweisung „Bedeutung beschreiben" ganz klar, dass ich diese auf der Basis meiner eigenen Eindrücke logisch belege. Das hatte ich getan. Natürlich war ich auch auf die Beurteilungen der Sekundärliteratur eingegangen, teilweise allerdings sehr kritisch.

Die Einleitung mit Inhaltsbeschreibung und historischem Bezug war noch in Ordnung. Dann ging`s mit Rot los. Folgende Passagen wurden bemängelt:

<Die in diesem Werk allgegenwärtige Krankheit Tuberkulose, die in jener Zeit weit verbreitet war und oft zum

Tode führte, wird als Verhängnis bezeichnet, was im doppelten Wortsinn zutrifft. Über den gebräuchlichen Sinn (etwas Schlimmes, Unglück) hinaus bedeutet „Verhängnis", dass etwas über eine Person verhängt wird, ähnlich einer Bestrafung (eine Strafe verhängen), also keine aktive Beteiligung des Betroffenen beinhaltet. Folge der Erkrankung und Mittel zur Therapie ist eine – ebenfalls nicht frei gewählte – Isolation. Dennoch entsteht gerade aus dieser extremen Abgeschnittenheit von einer ja auch einengenden, auf festen Regeln aufgebauten Gesellschaft eine große Freiheit.>
Eigene Meinung, Mutmaßung, irrelevant!

<Nach den zu jener Zeit geltenden Moralvorstellungen führten die Bewohner des Zauberbergs ein sehr ausschweifendes Leben außerhalb der Klinikroutine, was sehr anschaulich geschildert wird. Das bezieht sich nicht nur auf erotische und sexuelle Aktivitäten, sondern auch auf die Nahrungsaufnahme. Das Bewusstsein einer stark verkürzten Lebenszeit schärft alle Sinne, vertieft und beschleunigt das Erleben durch die zeitliche Beschränkung. Der Mensch will und kann ohne hemmende Ausblicke auf die Folgen für

eine nicht mehr vorhandene Zukunft alles in vollen Zügen genießen – Landschaft, Essen, zwischenmenschliche Beziehungen in unterschiedlicher Ausprägung.

Etwas vereinfacht wird die Binsenwahrheit in Kommentaren erwähnt, dass die Zeit scheinbar langsamer vergeht, wenn sie ereignislos ist. Es geht in diesem Roman aber nicht um die erlebte Geschwindigkeit der Zeit, sondern um die objektive Begrenzung. Deshalb kann ich auch keine – oft behauptete – verzerrte Wahrnehmung der Zeit erkennen. Vor allem dann nicht, wenn auf den inhaltlichen Wert der Lebenszeit Bezug genommen wird. Durch die Erkrankung wird der verbleibende Lebenszeitraum der Patienten beispielsweise auf 5 Jahre beziffert. Wenn diese Zeit sehr intensiv genussvoll gelebt wird, ist die Zeit dann wirklich kürzer?>

Zu viel Spekulation – Relevanz?

<Hans Castorps Entscheidung gegen eine Selbsttötung und für das Leben wird in den meisten Auslegungen pädagogisch als richtig und sinnvoll dargestellt. Dass der Dichter dies so verstanden haben wollte, stelle ich jedoch in Frage. Schließlich geht der junge Mann nach Verlassen des Berghofs in den Krieg, in welchem er wohl stirbt.

Den in diesem Zusammenhang so oft erwähnten inhaltlichen Gegensatz zu „Tod in Venedig" verstehe ich so, dass es viele Lebensentwürfe und Lebensentscheidungen gibt, die gleichberechtigt nebeneinander eine Existenzberechtigung haben, auch die individuelle Entscheidung, ob man seinem Leben selbst ein Ende setzt oder nicht. Abschließend möchte ich noch anmerken, dass ich den Roman als absolut tröstlich empfunden habe, weil er zeigt, dass ein kurzes Leben Freude und Lust nicht ausschließen muss und dass wir uns nicht immer so ernst nehmen sollten.>
Unsaubere Schlussfolgerung, nicht belegbar

<Die Zahl 7 erscheint auffällig häufig, was aber ohne Auswirkungen auf das Geschehen und die Umstände der Patienten bleibt, also nicht als roter Faden angesehen werden kann. Nicht völlig undenkbar erscheint mir, dass Thomas Mann diese Zahl in so vielen Situationen und verschiedenen Formen (Quersummen, Name Settembrini) in der Vorfreude darauf gewählt hat, sich die Auslegungen und Sinnsuche der Kritiker mit diebischem Vergnügen anzusehen. Ich erkenne in ihm einen Geist, der die Kleinlichkeit und geistige Eingeschränktheit zutiefst verachtet hat.>
Überflüssige Passage - Irrelevant!

Nach der abschließenden Zusammenfassung, an der wieder wenig auszusetzen war, fügte ich noch ein Fazit an, in dem ich gesondert auf die Gründe einging, die zu einer/meiner abweichenden Meinung zwangsläufig beitrugen. Diese Bezugnahme auf die Sekundärliteratur war mir sehr wichtig.

<Da es sich nach der vorherrschenden Meinung um einen Bildungsroman handelt, sollte die Zielgruppe nicht aus den Augen verloren werden. Der Roman in seiner nicht bestrittenen Bedeutsamkeit wurde sicher nicht nur für eine Generation geschrieben, da er stets allgemein relevante philosophische Ansichten und Entscheidungen stark beleuchtet. Eine philosophische Betrachtung der Weltsituation erscheint mir heute genauso wichtig wie kurz vor dem ersten Weltkrieg, denn auch wir stehen vor grundlegenden Entscheidungen zum Wohl oder zur Zerstörung unserer Welt. In einer solchen Situation ist der erhobene Zeigefinger fehl am Platz.
Die Widersprüche ergeben sich vielleicht aus dem Alter der Kommentatoren. Da gibt es unterschiedliche Prioritäten, der Tod und dessen Betrachtung haben eine andere Bedeutung. Es

macht gewiss einen Unterschied, ob ein junger Mensch diesen Roman liest oder eine Person im mittleren Alter, die Panik bekommt, die halbwüchsigen Kinder könnten zu sexueller Ausschweifung verleitet werden, eine Angst, die sich mit Vorliebe auf die Töchter bezieht.

Es ist durchaus berechtigt, zu dem Schluss zu kommen, dass es sinnvoll sein kann, sich bei einer unheilbaren Erkrankung von der Gesellschaft zu isolieren, um den die verbleibende Lebenszeit ohne die Fesseln der Moralapostel und ewigen Mahner noch mit möglichst aufregenden, erleuchtenden Erlebnissen zu füllen.>

Zu pathetisch – nicht angemessen – inhaltlich belanglos!

<u>*Abschlussbemerkung*</u>: *Nach gutem Anfang leider unübersichtlich, zergliedert, oft nicht nachvollziehbar, Verzettelt in subjektiven, irrelevanten Thesen und Herleitungen. Die abwertende Kritik anerkannter Experten ist unangebracht. Daher ist Sn., im Ganzen betrachtet, dem Thema nicht gerecht geworden.*

Extrem schockiert las ich mir die Kommentare mehrmals durch. Dabei konnte ich diese genauso wenig nachvollziehen wie die Lehrerin offensichtlich meine Argumentation. Zum wiederholten Male fühlte ich mich wie von einem anderen Stern abstammend. Sehr bezeichnend – vom anderen Stern! Das passte zu der gehäuften Anmerkung des Wortes „irrelevant", bei dem ich unwillkürlich an die „Borg" denken musste, ein Volk mit rein kollektivem Bewusstsein aus den Star-Trek-Filmen – der Name stammt übrigens von einem kastrierten Eber.

Nachdem ich alles durchdacht und meine Argumente überprüft hatte, meldete ich mich zur Abschlussdiskussion:

„Also ich finde die Benotung ungerecht. Wenn es um die Fähigkeit geht, einen Text oder eine These anschaulich, verständlich, grammatikalisch und sprachlich richtig vorzutragen und darum, ob Gliederung und Argumentation logisch aufgebaut sind, dann habe ich eine bessere Note verdient. Außerdem habe ich, wie vorgeschrieben, auf die Sekundärliteratur Bezug genommen, indem ich diese in Punkten nachvollziehbar kritisiere."

„Erstens wissen sie, Sophie, dass es so nicht gemeint war. Sie haben mal wieder eine eigene Definition erstellt. Deshalb schlage ich vor, sie gehen in sich und denken über meine Beanstandungen nach, anstatt selber ständig an Allem herum zu kritisieren. Sie müssen sich an die allgemein gültigen Regeln halten. Wir verlieren hier langsam die Geduld mit ihnen.

Wenn sie nicht langsam lernen, sich anzupassen und die Anforderungen so zu erfüllen, wie wir das vorgesehen haben, dann werden sie es nie zu etwas bringen!"

    Die Stimme meiner Lehrerin war im Laufe der Rede immer höher geworden. Das also war meine Antwort. Irgendwo hatte ich das Alles schon mal gehört. Ach ja, der Direktor hatte es zu mir gesagt, als ich das letzte Mal bei ihm antreten durfte. Er hatte dann noch spöttisch hinzugefügt, dass mir ansonsten wohl nur noch die Möglichkeit bliebe, einen erfolgreichen Mann zu heiraten, um Karriere zu machen. Er fand das wohl witzig – ich nicht. Das war einfach nur Frauen verachtend. So ein armseliger Wicht mit seinem vorsintflutlichen Gedankengut.

    Minutenlang saß ich an meinem Platz und scharrte mit den Füßen. Etwas musste ich jetzt tun. Sollte ich mir in der nächsten Stunde nun auch noch anhören, wie mein Englischaufsatz über D. H. Lawrence zerrissen wurde? Ich hatte mich lange mit ihm beschäftigt und war zu dem Schluss gekommen, dass er kein Faschist war, was ich detailliert belegte. Aber auch das stand im Gegensatz zu den meisten "Experten"! Nein, das würde ich sicher nicht tun. Es reichte jetzt! Endgültig!

Meine Note für die Beurteilung der 68er - Generation in Geschichte interessierte mich nun auch nicht mehr. Keiner hier hatte Interesse an meinen wahren und echten Gedanken. Und ich kann nur so denken, wie ich es eben tue.

Sicher hätte ich mein Abitur auch mit einem Notendurchschnitt von 3,5 machen können. Aber das war ungerecht und entsprach weder meinem Können noch meinen Leistungen. Mit solch einem Zeugnis brauchte ich doch nirgends vorzusprechen. Ich hatte weitaus bessere Noten verdient, verlangte mein Recht. Aber das bekam ich hier nicht. Mein Zorn über die fortgesetzte Benachteiligung war grenzenlos.

Das machte einfach keinen Sinn mehr. Ich stand auf und packte langsam zusammen. Etwas irritiert fragte die Deutschfrau, die nun nicht mehr meine Lehrerin war, was ich vorhabe. Während ich meinen Rucksack schnappte und mich der Klassentür zu bewegte, drehte ich mich noch einmal um und sagte so ruhig wie es mir in diesem einschneidenden Moment möglich war:

„Ich gehe jetzt. Meine Sprache ist zu kompliziert für die anderen, meine Genauigkeit zu anstrengend. Dann leckt mich doch! Das war hoffentlich knapp und unkompliziert genug."

Alle starrten mich an, es war völlig still. Beim Hinausgehen blickte ich der Lehrerin zum letzten Mal fest in die Augen und verabschiedete mich mit den Worten:

„Denken ist irrelevant! Sie werden assimiliert! Widerstand ist zwecklos!"

Danach verließ ich schnellstens das Schulgebäude. Innerlich völlig aufgelöst setzte ich mich auf eine Bank am Park. Als die anstrengende, erzwungene Selbstkontrolle langsam nachließ, begann ich zu zittern. Ein Lebensabschnitt war zu Ende gegangen, für einen neuen musste ich scharf nachdenken und war auf mich allein gestellt. Denn Eins war klar, meine Eltern durften erst einmal nichts davon erfahren.

Und wieder einmal hatte sich bewiesen, wie gewichtig jedes einzelne Wort sein konnte. Hätte ich nämlich nicht im allerletzten Moment "für immer" runtergeschluckt, dann hätte man bestimmt meine Eltern angerufen. Ich erschrak noch im Nachhinein bei diesem Gedanken, der mich plötzlich angesprungen hatte. So aber war es beim „Ich gehe jetzt", geblieben, wodurch offen war, ob ich am Montag zurückkommen würde, so dass man also von Lehrerseite gelassen bleiben durfte.

Erst einmal war Wochenende. Ich würde mein Zelt schnappen und sagen, dass ich mit Freunden am See campen wolle. Genauer würde ich mich nicht äußern. Der Bodensee war so groß, dass es schwer bis unmöglich war, mich zu finden. Ich hatte mich für einen Zeltplatz auf der österreichischen Seite entschieden. Wenn ich morgens und abends die Fähre oder den Bus nahm, wäre ich trotzdem immer rechtzeitig daheim. Das würde mir ein wenig Zeit zum Nachdenken verschaffen. Sonntagabend käme ich nach Hause und würde Montagmorgen wie immer mit meinen Schulsachen das Haus verlassen, Dienstag könnte es genauso laufen. Mittwochmorgen war der Abflug meiner Eltern und drei Wochen ohne Versteckspiel lägen vor mir. Danach würden sie sich auf meine dauerhafte Abwesenheit einstellen müssen.

Meine Fesseln hatte ich abgestreift und war sicher nicht bereit, zurück zu kehren, bevor ich herausgefunden hatte, wohin der Weg für mein weiteres, von nun an selbstbestimmtes Leben mich führen sollte. Um den richtigen Weg zu entdecken, brauchte ich Ruhe – ganz viel Ruhe. Auf jeden Fall vor den Erwachsenen in meinem Umfeld, von denen mit Ausnahme meines Großvaters keiner wirklich hilfreich gewesen war. Womöglich waren meine Eltern ganz froh darüber, mal eine Weile ohne die zwischen uns eingetretenen gewaltigen Spannungen zu leben. Dazu musste ich

Ihnen allerdings die Gewissheit vermitteln, dass es sich um eine zeitlich begrenzte Abwesenheit handelte. Am besten wäre es, ihnen einen aussagefähigen Brief zu hinterlassen.

Ich habe es schließlich nur Ariane gesagt, dass ich weggehe und würde auch nur in mit ihr in Kontakt bleiben. Allerdings wollte ich ihr nicht sagen, wohn ich ging, weil ich die Hartnäckigkeit meiner Eltern kannte.

Tja, ich wusste noch gar nicht so genau, wohin ich auf Dauer gehen sollte. Erst mal zelten am See, das funktioniert immer für eine Weile. Weiter denken wollte ich noch nicht. Ariane rief mich später noch einmal an und erzählte mir, ich könne für einige Zeit in Christophs Wohnung in Konstanz wohnen, für 150,00 € im Monat, wenn ich nach seinen Pflanzen und der Katze schaute. Beides wolle er nur ungern weggeben. Die Möglichkeit würde ich im Kopf behalten, wollte mich aber noch nicht festlegen.

Ihr Cousin hatte sein Praktikum abgebrochen, nachdem man ihm wieder mal ein neues für die nächsten sechs Monate in Aussicht stellte. Er war bei Weitem kein Einzelfall. Soviel zur durch Politik und Medien fleißig verbreitete Forderung, billige ausländische Arbeitskräfte anzuwerben/auszubeuten, weil Mangel herrsche. Ziel

kann doch nur sein, auch hier durch ein Überangebot finanziell und psychologisch immer mehr Druck auszuüben.
 Christoph hatte daraufhin beschlossen, diese fortgesetzte Sklavenarbeit, die das Ergebnis von sechs Jahren Wirtschaftsstudium mit ausgezeichnetem Abschluss war, zu beenden. Lieber ging er nach Australien, um dort ehrliche und vor allem bezahlte Arbeit als Schafscherer oder Surflehrer anzunehmen. Für ein Jahr hatte er erst mal geplant. Das Ergreifen einer solchen Alternative imponierte mir. Dort konnte er sein Surfbrett auch wieder mal nutzen.
 Am Dienstagabend stand der Text für den Brief an meine Eltern fest und ich schrieb ihn noch einmal sorgfältig ab, indem ich mich bemühte, keine Fakten zu verdrehen und möglichst sachlich zu bleiben:

 An meine Eltern,
 zuerst einmal möchte ich Euch sagen, dass mein Entschluss gut überlegt, notwendig und unumkehrbar ist. Ich werde für einige Zeit verschwinden und mich an einem Ort aufhalten, an dem ich über meine Zukunft nachdenken kann. In dieser Zeit werde und kann ich keinen Kontakt aufnehmen. Mein

Handy werde ich wegwerfen, man kann mich also auch nicht telefonisch erreichen. Für meinen Lebensunterhalt ist gesorgt, denn ich nehme mein Sparbuch mit, auf dem zurzeit über 3.000,00 € gebucht sind. Außerdem werde ich auch einen Job annehmen, um mich zu finanzieren. Schließlich werde ich in knapp drei Monaten volljährig und trage die Verantwortung für mich allein.

Meine Entscheidung hat nichts mit einem Mann zu tun, ich bin auch keineswegs depressiv – eher ist das Gegenteil der Fall –, und ich werde völlig allein leben. Auch habe ich nicht vor, irgendwelche Dummheiten, über die Ihr vielleicht gerade jetzt nachdenkt, zu machen.

Entscheidend zu diesem Schritt beigetragen haben die Erfahrungen, die ich in den vergangenen Monaten in der Schule gemacht habe. Eure Versuche, mich ständig zu beschwichtigen und die Fixierung allein auf die Noten haben die Situation zusätzlich verschärft. Natürlich habe ich mich bemüht, ein gutes Zeugnis zu bekommen – das könnt Ihr nach den Ferien abholen und mich ordnungsgemäß dort abmelden –, jedoch ist dies wohl fehlgeschlagen. Es war mir aber nicht so viel wert, dass ich mich und meine Ansichten verleugne und zu einem Ja-Sager mutiere.

Nach der Beurteilung meiner letzten Arbeiten war es mir unmöglich, ja unerträglich, diese Demontierung meines Verstandes und die ständige Missachtung meiner Fähigkeiten länger zu ertragen. Will ich nicht als Schulversagerin enden, dann muss ich für mich einen anderen, sinnvollen Weg finden, bevor mein Selbstvertrauen und meine Persönlichkeit endgültig durch fortgesetzte Dressurbestrebungen vernichtet werden. Dafür benötige ich diese Zeit für mich allein. Ich melde mich, sobald ich klarsehe und einen für mich richtigen Weg gefunden habe.

Eine letzte Bitte: sucht nicht nach mir und schaltet keine Polizei ein. Damit würdet Ihr meiner Zukunft nur Schaden zufügen.

Sophie

Nach ihrer Abreise legte ich den Brief auf den Esstisch und verließ das Haus, das für mich nie wieder dieselbe Bedeutung haben würde, auch nicht nach einer Rückkehr. Ich befand mich in einer absoluten Hochstimmung. Danach machte ich mich auf den Weg, um die kommenden Wochen durchgehend auf dem Zeltplatz zu verbringen.

Dieser für mich wegweisende Zeitabschnitt taucht nun so lebendig vor

meinem geistigen Auge auf, als ge-
schehe alles eben gerade.

Zeltlager

Hier am See fühle ich mich sicher. Vor wem? Keine Ahnung, fühlt sich aber gut an. Mal sehen, wo ich mein Lager aufschlagen kann. Völlig abgelegen und einsam sollte die Stelle nicht sein, das ist mir unheimlich. Aber wo passe ich hier hin?

Ganz bewusst habe ich mich für einen Campingplatz auf der österreichischen Seite entschieden, auf dem wir mit dem Skiclub schon einmal gezeltet haben. Erstens wird mir hier kaum jemand aus dem Bekanntenkreis meiner Eltern begegnen, zweitens gibt mir der Länderwechsel das Gefühl, viel weiter entfernt zu sein von meiner alten Lebenswirklichkeit und deren Einflüssen, als dies real der Fall ist.

Der Platz ist gigantisch groß, hat viele unterschiedliche Bereiche, die durch dichte Bepflanzung voneinander getrennt sind. Von den meisten Stellen aus hat man einen Blick auf und über den See. Über einen schmalen Fußweg erreicht man schnell die große Liegewiese und ein Stück Strand.

Das ist hier nichts für Luxus-Camper, eher für Menschen, die ohne Aufsicht und Platzwart ihrem ganz persönlichen Lebensstil treu bleiben und die Natur ungestört genießen wollen. Der Besitzer ist ein Harleyfahrer mit einem Herz für Jugendliche. Deshalb gibt es ein Gelände, das recht isoliert in einer kleinen Bucht ganz nah am Seeufer bei einem Kiefernwäldchen liegt, extra für uns. Dort werden die anderen Besucher nicht durch die Lautstärke unserer Musik und andere Eigenheiten gestört.

Zwischen den Bäumen sind Hängematten aufgeknüpft. Ein altes Militärzelt steht den ganzen Sommer über dort aufgebaut. Es gibt einen großen Grill, Sitzkreise aus Baumstämmen und drei Außenduschen hinter Bretterwänden, die den Kopf und die Füße freilassen. Das ist total witzig. Daneben vier alte Klappfahrräder in einem Ständer, die so mitgenommen wirken, dass sie bestimmt keiner klaut. Aber sie sind absolut funktionstüchtig. Das ist gut, denn die übrigen Sanitäranlagen und der kleine Einkaufsladen sind ziemlich weit entfernt von dieser Stelle. Nun muss ich sie nur noch finden.

Ah, Musik hinter der Hecke, Metallica - ähnlich Gestrickte, ich bin auf dem richtigen Weg. Ich folge den Tönen. Eine abgelegene Wiese hinter einer Böschung ist von jungen Menschen bevölkert. Dort fließt auch ein Bach aus dem See heraus, oder in ihn hinein. Das ist ideal zum Kühlen der Getränke. Hunderte von Kronkorken scheinen im Sonnenlicht aufzublitzen, blinken mich an. Es scheinen sich also noch andere entschlossen zu haben, alles hinzuschmeißen. Sehr beruhigend!

Erst einmal beobachten, ganz so schnell trau ich mich an diese Kreise nicht ran. Schließlich kenne ich nicht einen Einzigen. Damit ich weniger auffällig wirke, baue ich mein Zelt in einiger Entfernung auf, wenn man dabei von aufbauen reden kann. Man wirft es einfach geschickt in die Luft und beim Aufkommen hat man eine komfortable Unterkunft.

Das Essen muss schnell in den Schatten. Ich habe mir Tomaten, Käse, Weißbrot, Salz und Gummibärchen gekauft. Das reicht für ein paar Tage. Zum Trinken habe ich Cola und Red Bull mitgebracht, das wird vorerst auch im Bach versenkt, mit einem lila Geschenkband am Flaschenhals. Mineralwasser mag ich nicht, das stille schmeckt wie eingeschlafene Füße. Der Vergleich stammt von meinem Opa und passt optimal. Schon der Gedanke daran verursacht dieses pelzige Gefühl auf meiner Zunge und den Schleimhäuten. Wasser trinke ich nur aus der Leitung oder aus Gebirgsbächen.

Auf Alkohol habe ich erst einmal verzichtet, kann ja nicht jeden Abend gasig heimkommen. Das würde Aufsehen erregen, das Letzte, was ich jetzt brauche. Die Folge davon wären nämlich Vorhaltungen, das Aufwärmen alter Vorwürfe, düstere Ausblicke auf meine Zukunft, Mahnungen zur Umkehr, Hinweise auf Reaktionen von Bekanntenkreis und Nachbarn, emotionale Ausbrüche und Erpressungsversuche, Drohungen, Forderungen – Basta! Und zwar genau in dieser Reihenfolge.

Nach dem Einräumen setze ich mich mit einem Buch vor mein Schlupfloch, habe aber überhaupt keinen Nerv zum Lesen, nichts bleibt hängen. Es erscheint mir auf einmal nicht mehr sicher, ob das hier irgendwo hinführt, ob mein Vorhaben gelingen kann. Ich befinde mich in einer Art von unruhigem, gefährlichem Zwischenuniversum, das mich lähmt. Wie während der schwülen Ruhe vor einem starken Gewitter, der Windstille vor dem Sturm, wenn kein sicherer Ort in der Nähe ist und das Ende auf einmal denkbar scheint.

Manchmal schiele ich zu der ausgelassenen Hauptgruppe, die ich gnadenlos um ihre Lebendigkeit beneide. Gerne würde ich mich auch einmal wieder so fühlen. Warum versuch ich es nicht einfach? Ach, weiß auch nicht! Vielleicht möchte ich auch eigentlich lieber traurig sein. Mein Blick ist eher verhalten, halb sehe ich in eine leicht andere Richtung. Nur nicht aufdringlich wirken, das mag ich selber nicht und so will ich auf keinen Fall rüberkommen. Wirkung scheint hier aber reichlich egal zu sein, man beachtet mich gar nicht.

So ganz unsichtbar will ich auf Dauer sicher nicht bleiben. Aber im Moment kann ich das nicht ändern, überlasse mich meiner Melancholie, in der ich mich fast wohl und zu Hause fühle. Deshalb verbringe ich die ersten Tage hier vorwiegend mit Beobachten oder alleine in oder vor meinem Zelt. Eigentlich hatte ich geplant, meine Zeit sofort, durchgehend und ungehindert mit dem Entwurf eines Zukunftsplans zu füllen, aber das funktioniert überhaupt nicht. Ich fühle mich so entsetzlich leer und ohne Energie, muss wohl erst wieder die Akkus laden.

Es wird vorerst niemand zu Hause etwas merken. Morgens gehe ich wie üblich mit meinem Rucksack weg, gegen

Abend komme ich zurück. An den Wochenenden bin ich eh meist unterwegs. Die Eltern fliegen am Mittwoch endlich auf die Malediven, danach bin ich endgültig weg. Schon ein bisschen feige, aber ich habe einfach keine Kraft mehr für diese endlosen, sinnlosen Diskussionen, die ich seit gefühlten 100 Jahren führen muss, und diese anklagenden, leidenden Blicke. Mein eigenes schlechtes Gewissen, für das ich mich verachte, lässt sich trotzdem nicht abschalten. Der Brief erscheint mir im Rückblick auch viel zu sachlich, da hätte ich ruhig auch noch ein paar freundliche Worte einfügen können. Auf der anderen Seite, wenn einem keine einfallen, dann ist da wahrscheinlich auch nichts, das erwähnenswert wäre.

Noch hat meine Flucht kein echtes Endziel, ich will im Moment gar nicht weiter grübeln. Sobald nämlich das Nachdenken und Zerpflücken der Erlebnisse, die mich zu diesem Schritt gezwungen haben, ungewollt einsetzt, schwillt auch die Wut wieder so gewaltig an, dass ich alles kaputtschlagen will. Sämtliche negativen Erfahrungen und Vorfälle der letzten Jahre, die Enttäuschungen jeder Art, der Verrat durch Lukas, der Tod meines Großvaters, das Unverständnis meiner Eltern, all das türmt sich in dunklen Bildern auf und stürzt über mir zusammen. Ich erschrecke über mich selbst, diese extremen Gefühle will ich nicht haben. Und die Anstrengungen, sie im Zaum zu halten, kosten so viel Kraft, saugen mich aus. Kontrollverlust ist unwürdig! Es macht mich alles so unendlich müde. Ich muss das später ordnen und nacheinander abarbeiten – später, nicht jetzt.

Dann kommt sie wieder, diese Lebensangst. Das Gefühl, zu nichts zu taugen. Nicht zu wissen, wozu ich auf der Welt bin und ob es überhaupt einen Grund – außer der biologischen Ursache – dafür gibt. Die Angst kommt in Wellen, Wellen, die sich höher und höher aufbauen. Auch das Gefühl gleicht dem Ertrinken. Das Wasser ist die Angst, die bei jedem Atemzug meine Lungen füllt, bis ich keine Luft mehr bekomme. Mach, dass es aufhört! Einfach sterben, jetzt auf der Stelle. Dann hört es auf – für immer! Aber ich will nicht sterben! Gib mir ein Zeichen, irgendjemand, irgendetwas, das mir beweist, dass ich für eine Aufgabe hier bin und leben soll.

Es muss mir gelingen, für einige Zeit das alles beiseite zu schieben, unbeschwerte Tage zu erleben, um wieder aufzutanken. Wenn die Gedanken sich weiterdrehen, werde ich mit Sicherheit verrückt und drifte ab. Mittlerweile habe ich regelrecht Panik vor den wiederkehrenden, zerstörerischen Rückblicken und Vorschauen, rasend schnell aufblitzenden Horrorbildern, die so massiv auf mich einwirken, meinen Puls gefährlich nach oben treiben und sich so lange gegenseitig aufheben, bis ich geistig völlig orientierungslos bin. Ich will einfach nur noch vergessen – vergessen, um geistig gesund zu bleiben.

Mittwoch! Ab heute bin ich frei, kein Wandeln zwischen den Welten mehr. Ein Ende dieser Lügen, die ich doch so tief verabscheue. Heute ist der Tag, an dem ich mich auf die anderen einlassen kann, sagt mein Kopf. Vor den Zelten ist richtig Leben. Hier und da brennt ein Feuer, Leute sitzen daran, rauchen, lachen, schwatzen laut und essen mit den Fingern, eine Flasche kreist. Die Stimmung steigt, die Lautstärke von Gesprächen und hämmernder Musik auch. Vollkommene Basstöne erreichen meinen Bauch, machen ihn zu einer flatternden Membran, leeren mein Hirn aus. In diesem wunderbaren Augenblick gibt es nur die Musik. Es geht mir gut – überraschend, ja – aber es geht mir richtig gut.

Jetzt will auch mein Körper den Kontakt. Ich gehe zum größten Zelt und setze mich dazu. Keiner stellt Fragen, alles ist locker. Man reicht mir die Flasche, ich nehme einen Schluck. Alle lachen, ich habe wohl ziemlich heftig das Gesicht verzogen. Das ist aber auch ein starkes Zeug! Als nächstes kreist ein Joint. Nach zwei Zügen setzt eine wohltuende Beruhigung all meiner Sinne ein, alles verlangsamt sich, die Bilder in meinem Kopf werden blasser.

Diese Erfahrung habe ich schon öfter gemacht, allerdings bewusst niemals in der Snowboardsaison. Ich habe nämlich festgestellt, dass Gras mich auch vorsichtiger, zögerlicher macht und diese Reaktion kann ich weder im Training noch beim Rennen gebrauchen. Gerade überlege ich, wie sich das Rauchen wohl auswirkt auf Menschen, die von Natur aus schon eher gedämpft und phlegmatisch sind. Ist sicher nicht von Vorteil. Passenderweise schwenkt die Musik nun auf Reggae um.

Irgendwann, es ist nun schon beinahe dunkel geworden, holen wir alle unsere Vorräte zusammen und essen miteinander. Da werde ich zum ersten Mal gefragt, wie ich heiße und wo ich herkomme. Ich erzähle dann ein wenig von mir, dass ich die Schule und das Leben einfach nicht mehr ertragen konnte, deshalb allen den Rücken gekehrt habe, bis ich einen Sinn für meine Existenz gefunden hätte. Aus der Zustimmung und den Zurufen schließe ich, dass Schule und Berufsschule bei allen der hier

Anwesenden verhasst sind. Sicher nicht aus denselben Gründen, aber die Auswirkungen sind gleich. Nicht, dass mich das wundert, aber ich finde das eigentlich ziemlich schlimm. Alles unsere Schuld? Sicher nicht!

Den Rest des Abends hören wir Hip Hop und Hard Rock, blödeln herum. Einige tanzen, andere torkeln zum Rhythmus. Die Stimmung wird noch angefeuert durch jede Menge Alkohol und irgendwelche Pillen. Es scheint, dass jeder etwas mitgebracht hat. Ich schlucke alles, solange es mir bekommt.

Einige wollen über das Lagerfeuer springen. Abgefahrene Idee! Es wird nach mehr Holz gesucht, damit es nicht zu einfach ist. Zwei Mädels haben Röcke an, das taugt nicht dazu. Sie ziehen sie murrend aus, das hätte doch sicher toll ausgesehen! Es wird barfuß gesprungen. Ein Teil hüpft am Feuer vorbei, ein Teil drüber und ein weiterer Teil verbringt den Rest der Nacht mit den Füßen im Wasser. Ernsthaft verletzt hat sich niemand. Wir haben jede Menge Spaß.

Als ich aufwache, steht die Sonne schon hoch am Himmel. Vor den anderen Zelten ist noch kein Lebenszeichen zu entdecken. So im Großen und Ganzen fühle ich mich wohl, aber die Temperatur ist für meinen Kopf ein kleines bisschen zu hoch. Im See springen ein paar Fische, die Vögel zwitschern fröhlich, was für ein herrlicher Tag! Ich renne in das kühle Wasser und schwimme mit voller Kraft einige Bahnen.

Erfrischt und ohne Kopfschmerzen lasse ich mich nach einer halben Stunde klitschnass auf mein Handtuch fallen und von der Sonne trocknen. Erinnerungen an die unbeschwerten Sommer meiner frühen Kindheit tauchen auf. Jetzt nur nicht anfangen zu denken und alles kaputt machen!

Später - ich war wohl noch einmal eingeschlafen - ist auch das große Zelt zum Leben erwacht. Wir haben Hunger, die Reste von gestern Abend sind nicht ausreichend, wir holen Kaffee und Brötchen vom Kiosk. Dann läuft alles ab wie schon am Vortag. Sobald beunruhigende Bilder und Zweifel auftauchen, betäube ich mich mit Rauchen, Pillen Alkohol - genau wie alle hier.

Auf die gleiche Weise verlaufen die nächsten Tage. Am dritten, vierten oder fünften Tag - ich habe jedes Zeitgefühl verloren - machen wir ein großes Grillfeuer. Zum ersten Mal wird Persönliches ausgetauscht und es kommt zu richtigen Gesprächen:

Aline stammt aus Holland. Sie lebt allein mit ihrer Mutter, die schon seit zwei Jahren ohne Arbeit ist und angefangen hat zu trinken. Nach einem guten Realschulabschluss hatte Aline einen Ausbildungsplatz bei einem Zahnarzt ergattert. Allerdings nur für fünf Monate.

„Mann, ich war so froh, endlich mit einer Ausbildung anfangen zu können. Ich hab mir ausgerechnet, drei Jahre und dann könnte ich von zu Hause weg. Und raus aus der Armut, eine eigene kleine Wohnung. Na ja, es kam anders. Erst war mein Zahnarzt super nett. Er hat sich auch für die Berufsschule interessiert. Und er hat mich gelobt, wie ich mit den Patienten umgehe und so. Buchhaltung hat mir halt Probleme gemacht. Da hat er mir Hilfe angeboten nach der Arbeit.

Am dritten Abend hat er angefangen, mich zu betatschen. Als ich das nicht wollte, hat er nur gelacht und immer weiter gemacht. Es war so eklig! Da hab ich ihm eine geknallt und bin raus. Am nächsten Tag hat er mir die Kündigung gegeben – weil ich die Buchhaltung nicht begreife und eine negative Arbeitsauffassung habe. Dann hat er noch gesagt, wenn ich was erzähle, würde mir sowieso keiner glauben.

Zuerst war ich einfach nur erleichtert. Ich hab mich gleich hingesetzt und haufenweise Bewerbungen geschrieben. Meine Noten waren ja ganz gut, bis auf Buchführung halt. Aber ich hab nur Absagen gekriegt. Irgendjemand hat mir dann gesagt, dass die Ärzte untereinander Erfahrungen austauschen und wenn mein Zahnarzt allen Kollegen gemailt hat, ich sei unzumutbar, dann hätte ich keine Chance. Irgendwann hatte ich echt keine Lust mehr. Aber zu Hause halt ich es nicht mehr aus. Das ist alles so gemein! Und du kannst einfach nichts dagegen tun. Ich weiß jetzt ehrlich nicht, was aus mir werden soll!"

Bleona aus Bosnien hat sich ebenfalls in der Schule unheimlich angestrengt. Manchmal macht ihr die deutsche Sprache noch Probleme – sagt sie –, weil sie erst mit acht Jahren nach Deutschland gekommen ist. Mir ist da bisher nichts aufgefallen. Mit Englisch hatte sie ziemliche Schwierigkeiten. Das kann man sich ja auch vorstellen. Es war schließlich die zweite Fremdsprache innerhalb kurzer Zeit für sie.
„Ich wollte so gerne eine Lehre im Hotelfach haben. Aber wenn ich überhaupt zu einem Bewerbungsgespräch eingeladen wurde, haben sie immer nur nach Englisch und Französisch gefragt. Dabei kann ich außer bosnisch, serbisch und deutsch noch richtig gut türkisch und arabisch. Diese Menschen gehen doch auch in Hotels, da gibt es doch viele

Reiche. Aber das hat niemanden interessiert. Mit dem, was ich kann, kriege ich einfach keine Stelle.

Jetzt hab ich ein paar Mal vom Arbeitsamt so Billigarbeiten im Lager bekommen. Da wirst du nur rumgeschubst, beschimpft und ständig auf Diebstahl kontrolliert. Jeden Abend fällst du todmüde ins Bett und das Geld reicht trotzdem nicht für das Nötigste. Das will ich einfach nicht mehr. Manchmal weiß ich einfach nicht mehr weiter. Ich hab so eine Wut auf die alle! Egal was du machst, sie lassen dich einfach nicht hochkommen."

Fanny, die mit ihrer Schwester Fritzi seit zwei Tagen hier ist, hat auch einiges zu berichten:

„Wir ham von dem ganzen Scheiß auch die Nase voll. Bei uns is Schule echt das kleinste Problem. Letzte Woche ham se unseren Jugendtreff auseinandergenommen. Da muss uns einer verraten haben. Bei uns wurd auch Gras gefunden und ein paar Pillen. Dann Personalien und Anzeige. Als hätten wir net schon Stress genug zu Haus. Nachts schlafen wir in einem Bett, damit keiner auf Ideen kommt. Ständig werd ich wach, weil man nie weiß, was unten abgeht. Ewig nicht mehr durchgeschlafen.

Unser ekliger Stiefvater würd krass ausrasten, wenn der uns findet. Der säuft sich jeden Tag zu und verprügelt die Mutter und manchmal auch uns. Ich war schon ein paar Mal kurz davor, ihm eine von seinen Flaschen über den Kopp zu haun. Aber Drogen – oh je – ganz schlimm!

Diesmal würd es ganz sicher uns treffen, Panik pur! Wir hatten eh vor, so schnell wie möglich da weg zu kommen. Aber wir sind erst 16 und 17. Dann haben wir uns gedacht, wenn wir mal `n paar Wochen weg sind, vielleicht machen sie sich doch Sorgen und lassen uns danach in Ruh. Also sind wir gleich am nächsten Tag weg. Is voll die Erholung hier. Na ja, mal sehn, was kommt."

Bis jetzt haben nur Mädchen geredet. Die Jungen sind heute Abend seltsam zurückhaltend. Taifun sitzt sehr nachdenklich in der Ecke. Dann rutscht er langsam näher. Er war sonst immer einer der Lautesten mit den härtesten Aussagen. Dann traut er sich. Vielleicht muss es jetzt auch einfach aus ihm heraus.
„Schule und Berufsschule ist echt zum Vergessen. Denen geht doch einer ab, wenn sie dich fertig machen können. Was für Opfer! Die ham sich echt mal Eine verdient, damit se wissen, wer hier stärker ist. Ich lass mir doch

net länger einreden, dass ich en blöder Türk bin. Ich weiß genau, dass ich´s voll drauf hab."

Auf seiner Stirn hat sich eine dicke rote Ader gebildet. Gleich explodiert er. Die meisten nicken zustimmend. Mir tut er sehr leid. Seine Augen sind so traurig und diesen Zorn kenne ich nur zu gut. Der kommt aus dem Schmerz und nicht aus den Genen. Ich möchte ihm so gerne etwas Positives sagen. Vielleicht erzähl ich erst einmal etwas von mir, damit sie akzeptieren, dass ich eine von ihnen bin. Danach habe ich das Gefühl, dass ich voll angenommen werde und wende ich mich direkt an Taifun.

„Das Problem sind die Vorurteile bei so vielen Lehrern und auch bei anderen. Und wenn du dich mit Gewalt rächen willst, dann hast du genau die bestätigt. Dann werden alle sagen, sie hätten ja Recht gehabt und schon immer gewusst, dass du so endest. Aber genau das willst du ja nicht.

Am härtesten kannst du sie treffen, wenn du das Gegenteil tust und beweist, wie gut du bist. Wenn du sie reden lässt und dein Ding durchziehst, lernst was du brauchst und es zu etwas bringst trotz aller Widerstände. Dann kannst du sie mit Verachtung strafen. Dann müssen sie dir zuhören. Das ist natürlich anstrengend. Aber ich bin davon überzeugt, das lohnt sich.

Also ich werde mir nicht mein Leben kaputt machen lassen. Ich werd weiter machen. Nicht mehr da, aber es gibt so viel andere Möglichkeiten. Fernkurse zum Beispiel. Daran habe ich auch schon gedacht. Da muss ich mich halt noch genau informieren. Erst einmal werde ich für mich lernen, rauskriegen, was ich will. Dann zieh ich das durch."

Taifun hat aufmerksam zugehört. Ab und zu wurden seine Augen zu schmalen Schlitzen. Sah nicht gerade nach Zustimmung aus. Sicher habe ich ihn nicht so schnell überzeugen können. Aber langsam reicht ja auch. Ich bemerke aber bei mir den harten Willen, es zu schaffen. Interessant, ich habe diese Worte auch zu mir gesprochen. Das fällt mir jetzt erst auf. Schon spannend, wie das Gehirn so funktioniert, uns auf Umwegen Dinge klarer sehen lässt. Nach einer kleinen Pause fängt Taifun wieder an zu reden:

„Hey, das mit deim Großvater tut mir leid. Auch dass deine Eltern dich nicht verstehen. Meine verstehn mich auch nicht. Sie wollen immer nur, dass ich friedlich bin, mich anpasse und es zu was bringe. Aber das hat bei denen ja auch net geklappt. Mein Vater ist arbeitslos, der sitzt nur rum. Der hat überhaupt kein Saft mehr. Das nervt mich total. Meine Mutter geht putzen bei fremden Leuten. Dann arbeitet sie zu Hause weiter. Oft streiten sie sich, fast immer wegen mir. Ich hab schon meim Vater gehorcht, aber ich hab ihn verachtet für seine Schwäche.

Alles so depri, da hast du doch auch kein Bock mehr. Wofür lernen, wenn du dann doch keine gute Arbeit kriegst, deine Frau weint und die Kinder sich für dich schämen? Was für`n Leben! Meistens bin ich draußen, weil ich das nicht mehr sehn will. Bei meinen Kumpels bin ich wenigstens wer. Die akzeptiern mich wie ich bin. Klar machen wir viel Scheiß, aber wir tun wenigstens was. Is ja sonst wie tot.

Mein Großvater wohnt auch hier. Einmal war ich bei ihm und hab gesagt, dass es mich fertig macht, wie mein Vater so schwach ist und dass ich ihn verachte. Da is mein Großvater ganz ernst geworden und hat gesagt, das darf nicht sein und ich bin ungerecht. Ich muss mein Vater respektieren – weiß ich ja auch – und soll ihn unterstützen.

Dann hat er mir zum ersten Mal seine Geschichte erzählt, wie er nach Deutschland gekomm is und so. Wisst ihr, er war mal ein stolzer Mann bei sich zu Hause, so ne Art Richter. Das ganze Dorf hat nach seim Rat gefragt. Obwohl er nie ne Schule besucht hat. Er war richtig was wert. Alle warn arm, aber zufrieden. Richtig schlimme Sachen sind dort nie passiert, höchstens mal Streit in Familiensachen oder wegen Ackergrenzen und so. Eigentlich wollt er nie sein Land verlassen.

Ein paar Jahre gab`s dann schlechte Ernten und die jungen Männer hatten gehört, dass man in Deutschland gut Geld verdienen kann. Deshalb wollten die weggehen, mein Vater war auch dabei. Meine Eltern hatten grad geheiratet und meine älteste Schwester war unterwegs. Deshalb wollt mein Vater seine Frau nachholen, wenn er ne Wohnung hätte. Viele der andern Männer gingen allein, aber alle wollten irgendwann wieder zurück.

Und weil mein Großvater keine Frau mehr hatte und sein Sohn helfen wollte, schnell genug Geld für die Rückkehr zu verdienen, is er mit. Hier war er Hilfsarbeiter, verstand die Sprache net, wurde angeschrien, wurde total unsicher und war nix wert. Aber mein Vater fühlte sich ganz wohl, hat ein Sprachkurs gemacht, verdiente gutes Geld und passte sich an, um möglichst wenig aufzufallen. Im Werk hatte er auch gute Kumpel. Die kamen aber nie zu uns nach Haus.

Zuerst ham se viel gespart und angefangen, im Urlaub das alte Haus in der Türkei schön zu machen. Jede Menge Geld ham sie an die Verwandten geschickt und im Sommer Geräte und Maschinen als Geschenk hingebracht. Ein Jahr war mein Vater arbeitslos, weil sein Betrieb dichtgemacht hat. Das war echt schrecklich! Ich erinner mich, war noch klein. Die hatten schon Angst, sie müssten zurück, obwohl sie noch net genug Geld hatten, schon drei Kinder da warn und das Haus noch net mal halb fertig war. Außerdem gab`s keine Arbeit da.

Dann hat er neue Arbeit hier gehabt. Da war`s wieder besser. Er wollte gern, dass wir studiern. Das wär sicher, hat er gesagt. Wir sollten auch nicht zum Türkischunterricht, es wär nicht gut für Deutsch, hätten die Lehrer gesagt. Das fand mein Großvater net gut. Wir würden unsere Wurzeln verliern und verraten, meinte er. Brutale Diskussionen damals – viel Geschrei.

Vor vier Jahren hat mein Vater ein Arbeitsunfall gehabt. Erst lange krankgeschrieben, dann wieder arbeitslos. War ja gar net seine Schuld. Konnte auch nich mehr am Haus arbeiten. Ich soll jetzt Schule gut weitermachen, richtig türkisch lernen und zu Hause ein Job suchen – Türkei hat jetzt gute Wirtschaft und viele Arbeitsplätze. Das sagt mir mein Großvater.

Aber ich kenn das alles nur von Ferien und auf so Dorf hab ich auch nicht wirklich Lust. Da sagt er noch, ich muss in die Stadt gehen, unser Dorf können wir vergessen für immer. Er hat keine Hoffnung mehr, die Heimat noch einmal zu sehn. So traurig hat er das gesagt. Als wollt er gleich aufhören zu atmen. Aber ich bring ihm hin, ich schwör! Hab ich versprochen. Wir haben geweint zusamm.

Als er fertig war, hab ich gedacht, was mach ich hier eigentlich noch? Richtig deutsch werd ich nie, richtig Türke bin ich auch nicht mehr. Bin ich gar nix! Muss ich nicht zurück gehn? Viel Türkisch kann ich echt net, das ändert sich jetzt! Alles ändert sich jetzt. Wir ham auch unseren Stolz! Und wenn nix klappt, dann lass ich mir trotzdem gar nix mehr gefallen!"

Taifun hat Tränen in den Augen. Wir anderen sitzen alle still und betroffen. Was soll man dazu auch sagen in diesem Moment? Seine Geschichte hat uns richtig mitgerissen, sehr nachdenklich gemacht. Ja, die zweite, manchmal auch dritte Generation. Es wird ja so viel darüber geredet, dass die so viel brutaler sind als ihre Eltern es waren. Keiner versteht warum – ich bisher auch nicht. Jetzt begreife ich es schon. Vieles überspringt eine Generation, vielleicht auch das Bedürfnis nach Wiedergutmachung oder Rache.

Die Großeltern, gerade wenn sie aus den Dörfern stammten, fühlten sich ewig fremd und einsam, angefeindet, nicht anerkannt und litten unter gewaltigem Heimweh. Sie wollten nicht in der Fremde sterben und so bald als möglich wieder nach Hause zurück. Verwirrt, manchmal auch bestürzt über die Lebensweise, die sie weder verstanden noch guthießen und oft geschmäht für die Ausübung ihrer Religion und ihre andersartige Kleidung, zogen sie sich ganz auf sich selbst zurück. Um sich in der Fremde ein wenig Heimat zu erschaffen und auch um ihre Kinder nach ihrem Verständnis zu beschützen, hielten sie eisern fest an ihrer Kultur. Es war ein Leben in Traurigkeit und voller Sehnsucht.

Die Eltern wollten und sollten es zu etwas bringen, arbeiteten schwer und bemühten sich um Anpassung und Anerkennung und schluckten dafür sicher mehr Demütigungen als für die Seele gut ist. Nur selten kam es zu Annäherungen, zu tief saßen die Vorurteile.

Dabei kann man Vorurteile am besten durch Kontakte vernichten.

Sie wollten keinen Ärger, so begehrten sie nicht auf. Ihre Kinder sollten eine gute Schulbildung erhalten. Sie sollten es einmal besser haben. Das wünschen sich ja alle Eltern für ihre Kinder. Viele bauten kleinere und auch große Geschäfte auf, die würden sie nicht so leicht wieder aufgeben. So wurde für sie eine Heimkehr immer unwahrscheinlicher. Außerdem hatten sie sich an viele Annehmlichkeiten auch gewöhnt. Das Heimweh blieb, das konnte ein Sommerurlaub nicht heilen. Auch sie konnten sich ein kleines Stück Heimat nur über Rituale und das Festhalten an heimischen Regeln erhalten.

Die Mädchen waren eher still und fügsam, schluckten dumme Bemerkungen hinunter, ergaben sich in die Situation oder entwickelten einen enormen Ehrgeiz. Bei den Jungen war das schon schwieriger. Sie wehrten sich heftig, oft total übertrieben, verweigerten die Schule, spätestens nach der Grundschule. Das habe ich oft erlebt. Aber wenn sie nicht nur für sich handeln, sondern stellvertretend für ihre Eltern und Großeltern, dann haben wir schon den Zorn multipliziert mit 3. Dann ist die Steigerung der Gewalt wohl daraus zwangsläufig entstanden.

Diese Gedanken gehen mir durch den Kopf, während wir zusammen grillen, essen, rauchen, trinken. Vieles ist mir gerade klarer geworden. Für mich heißt das, wenn man an einem Punkt dieser Reihenfolge für eine positive Veränderung sorgen würde, dann könnte man dadurch auch das Ergebnis erfolgreich zum Besseren verändern.

Aber der erste Schritt ist das Verständnis für die Prozesse und dass diese auch durch unser Verhalten entstanden sind. Dazu ist es allerdings nötig, sich das gesamte System erst einmal ohne jede Bewertung anzusehen. Das fällt nach meinen Beobachtungen den meisten Menschen sehr schwer.

Einige Worte sind während meines Sortierungszustandes aber doch an mein Ohr gedrungen. Ein Kumpel von Taifun hatte etwas gesagt, das meine Aufmerksamkeit erforderte:

„Schule ist klar. Da hat Taifun Recht. Nur in unserer Gruppe kriegt jeder seinen Respekt. Wenn du immer nur am Rand stehst in einem System und als Mensch keine Bedeutung hast als die des Sündenbocks, dann gehst du da raus und suchst außerhalb nach dem, was jeder Mensch braucht. Höchstwahrscheinlich gäbe es ohne die ständige seelische Verletzung keine Unterwelt, Protestkultur oder Nebenkultur.

Wie ich heiße, ist egal, ich brauche meinen richtigen Namen nicht mehr. Ich bin einfach nur ich und damit stehe ich für alle, die als Mensch gesehen werden wollen. Nicht gleich in Schubladen gesteckt werden möchten nach Namen, Volk, Religion und Einkommen.

Meine Eltern haben hier eine große Baufirma aufgebaut, mir ging es immer gut, solange ich noch klein war. Als ich in der Schule extreme Schwierigkeiten bekam und mich alle schrecklich fanden, sagten meine Mutter und mein Vater immer noch, dass ich großartig sei und schon meinen Weg gehen würde. Aber das hat nicht viel gebracht, ich zweifelte immer stärker an mir. Ich dachte, sie sagen das nur, weil sie mich lieben. In der Klasse machte ich immer öfter den Kasper oder Rüpel, um zu zeigen, dass mir das alles nichts ausmacht.

Irgendwann ließen meine Eltern mich dann bei unserem Kinderarzt und Psychologen einen Intelligenztest machen. Heraus kam, dass ich hochbegabt bin und sie hatten ein Gespräch mit meinen Lehrern, um zu beraten, wie es mit mir vernünftig weitergehen sollte. Danach waren sie ziemlich frustriert, erzählten mir aber nichts. Ich hörte meine Mutter nur mal sagen, dass sie vielleicht doch besser nicht zu unserem arabischen Arzt, sondern zu einem

deutschen hätten gehen sollen. Mein Vater hielt das für albern. Schließlich praktiziere der schon zwanzig Jahre in Deutschland und hätte auch viele deutsche Patienten. Aber ich habe daraus geschlossen, dass wir tun können was wir wollen, sein können was wir wollen, wir werden niemals richtig anerkannt.
 Das mit der Schule ging schief. Irgendwann schloss ich mich unseren Leuten an. Da bekam ich Unterstützung, Ansehen, eine Aufgabe und meinen Stolz zurück. Wir können uns absolut aufeinander verlassen. Deshalb sind wir auch loyal ohne jede Einschränkung, auch wenn wir nicht alles richtig finden, was so abgeht. Wenn es sein muss, dann gehen wir auch für einen anderen ins Gefängnis."

 Zustimmendes Nicken bei Vielen, Staunen bei einigen Anderen. Das war wirklich eindrucksvoll. Ich erinnere mich an einige auffällig gute Graffitis, die sämtlich mit "just me" unterzeichnet waren. Ob sie von ihm stammten? Da ich sicher bin, auf eine entsprechende Frage keine Antwort zu bekommen unterlasse ich das, obwohl es mich brennend interessiert.
 Es ist plötzlich laut geworden. Eine neue Gruppe ist aufgetaucht. Sie sind offensichtlich alte Bekannte. Fünf

Freunde, die auch auf Schule pfeifen und mit einem Transporter aus Marokko Möbel und Kleinkram holen, den sie an Spezialgeschäfte verkaufen, erfahre ich. Einen kenne ich ja! Das ist Karim, mit dem ich schon in der Grundschule zusammen war. Aus dem zarten, ängstlichen Jungen mit den schwarzen Locken ist ein großer kräftiger Kerl geworden. Ein Jahr lang besuchte er noch das gleiche Gymnasium wie ich, dann haben wir uns aus den Augen verloren.

Er strahlt, als er mich erkennt und umarmt mich. Dann erzählt er mir, dass er in der zehnten Klasse die Realschule geschmissen hat, weil er es einfach nicht mehr aushalten konnte. Morgens beim Aufstehen hatte er schon Schweißausbrüche, hat darum auch oft geschwänzt. Als ich ihm erzähle, dass ich auch gerade alles hingeworfen habe, lacht er laut und meint, das hätte er von mit ja am wenigsten erwartet. Ich sei doch so intelligent. Oft sei genau das das Problem, erwidere ich. Er wirkt zufrieden mit seinem Leben, ist sein eigener Herr und die Geschäfte laufen richtig gut, die Nachfrage ist groß. Sein Cousin hat ihn zu der Gruppe geholt, sie sind alle zwischen 17 und 21 Jahre alt.

Das Thema Schule steht weiterhin im Mittelpunkt. Richtig verarbeitet haben die meisten ihre Erfahrungen noch nicht, trotz geschäftlicher Erfolge.

„Drecksschule - nie wieder. Da musst du weg, bevor du ganz klein bist. Man muss es alleine schaffen. Und siehste, geht doch!"

„Den meisten Lehrern bist du nur lästig. Oder du bist bei den Besten, dann läuft`s."

„Oder deine Eltern sind Bürgermeister oder haben viel Geld. Dann sind die auch ganz still. So krass, Mann! Was für Opfer."

„Frag mal was, dann komm so Sprüche: Frag nicht, hör einfach zu. - Ich hab jetzt keine Lust mehr! – Wenn du das nicht verstehst, dann bist du hier fehl am Platz! - bringt voll die Motivation. Da kann mer doch besser gleich im Bett bleiben."

„Ich hass die am meisten, die so süß freundlich tun, wenn Eltern oder Kollegen da sind. Aber wenn die Klassentür zu ist, geht der Punk ab. Da kriegste den ganzen Frust ab. Solche sind voll psycho. Aber das glaubt dir ja keiner."

„Als Ausländer biste immer der Assi und an allem schuld. Wenn was mit Drogen oder Klauen is, wer wird als Erster gefragt? Das muss mer sich net geben."

„Ja, stimmt genau. Macht doch keinen Unterschied, ob du`s wirklich machst oder net."

„Da müsste mal so richtig der Blitz reinschlagen!"

„Oder en Meteor."

„Hey Leute, macht euch keinen Stress mehr damit. Geht vielleicht eh bald alles in die Luft. Wenn dieses Jahr noch die Welt untergeht, könnt ihr ganz geschmeidig bleiben."

„Meinst du wegen dem Maya-Kalender? Ich hab meine Zweifel, ob das alles so stimmt."

„Ich denk auch, die haben sich verrechnet."

„Ja, oder die warn noch gar nicht fertig und hatten plötzlich keinen Bock mehr."

„Genau, weil da so`n Lehrer kam und alles besser wusste."

„Ha,ha, oder die haben mittendrin gemerkt, dass sie einen Fehler gemacht haben und wollten nicht noch mal von vorne anfangen."

Ich hatte zwischendurch schon Sorge, die Stimmung könne kippen. Es lag so viel Aggression in der Luft. Aber dann sind alle wieder locker und albern herum. Dazu beigetragen hat sicher auch unser Wettschwimmen, das wir nach dem Essen spontan veranstalten. Eine Weile sitzen wir später noch im Gras und beobachten einen absolut kitschigen aber versöhnlichen Sonnenuntergang. In diesem Moment wirken sämtliche Gesichter ganz weich und zart. Erstaunlich! Wer würde wohl zugeben, welche Gefühle das Bild hochspült? Niemand spricht, jeder hängt seinen eigenen Gedanken nach, bis – ja bis mitreißende Trommeln die Stille zerreißen. Jemand hat die Musik wieder eingeschaltet.

Als Nebel aufzieht und es zunehmend kühler wird, versammeln wir uns im „Mannschaftszelt". Die Party geht weiter, genauso wie in den vergangenen Tagen. Später am Abend erscheint plötzlich Karims ältere Schwester Tasmin. Sie wurde geschickt, ihn abzuholen. Er hat sich noch gar nicht zu Hause gemeldet nach seiner Rückkehr.

Die Eltern warten schon seit Stunden. Tasmin weiß meistens, wo Karim zu finden ist. Ein paar Vorwürfe muss er sich anhören. Sein schlechtes Gewissen versucht er zu verbergen, indem er die Lippen zusammenkneift und die Schwester zornig anblitzt. Sie bleibt davon völlig unberührt, setzt sich zu uns und wartet ab, damit er Zeit hat, von „Ich lass mir nix mehr vorschreiben!" zu „O.K., ich komme jetzt" umzuschwenken. Die beiden sind sich sehr vertraut, kennen sich genau. Da braucht es nicht viele Worte. Unwillkürlich muss ich lachen. Es ist wie in der Grundschule.

Ich erinnere mich noch gut, wie sie ihn in der ersten Klasse immer zur Schule brachte und mittags abholte. An jedem Morgen ein halbes Drama. Er klammerte sich an sie, weinte und wollte ums Verplatzen nicht alleine durch die Tür gehen. Manchmal, wenn er sich gar nicht beruhigen ließ, begleitete sie ihn dann noch bis zur Klassentür. Es schien ihm völlig gleichgültig, ob die anderen ihn auslachten.

Aber dann ging er zu seinem Platz, feuerte den Ranzen auf den Boden, stütze den Kopf auf die Arme und sah genauso aus wie jetzt, finster und nicht ansprechbar. Mir tat er leid, ich mochte ihn gerne. In den Pausen war er so witzig und sagte kluge Sachen. Es dauerte lange, bis er das auch im Unterricht tat. Er sollte erst nicht aufs Gymnasium, weil seine Mutter kaum deutsch sprach. Die Lehrer hatten deshalb Bedenken. Das weiß ich, weil ich ein Gespräch belauscht habe. Ich empfand dieses Gerede als gemein und ungerecht.

Tasmin studiert Jura. Sie hat das Abitur mit einem genialen Durchschnitt gemacht, obwohl sie auf dem Weg dahin zweimal wiederholen musste. Ich frage sie, wie sie es geschafft hat, trotzdem so konsequent weiter zu machen und dann noch mit so einem Ergebnis.

„Ach weißt du, ich hatte dieses Ziel vor Augen und wollte es unbedingt allen zeigen. Das haben mir doch die wenigsten zugetraut, dass ich durchhalte. Zwischendurch hätte ich beinahe manchmal aufgegeben. Aber dann kam so eine Wut, ich wollte nicht mein Leben lang schlucken. Eines Tages wollte ich auf die herunterblicken, die es mir so schwer gemacht haben. Es ist mir wohl gelungen, die Energie meines Zorns in Leistung umzuwandeln."

„Aber du warst doch eine gute Schülerin. Was genau hat dich denn zwischendurch so ausgebremst?"

„Am schlimmsten ist diese unterschwellige, ständige Abwertung und auch Ablehnung, die dich plötzlich trifft. Als kleines Mädchen findet man dich süß, du bist fleißig und unauffällig, die Lehrer mögen dich. Dann kommst du aufs Gymnasium und dir schlägt sofort ein anderer Wind entgegen. Plötzlich bist du Konkurrenz, die unerwünscht ist. Um dich zu halten, musst du doppelt so hart arbeiten wie die anderen. Jeder Fehler wird gnadenlos negativ bewertet. So habe ich es jedenfalls empfunden.

Es gab immer wiederkehrende Auffälligkeiten. Zum Beispiel bei mündlichen

Beiträgen. Wenn andere mal etwas Falsches sagten, dann wurden sie nachsichtig und freundlich aufgeklärt. Passierte das bei mir, dann wurden die Augenbrauen hochgezogen und der Kopf geschüttelt, mal missmutig, mal mitleidig, und ein anderer Schüler wurde aufgerufen. Wenn ich Fragen stellte, wurde oft geantwortet, das müsse ich aber langsam wissen oder das könne ich selber nachlesen.

Am übelsten fand ich solche Bemerkungen wie: „Das ist für dich natürlich schwerer zu verstehen. Du kommst ja aus einem anderen Kulturkreis." Es war vielleicht nicht immer so negativ gemeint, wie ich es verstanden habe und auch haben nicht alle Lehrer so reagiert, aber es war die Mehrheit. Außerdem, als armes, unwissendes Ausländerkind gehandelt zu werden, stärkt auch nicht gerade das Selbstwertgefühl.

Ich habe das jedenfalls als heftige Ausgrenzung und Herabsetzung empfunden, fühlte mich oft minderwertig. Meine Reaktion war, dass ich mich immer seltener meldete. Du weißt ja, welchen Stellenwert die mündliche Mitarbeit bei der Notengebung hat. Meine Noten entsprachen bald nicht mehr dem Durchschnitt der schriftlichen Arbeiten, sondern waren schlechter. Daraufhin fing ich an, Leistung zu verweigern. Aber auf Dauer habe ich mir gedacht, ich will denen auf keinen Fall Recht geben. Den Rest kennst du ja.

Du, ich sage dir, das Gefühl, mit dem Abschlusszeugnis in der Hand triumphieren zu können und dir bewiesen zu haben, dass die Anstrengung zum Erfolg führt, ist mit nichts aufzuwiegen. Ich habe das Negative jetzt zwar längst hinter mir gelassen, aber ich frage mich, ob es einem wirklich so schwer gemacht werden muss und wie viele noch solche schmerzlichen und auch traurigen Erfahrungen machen müssen. Und den angesprochenen Lehrern verzeihe ich auch nicht. Sie müssen wissen, was sie mit ihrem Verhalten anrichten. Für die Kinder macht es auch keinen Unterschied, ob das nur unbewusst geschieht. Ich erwarte von ausgebildeten Pädagogen, dass sie ihre Haltung hinterfragen, verändern und ihr Auftreten kontrollieren können."

„Ja, das finde ich auch. Aber es wird sich nichts ändern, so lange der Mangel nicht öffentlich zugegeben bzw. keine Korrektur von offizieller Seite gefordert wird. Oder bis sich das gesellschaftliche Bewusstsein verändert, was ein noch langsamerer Prozess ist. Bei mir waren es übrigens eher zu viele und zu lange mündliche Beiträge, die einige meiner Lehrpersonen veranlasst haben, mich vor der ganzen Klasse bloßzustellen. Aufgeben will ich auch nicht, aber innerhalb des Systems schließe ich jede Chance für mich aus. Wohin genau es gehen soll, muss ich erst noch herausfinden."

Ein Blick zur Seite, Karim ist aufgestanden, er ist jetzt soweit. Wir verabschieden uns herzlich und mit den besten Wünschen.

In der Zwischenzeit ist Thorsten aufgetaucht. Er ist ein ehemaliger Bandkollege von Leon, dem Schlagzeuger, der nach der Lehre als Chemikant nicht übernommen wurde und nach mehreren schlecht bezahlten Zeitarbeitsstellen im ehemaligen Ausbildungsbetrieb eine Festanstellung forderte, worauf er nun gar keine Arbeit mehr hat.

Thorsten ist schon dreißig und wirkt unter uns wie so ein lockerer Aufsichtstyp im Ferienlager. Wenn ich das aus der Entfernung richtig verstanden habe, will er die Band wieder zusammenbringen und Leon als Drummer dabei haben. Ich hätte jetzt erwartet, dass Leon sich total darüber freut. Aber Leon wirkt richtig sauer. Er blafft Thorsten an:

„Du warst es doch, der erst alles kaputt gemacht hat, als wir gerade ein paar Auftritte in Aussicht hatten – du mit deinem Personal Management – wolltest doch ganz groß rauskommen. Und jetzt kommst du wieder angekrochen. Scheiße Mann! Du hast damals alle unsere Hoffnungen zerstört! Geh weg!"

„Hey Leon, weiß ich doch. Du hast jedes Recht, mich anzuschreien. Aber bei mir hat sich damals alles überschnitten. Als ich das Angebot bekommen habe, war ich absolut blank. War zwar nur ein Praktikum für ein Jahr, aber wenigstens nicht ganz ohne Bezahlung. Außerdem hatte ich Druck von meinen Eltern, die mein ganzes Studium bezahlt haben und auch mal Erfolge sehen wollten. Ich mag meine Eltern, so ein Stress zermürbt mich.

Außerdem hat man mir versprochen, dass ich gute Aussichten auf eine Festanstellung hätte, wenn ich mich richtig reinknie und auch zu Überstunden bereit bin. Da musste ich mich entscheiden. Für Musik war einfach keine Zeit mehr.

War dann alles ein Riesenbeschiss. Als das Jahr um war, stand schon der nächste Uni-Absolvent auf der Matte, um meinen Platz einzunehmen. Im letzten Jahr habe ich über 50 Bewerbungen geschrieben, war auch bei einigen Bewerbungsgesprächen, aber keine feste Stelle in Sicht. Glaubst du denn, mir geht`s gut damit?"

„Du wirst heute überall beschissen, es gibt nur noch Sklavenarbeit. Studiert oder nicht. Hättest du wissen können, du Genie! Also, wie stellst du dir das jetzt vor?"
„Willst du`s nur wissen oder bist du dabei?"
„Lass erst mal hören. Dann denk ich vielleicht drüber nach."
„Du bist immer noch so ein harter Knochen. Das war schon mal kein Nein."
„Aber auch kein Ja!"
„Also ich habe den Produzenten eines Indie-Labels kennen gelernt. Dem hatte ich Demos von uns geschickt. Er meinte, die Zeit ist vielleicht reif für unsere Musik. In vier Wochen haben wir einen Studiotermin. Wenn du nicht mitmachst, kann ich den gleich wieder absagen."
„Hast du ein Glück, dass ich gerade kein gutes Angebot als Super-Manager vorliegen habe. Das könnte ja dann doch noch was werden mit uns. Darauf eine Friedenspfeife und ein Wodka."
„Aber am Montag müssen wir anfangen zu üben, Proberaum habe ich schon."
„Geht klar, und jetzt Party!"

Es gibt Applaus, als hätten sie schon den Grammy gewonnen. Die Wasserpfeife wird herumgereicht und getrunken wird reichlich auf den zukünftigen Erfolg.

So oder ähnlich geht es Tag auf Tag, Abend für Abend. Ich habe wirklich vollkommen aufgehört, mich mit schweren Gedanken herumzuschlagen und mich in diesem Leben eingerichtet. Musik, Alkohol, Pillen, Gras und anderes Zeug haben meinen Schmerz vollkommen betäubt. Selbst wenn ich manchmal davon erzähle ist es, als hätte ich selbst damit gar nichts zu tun, als würde ich von einem anderen Menschen berichten.

Nichts quält mich, nichts interessiert mich wirklich. Ein dumpfes Dasein ohne Impulse. Mein Zustand ist mir bewusst, was mich allerdings keine Sekunde lang belastet. Genau so wollte ich es haben. Endlich frei von Selbstzweifeln, Ängsten und inneren Konflikten. Eigentlich könnte es so bleiben, genau so! Vielleicht nehme ich das Angebot an, im Herbst mit in eine leerstehende alte Werft einzuziehen, in der einige als WG zusammenleben. Was Kosten und Geld für Essen betrifft, findet sich schon was – kein Stress.

Dann kommt ein Morgen, an dem ich sehr früh aufwache, weil es schon in der Nacht sehr heiß und schwül war. Ich habe das Bedürfnis, sofort ins hoffentlich kühle Wasser des Sees zu springen. Am Rand des Ufers schwimmen Schwäne und Enten. Ich sehe sie an und fühle – nichts. Absolute Leere. Dann knie ich mich hin, um mir etwas Wasser ins Gesicht zu schütten. Der See liegt ganz ruhig, totale Windstille. Es riecht stark nach Fisch und Muscheln. Mein Kopf spiegelt sich im Wasser. Man hätte mir genauso gut gegen den Kopf schlagen können. Das wäre auch kaum schockierender gewesen.

Ich blicke in ein müdes Gesicht mit dunklen Rändern unter den kleinen Augen und Flecken, die Haare gleichen einem Mob – einem alten Mob. Wow, das soll ich sein? Ja das bin ich, da hilft kein Leugnen. Und ganz plötzlich wird mir klar: jetzt haben sie dich so weit wie sie dich haben wollten. Du bestätigst hier und jetzt gerade sämtliche Vorurteile der Erwachsenenwelt.

Das war nicht das, was ich wollte. Ich wollte vergessen – das hat funktioniert. Dann wollte ich nicht mehr nachdenken – hat auch funktioniert. Wollte eine unbeschwerte Zeit haben – hatte ich. Neue Freunde gefunden habe ich auch. Sie sind wirklich alle voll in Ordnung. Es war mir auch unendlich wichtig, wieder Kraft für neue Aufgaben zu tanken – hat vielleicht funktioniert.

Für diese Aufgaben muss ich aber in der Lage sein, scharf zu denken, zu analysieren und klare Entscheidungen zu treffen. Diese Fähigkeit will ich nicht auf Dauer verlieren. Total kaputt sein wollte ich nicht. Die Erfahrung der letzten Wochen war für mich heilsam und notwendig. Aber nun ist es genug. Ich werde ab jetzt viel schwimmen, mich anständig ernähren und mich vor allen Dingen bei jeder Art von Rauschmittel zurückhalten. Das ist beschlossene Sache. Man wird mich verstehen.

Als nächstes rufe ich Ariane an und frage, ob die Wohnung noch zur Diskussion steht. Glück gehabt, es gibt keinen anderen Interessenten. Dann mache ich das jetzt klar. In einer Woche kann ich sie übernehmen. Ich fühle mich großartig, übermorgen wird mich Ariane hier besuchen. Sie wird ein paar Tage bleiben und dann mit mir zu Christophs Wohnung nach Konstanz fahren. Voller Vorfreude stürze ich mich in den See und schwimme bis zur Erschöpfung.

Anschließend liege ich auf der Wiese und blicke erwartungsvoll in den tiefblauen Himmel. Von dort kommt aber nichts. Habe es auch nicht wirklich erwartet. Es ist so herrlich hier, das kann ich auch ohne Unmengen von Stoff genießen. Ein paar Schlückchen Alkohol gehen schon noch.

Der Abschiedsabend auf dem Zeltplatz artet noch einmal richtig aus. Wir sind alle sehr traurig, als sich am nächsten Mittag unsere Wege trennen.

Die Zeit hier und vor allem meine Leute haben mir wirklich sehr geholfen, durch den dunkelsten Abschnitt meines bisherigen Lebens zu kommen. Aber nun geht es auf zu neuen Ufern, keine Zeit mehr für Sentimentalitäten.

Mein Asyl

Ariane bringt mich zu einem mehrstöckigen Altbau am Marktplatz. Im dritten Obergeschoss befindet sich die Zweizimmerwohnung. Sie hat sogar einen Erker, einen Balkon und eine separate Küche. Überall liegt Holzboden, wodurch alles sehr gemütlich wirkt. Das Schlafzimmer ist schwarz gestrichen und nur mit dem Nötigsten möbliert. Ein schlichtes Holzbett, ein Holzschrank, ein Stuhl und eine dunkelrote Stehlampe. Am Fenster hängen dunkelgraue Vorhänge. Ein einziges, lang gestrecktes Bild mit einer Wüstenlandschaft hängt als Blickfang an der sonst völlig leeren Seite, die dem Bett gegenüberliegt.

Im Gegensatz dazu sind die anderen Räume hell gehalten. Die Einbauküche ist geräumig. Offene Holzregale sind an den Wänden angebracht, eine Waschmaschine ist auch vorhanden. Am Fenster steht ein kleiner runder Tisch mit zwei Korbsesseln. Auf der breiten Fensterbank stehen Kräuter und andere Grünpflanzen.

Das Bad ist altmodisch, aber gemütlich. Auf der dunkelroten Wandfarbe sind einzelne goldene Tropfen aufgeklebt worden. Über dem Waschbecken hängt ein großer alter Barockspiegel, an der Stirnseite befindet sich eine hübsche Kommode mit bauchigen Schubladen aus rötlichem Holz. In dem breiten Flur steht eine dunkle alte Reisetruhe aus Leder mit Messingbeschlägen. Entweder hat Christoph das beim Einzug übernommen oder er hatte längere Zeit eine weibliche Mitbewohnerin. Das ist so gar nicht seine Handschrift.

Zum Schluss der Besichtigung landen wir im Wohnzimmer. Bücher, Bücher und noch mal Bücher. Zwei Wände voll mit Regalen. Auch ein großes Ledersofa ist vollständig davon eingerahmt. Im Erker befindet sich ein Schreibtisch mit Computer, den ich benutzen darf. Zwei hohe Palmen an beiden Seiten des Tisches wirken wie Säulen. Dann gibt es noch einen Mega-Fernseher an einer Wandbefestigung. An jeder noch so kleinen freien Wandfläche und auch im Flur hängen Bilder aus Arabien, Südamerika und Australien. Vor den Fenstern stehen noch zwei große Bäume in Tontöpfen und auch hier auf der Fensterbank weitere Pflanzen. Der Balkon ist bevölkert von Kräutertöpfen, Tomaten- und Paprikapflanzen. In einem Balkonkasten wächst Pflücksalat, in den anderen blühen bunte Wiesenblumen.

Es kratzt an der Tür, Ariane öffnet. Nun lerne ich auch Charlie, die kleine Katze kennen. Sie ist gleich sehr zutraulich und schnurrt um mich herum. Mit eleganten Bewegungen streift sie durch die vertraute Umgebung, als wolle sie sagen: Alles meins! Mit ihrer gelb-schwarzen Zeichnung sieht Charlie aus wie ein kleiner Tiger.

Ariane und ich trinken noch einen Kaffee auf dem Balkon, bevor sie aufbrechen muss. Sie wird am nächsten Tag für drei Monate zu einem Schüleraustausch nach Boston aufbrechen. Auch aus diesem Grund ist sie erleichtert, dass ich die Wohnung übernehme. Natürlich ist sie auch froh, dass sie auf diese Weise keine Anlaufstelle mehr für die Fragen meiner Eltern ist. Ihre größere Sorge aber war, dass ich es nicht schaffen würde, die alte Kontrolle über mich selbst zurück zu gewinnen.

Das war ja auch nicht völlig unberechtigt. So beschädigt, wie ich war, wäre es durchaus möglich gewesen, dass ich mich vollkommen zerstöre. Ich hatte ihr natürlich von meinen Exzessen erzählt und auch von dem Schockerlebnis berichtet, das mich letzten Endes zum Wiedereintritt in die reale Welt geführt hat.

Die Wohnung ist superschön. Ich werde mich hier sehr wohl fühlen. Ein willkommener Ausgleich zu meinen oft finsteren Gedanken, die mich auf meiner Suche sicher noch länger begleiten werden. Wär doch gelacht, wenn ich hier nicht mit einem neuen, starken Lebensplan rausginge. Aber erst einmal schlafe ich fast zwei Tage durch, stehe nur kurz auf, um die Katze zu versorgen und etwas zu trinken.

Am dritten Morgen wache ich schon in der Früh um 6.00 Uhr auf und habe einen Mordshunger. Drei Eier mit Speck, zwei Scheiben Brot mit Käse und Tomaten, zwei Joghurt, ein Apfel, eine Banane – ich bin satt. Nach Katze füttern, Bad und Anziehen gehe ich mit Charlie zusammen raus und laufe über den Markt. Auch heute ist wieder ein warmer, wolkenloser Sommertag. In den vergangenen Wochen gab es höchstens ein paar kurze Gewitter, ansonsten hat es manchmal spät am Abend oder nachts geregnet. Alles riecht nach Sommer. Lange wird sich diese Wetterlage sicher nicht mehr halten können.

Ich kaufe da und dort frisches Gemüse, Nudeln und Käse, probiere an verschiedenen Ständen eingelegte Köstlichkeiten, kaufe mir ein abgefahrenes T-Shirt und gönne mir noch eine weiße Häkelmütze. Plötzlich wird mir bewusst, dass ich jetzt wirklich mein eigener Herr bin, einen eigenen kleinen Hausstand habe, mich selbst regiere. Freiheit, endlich Freiheit! Ein unglaubliches Glücksgefühl erfasst mich. Am liebsten möchte ich laut singen. Nein, das werde ich nicht tun! Ist ja nur noch peinlich! Wie kam das denn, wann hatte ich zum letzten Mal so ein Bedürfnis? Als Kind habe ich oft gesungen, wenn ich glücklich war.

Zum Abschluss sitze ich mit meiner neuen Mütze in einem Straßencafé bei einem Eisbecher und genieße die Sommersonne. Ich habe heute ganz schön viel ausgegeben. Vielleicht sollte ich mir mal einen genauen Überblick über meine Finanzen verschaffen.

Die Bedienung gibt mir einen Block, leiht mir einen Stift. Für den Fall, dass ich wirklich 12 Monate in der Wohnung bleibe, muss ich 1.800,-€ zurückhalten. 350,-€ habe ich bisher ausgegeben. Bei einem Bedarf von 300,-€ pro Monat muss ich mich in vier bis sechs Wochen um einen Job kümmern, um meinen Lebensunterhalt zu sichern. Gut, dann weiß ich, was zu tun ist.

Zurück in der Wohnung gieße ich die Pflanzen - Christoph hat vorausschauend eine Anleitung auf dem Schreibtisch hinterlegt. Als ich das Bett machen will, fällt mir ein, endlich meinen Wanderrucksack auszupacken. Daran habe ich noch gar nicht gedacht. Viel zu sehr hatte ich mich daran gewöhnt, sozusagen aus dem Koffer zu leben. Aber nun bin ich ja nicht mehr auf der Durchreise, sondern habe einen ordentlichen Wohnsitz.

Den Großteil meiner Klamotten stopfe ich gleich in die Waschmaschine, sie riechen modrig. Den Rest verstaue ich ordentlich. Natürlich habe ich das Handy nicht weggeworfen, aber es bleibt ausgeschaltet und wird höchstens für Notfälle benutzt werden. Damit ich gar nicht erst auf andere Gedanken komme, verstecke ich es vor mir selbst hinter der Unterwäsche.

Danach fange ich an zu kochen, es wird Nudeln mit Gemüse und Parmesan geben. Das Rezept habe ich in einem der vielen Kochbücher in der Küche gefunden. Ich fühle mich königlich, bin die Herrscherin in meinem Reich. Die recht gut gelungene Mahlzeit genieße ich auf dem Balkon. So möchte ich es später auch einmal haben. Aber bevor ich mir solch eine Wohnung werde leisten können, muss ich noch einen weiten Weg gehen, den ich bisher noch nicht einmal kenne. Das bringt mich wieder zu dem Grund zurück, der mich hierher geführt hat. Das Denken beginnt von neuem, es scheint noch einwandfrei zu funktionieren. Ich begrüße mein arbeitendes Gehirn mit Freude.

Damit ich nicht noch einmal im Chaos der geistigen Rückblicke versinke, lege ich zuerst großzügig einige auf Zukunft gerichtete Rahmenbedingungen fest:

Um eine richtige Entscheidung zu treffen, muss ich alle Möglichkeiten kennen.

Um die beste Möglichkeit auszuwählen, muss ich alle Konsequenzen kennen.

Um eine Beurteilung vorzunehmen, muss ich wissen, wie die Welt funktioniert. Eigentlich weiß ich nichts – nichts von den Fakten, die wirklich wichtig sind. Meine mageren Kenntnisse stammen aus den Erzählungen anderer und können deshalb lückenhaft oder fehlerhaft sein.

In den kommenden Tagen verbringe ich meine Zeit vorwiegend am Computer, mit Zeitungen und mit fernsehen – Nachrichten, Dokus, sammle Wissen. Es stürmen brutal viele neue Eindrücke und wertvolle Gedanken auf mich ein. Nach einiger Zeit habe ich Bedenken, ob ich diese alle in meinem Gedächtnis behalten und abrufen kann, wenn ich sie benötige. Daher wächst in mir das Bedürfnis, alles schriftlich festzuhalten.

Umgehend beginne ich damit und fühle mich gleich sicherer. Ich schreibe in den folgenden Wochen und Monaten auf alles, was mir in die Hände fällt. Nicht immer habe ich einen Block zur Hand, während wichtige Gedanken oder plötzliche Eingebungen wie Blitze mein Hirn erleuchten. Volle Zettel wandern in einen Schuhkarton. So entsteht Stück für Stück eine Art Tagebuch.

Zwischenzeitlich kümmere ich mich auch noch um einen Job. Vom Nachdenken allein kann man schließlich nicht leben. Außerdem ist es hilfreich, wenn die Tage eine gewisse Struktur bekommen, damit man nicht ganz aus der Zeit fällt und den Kontakt zur Außenwelt nicht völlig verliert. Das Zurückkommen kann sonst sehr schwierig werden.

Ich sehe mich gezielt nach Stellen als Bedienung in Lokalen um, weil dort die Arbeitszeiten besser zu meinem gegenwärtigen Lebensrhythmus passen. Die Suche erweist sich als ziemlich zeitraubend, da in den Sommermonaten sehr viel Studierende diese Arbeitsplätze besetzt haben. Endlich finde ich jedoch etwas in einem Café im Bankenviertel. Vier Stunden pro Tag im Schichtdienst, bei Bedarf auch Doppelschichten, die Bezahlung ist gut, die Trinkgelder fallen meist üppig aus. Die allein reichen schon aus, um mich für den Winter einzukleiden. Geldsorgen sollte ich also nicht bekommen.

So ziehen die Monate dahin, während ich zwischen Arbeit, gelegentlichen Vergnügungen, intensivem Nachdenken und Lernen pendle. Den Großteil dieser Zeit empfinde ich als anstrengend, aber auch sehr Gewinn bringend. Mehr und mehr nähere ich mich dem Ziel an, einen durchführbaren Entwurf für meine Zukunftsplanung zu entwickeln.

Schließlich bringe ich diesen erfolgreich zu Ende und freue mich darauf, noch einige Zeit befreit meine totale Unabhängigkeit zu leben, bevor ich für einige Zeit zurück muss, um meine Angelegenheiten vor Ort zu regeln. Denn arbeiten und mich aufs Abitur vorbereiten, ganz gleich wo und wie ich den Abschluss machen werde, halte ich für ausgeschlossen. Außerdem will ich das Kapitel so schnell wie möglich beenden, um die Zeit bei meinen Eltern auf das Nötigste zu begrenzen.

Leider muss ich meinen Aufenthalt vorzeitig abbrechen. Im Januar erreicht mich die Nachricht, dass Ellen sich das Leben genommen hat und die Beerdigung ansteht. Ich fühle mich mehr als verpflichtet, daran teilzunehmen. Es erscheint mir sinnvoll, dann auch gleich den nächsten Schritt zu machen und mein Vorhaben direkt anzugehen. Zögern bringt mich nicht weiter. Also ist es entschieden. Ich schließe diesen Lebensabschnitt ab, nicht ganz ohne Bedauern, und werde, für eine begrenzte Zeit, zu meinen Eltern zurückkehren.

Tagebuch

Ja, und hier bin ich nun, schlaflos und aufgedreht. Erinnerungen können sehr anstrengend sein, mich aber beleben sie. Ich verspüre überhaupt keine Müdigkeit, während ich die zurückliegenden Erlebnisse in meinem Kopf abspule wie einen spannenden Film. Allerdings merke ich zunehmend, dass es auch Lücken gibt, besonders was Schlussfolgerungen und die detaillierte Planung meiner Zukunft betrifft. Ob das an der Vielzahl der Eindrücke liegt oder an der Tatsache, dass ich wieder in dieser häuslichen Umgebung bin, die Prozesse eher dämpft als sie voranzutreiben, kann ich nicht sagen. Ist aber auch nicht wirklich bedeutsam.

Mein Leben hat extrem an Fahrt gewonnen, die Erfahrungen oder besser gesagt Entdeckungen der vergangenen

Monate waren so vielfältig, dass ich gar nicht mehr alles zusammen kriege. Unmengen an Zeitungen gelesen, mitten in der Nacht ferngesehen, Neues erfahren. Gedanken kreisen, machen sich selbstständig, verstecken sich wieder, verheddern sich. Wer bis hierher gelesen hat, weiß ja schon, wie ich es hasse, wenn mein Kopf nicht so funktioniert, wie ich es will.

Gut, dass ich während der Zeit meiner selbst gewählten Klausur Aufzeichnungen gemacht habe. Die sind sozusagen zu meinem geistigen Rückgrat geworden. Erstens hatte und wollte ich in dieser Zeit keine Gesprächspartner, mit denen ich mich hätte austauschen können. Jede Form der Ablenkung hätte mich in meinem Prozess der Suche nach einer Perspektive für mein zukünftiges Leben nur zurückgeworfen. Und sinnvoll diskutieren, was ich durchaus begrüße, kann ich nur mit fertigen Gedanken. Zweitens konnte ich beim Notieren auf jede Art von Höflichkeitsfloskeln und Filter der sprachlichen Korrektheit verzichten. Niemandem außer mir selbst musste ich etwas erklären. Dadurch blieb alles wahrhaftig, ungekünstelt und unverfälscht. Außerdem überprüfte ich noch während des Aufschreibens meine Gedanken und entwickelte sie weiter.

Die hierbei entstandenen Zettel und Blätter krame ich nun hervor und lese mir alles noch einmal durch. Dabei gerate ich mehrmals in Versuchung, Dinge umzuformulieren, weil mich die Begrifflichkeiten nicht ganz überzeugen. Auch störende Wiederholungen finde ich und fragwürdige Zeichensetzung. Schließlich entscheide ich mich dagegen: Es ist ein Tagebuch! Entstanden aus Gedankenblitzen und sehr persönlichen Befindlichkeiten. So wie es dort steht, ist alles echt und niemand hindert mich, weiter zu denken:

Habe beschlossen, Tagebuch zu schreiben. Kein „Liebes Tagebuch", eher eine Art ungefiltertes Wut-Tagebuch ohne Datum oder Gliederung, das meine wahren spontanen Gedanken, Beurteilungen und Ergebnisse festhält. Alles was mich umtreibt, setzt brutal viele Energien frei, die ein Ventil brauchen. Also lass ich hier einfach alles raus!

Sehe gerade Debatte im Bundestag und lerne. Fernsehen kann ja doch ganz spannend sein über „Simpsons", „Big Bang Theory" und „South Park" hinaus. Es geht um Banken, Steuern, Rüstung. Alles nicht gerade unwichtig. Verstehe noch zu wenig, muss mich unbedingt besser informieren. Bin nicht sicher, ob das nur auf mich zutrifft. Und dann guck sie dir an: Selbstdarstellung bei den Rednern, totales Desinteresse bei den Gegenparteien. Ab und zu ein Aufschrei, wenn Alarmwörter doch ans Ohr dringen. Kein Wunder, dass für das Volk nix funktioniert im Land. Keinerlei Wunsch erkennbar, fremde Argumente zu überdenken für die beste Lösung. Aber es kommt auch wenig Konkretes, bla, bla, bla. So viel schlechtes Benehmen und Unhöflichkeit auf einem Haufen – quatschen, telefonieren, surfen, Mails schreiben. Da haben ja wohl Schule und Elternhaus versagt. Aber über uns meckern!

Ganz schön viele leere Plätze. Wo sind die alle? Werden doch dafür bezahlt. Na ja, Politiker werden ja selbst dann noch bezahlt, wenn sie gar nicht mehr im Amt sind. Wer hat das denn festgelegt? Haben sich wohl wegen Rückenschmerzen befreien lassen. Kein Wunder, das kommt vom vielen Wegducken, Buckeln und Kriechen vor Banken, Großkonzernen und Lobbyisten. Nicht etwa aus einer gewissen Ängstlichkeit vor der Übermacht, die könnte man als kleine Charakterschwäche noch verzeihen. Es handelt sich wohl eher um einen Mangel an Charakter bzw. bewusste Ignoranz gegenüber der Bevölkerung aus purem Eigennutz.

Denke nicht, dass ich damit irgendjemandem Unrecht tue. Schließlich starten die meisten nach Beendigung ihrer politischen Laufbahn eine Karriere als Berater oder Vorsitzende im Vorstand großer Firmen oder Lobbygruppierungen. Ob das einen Unterschied machen würde, wenn man den Laden ab sofort einfach schließt? Ist doch alles nur ein Riesenschaulaufen. Beschlossen und verhandelt wird im Geheimen, die neuen Gesetze werden dann irgendwann später mit Hilfe von Schreibern so geschickt und unkonkret in Interviews „kommuniziert", dass man kaum überschauen kann, was für Folgen daraus entstehen.

Ja Interviews, auch so`n Ding. Muss man sich wirklich mal voll konzentriert anhören. Du kriegst doch als Journalist kaum mal ne Antwort auf deine Fragen. Auch das eine bodenlose Unverschämtheit! Das macht mich so aggressiv! Auch kein Beruf für mich, jedenfalls nicht in dieser Form. Ich würde glaub ich bei fast Jedem aufhören mit den Worten: „Da Sie offensichtlich nicht vorhaben, genau auf meine Fragen zu antworten, breche ich das Interview an dieser Stelle ab. Für den Zuschauer und für mich ist das auf diesem Niveau Zeitverschwendung und eine Beleidigung der Intelligenz."

Aber die stecken ja auch alle in ihren Anhängigkeiten fest.

Wenn der Chef vom Sender sehr viel Nähe zur Politik hat, riskieren sie u.U. eine Kündigung. Frage mich nur, ob es das nicht im Sinn der Sache wert ist? Wo bleibt der freie, wahrhaftige Journalismus? Ich hör mir dieses verlogene Rumgeeiere jedenfalls nicht mehr an. Mit den Nachrichten ist es genau das Gleiche. Trennt man Fakten von manipulativen Sätzen, schrumpft der Informationsgehalt auf ein Minimum. Und selbst diese Trennung ist gar nicht mal so einfach.

Ein Beispiel: Ehemaliger Politiker hat Vorsitz in Großkonzern übernommen. Er bringt`s nicht, Konzern macht zweimal hintereinander riesige Verluste. Betrieb trennt sich umgehend vor Beendigung des Vertrages von dem Mann. Meldung 1: Herr Soundso hat auf Grund einer zweiten Gewinnwarnung seinen Posten „freiwillig zur Verfügung gestellt". Wer soll das denn glauben? Meldung 2: Firma XY musste zum zweiten Mal eine Gewinnwarnung herausgeben. Der Vorstandsvorsitzende Soundso gibt seinen Vorstandsposten mit sofortiger Wirkung auf. Was für eine Frechheit! Hier werden sogar Ursache und Wirkung sowie die Verantwortung dem Leser/Zuhörer geschickt verdreht untergejubelt. Man muss also entweder genau zuhören, klar und logisch alles überdenken oder besser gar nicht mehr zuhören.

Noch härter manipuliert wird nur noch bei Berichterstattung über Kriege, die mit Vorliebe „Konflikte" genannt werden und bei den jährlichen Warnungen vor weltumspannenden drohenden Seuchen mit dem dringenden Rat, sich umgehend impfen zu lassen. Wem nützt das? Na eh klar!

Habe längst die Angewohnheit, bei allen mir wichtigen Meldungen eine Grundsatzfrage zu stellen. Welchen Interessen nützt der Vorgang und wer profitiert davon? Dann kann ich einigermaßen herauskriegen, was gelogen ist und was nicht. Aber wer hat schon so viel Zeit? Ist wohl auch gar nicht erwünscht.

Vor drei Tagen original französische Serie gesehen, aber nur die Hälfte verstanden, hat mich maßlos geärgert. Handlung war total spannend, Sprache hat mich fasziniert. Klang viel schöner als bei unserem Französischlehrer. Wen wundert`s. Schrecklicher Kerl. Da will man doch nicht genau so sprechen wie der. Im Regal dann original Asterixhefte gefunden und noch jede Menge Kurzgeschichten, zum Teil mit deutschem Text direkt daneben. Zwei

Wörterbücher gibt`s auch, das krieg ich hin. Seither knie ich mich da richtig rein, lese ununterbrochen und muss immer weniger Wörter nachschlagen. Witzig ist, dass ich mir automatisch selber Fragen stelle zu den Texten und auf Französisch antworte. Ich glaub, wenn ich auch die Fragen auf Französisch stell, dann bin ich auf dem besten Weg, diese Sprache zu beherrschen. Tolles Gefühl – irgendwie wird die Welt dadurch größer für mich. Und es macht immer mehr Spaß. Deswegen mach ich jetzt auch weiter.

Später kommt Spanisch dran. Hab noch die Bücher von der AG, auch einen Wisch über „sehr erfolgreiche Teilnahme", kann aber null, bis jetzt. Warum geht man in eine AG? Entweder Zwang durch Eltern, weil sie sich mal wieder Gott weiß was davon versprechen. Oder weil man noch gewisse Pluspunkte braucht für Abschlussbeurteilung neben Amt als Klassensprecher/Schulsprecher/Schülerzeitung usw... Soll aber vorkommen, dass jemand dort etwas lernen will!!

Davon ist die Spanischfrau leider nicht ausgegangen. Bis auf wenige Grundlagen, Umgang mit U-Material und dem Hinweis auf die Notwendigkeit von „viiiiel Eigeninitiative" passierte – nichts. Jedenfalls nichts Sinnvolles. Eigentlich hat die ein halbes Jahr, zwei Stunden pro Woche nur von der Küste erzählt, wo die Reichen und Schönen Urlaub machen und sie und ihr Mann sich ein tolles Haus haben leisten können. Wen sie gesehen haben, wo sie eingeladen waren, wo man am besten essen kann, wie günstig man dort Personal bekommt – natürlich auch von der Angst, betrogen zu werden, wenn der Gärtner oder Poolboy zu viel abrechnen, bla bla bla. Also alles, was Halbwüchsige brennend interessiert. Zeitverschwendung – Geldvernichtung!!! Es leuchtet ein, dass so jemand Beamter sein muss – oder?

Aber gleich lern ich weiter - musste noch sein!

Mitternacht - komm nicht zur Ruhe, bin total aufgedreht. Versuch`s mal mit TV. Ein Bericht über ein jährliches Treffen von Wirtschaftsbossen, Politikern u. ä. in einem Nobelhotel in der Schweiz. Klingt langweilig, die sind sich alle selbst genug. Will gerade umschalten, Da werde ich hellhörig. Lohnt sich vielleicht doch.

Bei den Worten eines Redners im Interview kocht wahnsinniger Zorn hoch. Unglaublich, wie der Journalist diesem Typen auch noch zuarbeitet mit seinen Fragen, die totale Zustimmung ausdrücken. So ein Mitglied einer die-Weltgeht-mir-am-Arsch-vorbei-pseudo-wichtigen-Gemeinschaft mit Klubcharakter sitzt dort selbstgerecht halb in den Wolken mit Blick auf die unwissenden Untertanen dort unten im Tal. Also, es geht um die Gefahren durch Zuwanderung für „uns" – wer ist uns? Nein, er ist nicht gegen Zuwanderung. Allerdings sollen alle, die an dem Reichtum, den „wir" aufgebaut und erarbeitet haben, teilhaben wollen, eine Art Eintrittspreis bezahlen. Entweder in Form einer Geldsumme oder einer besonderen beruflichen Qualifikation. Andernfalls sei ja das Wachstum gefährdet. Finanzielle Unterstützung ohne Bedingung für Menschen, die nicht zu „uns" gehören sei wirtschaftlicher Unfug. Da seien sich alle maßgeblichen Leute einig.

 Ich wäre jetzt dann doch mal dankbar für kritische Rückfragen durch den Journalisten. Der muss sich doch auskennen in Geschichte und kann so einiges widerlegen. Aber der sieht ihn nur an wie ein hypnotisiertes Kaninchen. Da kommt nichts – einfach gar nichts. Erschreckt erkenne ich, wie viel Macht solche Menschen haben. Und die wächst genau in dem Maße, in welchem wir uns immer weniger um solche Aussagen kümmern. Immer weniger Zeit finden, uns darum zu kümmern. In dem Maße, wie unsere Unwissenheit zunimmt. Wir uns immer weniger Zeit nehmen, Informationen zu sammeln. Unwissenheit fördert Macht – die der anderen.

Jetzt bin ich hellwach. Wie ich diesen Kerl und alle seine Kumpel verachte! Der Typ sitzt da völlig selbstgerecht und würde wohl auf jede Art von Widerspruch absolut verständnislos reagieren. Trotzdem oder gerade deshalb müsste er doch kommen. Ach ja, und die Grenzen sollen natürlich auch dicht gemacht werden.

Aber Märkte frei – Geldfluss frei – Waren frei – einfach nur ekelhaft!

Grenzen – außer den natürlichen Begrenzungen durch Flüsse und Berge – sollte es überhaupt nicht geben. Jeder Mensch hat doch von Natur aus ein Recht, überall dort hin zu gehen, wo er leben möchte - sei es auch nur für eine gewisse Zeit für ein persönliches Projekt. Würde die Verteilung der Güter anständig funktionieren, müsste außerdem niemand unfreiwillig aus großer Not heraus seine Heimat verlassen.

Worüber reden wir hier? Wer sind diese Menschen, die nicht zu uns gehören? Oder sind das gar keine Menschen? Warum bleiben die nicht einfach zu Hause? Ich habe mir die Informationen verschafft. Thema hat mich schon länger interessiert. Deshalb war ich auf solch absurde Ideen und Argumentationen nicht vorbereitet.

Einmal sind es Flüchtlinge aus Kriegsgebieten, deren Leben bedroht ist. Dafür lässt sich schon etwas humanitäres Denken und auch Hilfe mobilisieren. Die anderen sind die sogenannten Wirtschaftsflüchtlinge. Dieses zynische Wort unterstellt schon, dass die sich einfach so an den Errungenschaften der westlichen Welt vergreifen wollen. Da ist schon gleich Widerstand da.

Ist es nicht erstaunlich, dass so viele Menschen Gegenden verlassen, die zu den schönsten der Welt gehören und in denen die westliche Welt am liebsten Urlaub macht? Glaubt wirklich irgendjemand, dass auch nur ein Einziger freiwillig seine Heimat und die Familie verlässt, um entweder auf dem Meer zu ersaufen oder auf einer italienischen Insel ohne Zukunft zusammengepfercht zu werden, abhängig von Almosen? Übrigens von wegen „Europagedanke". Der existiert auch nur, wenn`s nix kostet. Italien und Griechenland werden mit den Flüchtlingsströmen von den restlichen Ländern völlig im Stich gelassen.

Auch bei diesen Flüchtlingen geht es ums nackte Überleben. Sie haben einfach nichts mehr, um ihre Kinder zu ernähren. Und die Ursachen hierfür haben sie nicht selbst zu vertreten! Ich bau das mal von unten auf: Wo liegt der Grundstein des Wohlstandes der Industrienationen? In den früheren Kolonien! Das kann man übrigens alles nachlesen, wenn man es denn wirklich wissen will.

Von den Kolonialherren wurden Südamerika, Afrika, Indien und Sri Lanka, sowie weite Teile Asiens vollkommen ausgelutscht. Bodenschätze, Edelmetalle, Edelsteine und Diamanten wurden zu Lasten der Bevölkerung und zum alleinigen Nutzen der Besatzer ohne Maß gefördert. Schätze ganzer Zivilisationen wie der Maya und Inka wurden geraubt und nach Europa gebracht. Riesige Plantagen und Farmen wurden errichtet und als Eigentum erklärt, indem man den unwissenden Ureinwohnern eine Fremdherrschaft und die fremden Gesetze aufzwang.

Dort wurden Gewürze, Kaffee, Tee, Kakao u.a. von meist kaum bezahlten Einheimischen angebaut. Den Gewinn strichen die selbst ernannten Eigentümer ein, die den Arbeitern auch noch jede Intelligenz absprachen, so etwas eigenständig auf die Beine zu stellen. Dadurch sparten sie sich auch gleich die Kosten für Schulen. Die fehlende Bildung lieferte schließlich die Rechtfertigung dafür, das ganze Land als das eigene zu betrachten und die eigentliche Bevölkerung zu unterdrücken. Das widerlichste Beispiel ist für mich Südafrika.

Mit dem Ende der Kolonien war das Elend natürlich nicht beendet. Im Gegenteil – es wird in vielen Ländern immer schlimmer. Die Grundlagen für eine gute Entwicklung fehlen einfach.

Kein Verdienst mehr für Bauern – die Ernten vertrocknen oder werden überschwemmt. Ursache hierfür sind die Klimaveränderungen, die durch die Industrienationen verursacht werden. Das Vieh verdurstet, die Herden finden auch nichts mehr zu fressen – gleiche Ursache.

Kein Einkommen mehr für Fischer - die Fischbestände werden von riesigen Fangschiffen – auch aus der EU – vernichtet.

Kein Geschäft mehr für Händler – ohne Waren nichts zu verkaufen.

Und anstatt nun im Sinne einer längst überfälligen Wiedergutmachung dafür zu sorgen, dass diese Menschen in ihrer Heimat wieder ihr Geld als Bauern, Hirten, Fischer, Händler usw. verdienen und ihre Familien versorgen können – was das Flüchtlingsproblem ja wohl ziemlich schnell lösen könnte – lässt man ihnen in ihrer Verzweiflung gar keine Wahl, als unter großen Gefahren genau in den Ländern nach einer

Überlebenschance zu suchen, die für diese Lage verantwortlich sind. Vorher müssen sie sich aber erst noch das Geld zusammenleihen und eine Menge Gefahren auf sich nehmen. Wie viele ertrinken dabei jeden Monat? Auch eine Methode, die Überbevölkerung zu verringern!

Das alles riskieren sie für den normalsten Instinkt, den jeder Mensch hat: zu überleben und seine Kinder zu ernähren. Sie wollen weder die Börse manipulieren, noch Firmen zerstören. Weder hart arbeitenden Menschen ihr Haus wegnehmen oder Mieten unbezahlbar machen, noch Arbeitsplätze vernichten. Keine Steuern hinterziehen bzw. große Summen ins Ausland transferieren zum Nachteil des Volkes und auch niemanden nötigen und erpressen, um ihren Genmais zu verkaufen, ihr Gift zu versprühen oder ihren Giftmüll illegal entsorgen, wodurch Menschen schwer krank werden. Einfach arbeiten und Geld nach Hause schicken wollen sie. Wer also bitteschön gehört nicht zu uns? Wenn schon ein Feind gebraucht wird, sucht ihn in den Kreisen!

Andere Mittelmeerländer geben ihr Geld – diese Summen könnten eine Menge Leid lindern - lieber für gewaltige Zaunanlagen aus, in denen die Flüchtlinge dann hängen bleiben oder davon herunter stürzen. Im besten Fall verletzen sie sich nur schwer. Allein der ganze Bewachungsapparat verschlingt Unsummen! Könnt Ihr Euch nicht vorstellen, wie demütigend das alles ist? Und sich dann wundern, wenn einige kriminell werden! Wer trägt die Schuld daran?

Was, wenn das Eure Väter, Söhne, Töchter, Brüder oder Schwestern wären, die Ihr dort in den Zäunen hängen seht? Könntet Ihr dann etwas empfinden, vielleicht einen Funken Menschlichkeit oder unbändigen Zorn über solchen Zwang und solche Kälte? Schämt Ihr Euch eigentlich nicht, nicht mal ein bisschen?

Kriege Mordgelüste, mach jetzt Pause.

Bin bei meiner Suche nach dem Begriff der Demokratie auf die Griechische Geschichte und Mythologie gestoßen und die letzten Tage bei den Göttern hängen geblieben. Das war schon gigantisch. Götter mit menschlichen Schwächen, die man durchaus mit heute Lebenden vergleichen kann. Alte Männer, die Ihren Söhnen die Kraft und Schönheit der Jugend missgönnen, als hätten sie ihre Chancen nicht gehabt. Frauen, die Männer durch Intrigen gewinnen wollen und Konkurrentinnen mit allen Mitteln auslöschen. Andere Götter, die Frauen sammeln, um ihre ach so kostbaren Gene möglichst weit zu streuen. Figuren, die das Orakel befragen, um den Spruch dann so weit umzudeuten, bis es passt. Keine Überraschung, dass sie dann meist untergehen. Wieder andere, die die Zeichen falsch oder nur halb verstehen und sich dadurch ins Verderben stürzen. Hätten sie sich mal besser auf ihren Verstand und Instinkt verlassen. Na ja, ob das bei den Letzteren zum Erfolg geführt hätte? Offensichtlich fehlte es da genau an diesen beiden Begabungen. Liebe, Hass, Neid, Lügen, Mord, Intrigen, Verführung, Verstellung, Betrug, Gewalt – das volle Programm, kommt mir bekannt vor.

Komme nun zurück zu den Grundlagen der Demokratie. Hatte schon seit langem Zweifel, dass hier Demokratie herrscht. Fühle mich bestätigt. Demokratie = Herrschaft des Volkes. Da aber bei vielen Menschen nicht jeder seinen Text aufsagen kann – dann würde nämlich niemals etwas entschieden – werden gewählte Volksvertreter geschickt. Durch die Wahl erhalten die Abgeordneten ihre Legitimität. Sie wird ohne Zwang durchgeführt. In einer Demokratie gibt es eine Opposition und Regierungen können durch Wahlen wechseln, also ohne Revolution. Die Demokratie sichert die Grundrechte sowie die Bürgerrechte und achtet die Menschenrechte. Ich gehe davon aus, dass dies uneingeschränkt gelten sollte. So viel zur Theorie.

Wenn also, wie in diesem Land und auch einigen anderen „demokratischen" Staaten das Meiste – außer direkt vor Wahlen – gegen den erklärten Willen der Bürger entschieden wird und Volksbefragungen entweder nicht durchgeführt werden oder nur zeitlich begrenzt Beachtung finden, dann ist das keine! Demokratie (Wobei Volksbefragungen nur bei einem aufgeklärten Volk wirklich Sinn machen). In diesem Falle müsste es eigentlich möglich sein, die Regierenden sofort wieder abzuwählen. Haben sie mit ihren Entscheidungen der Mehrheit der Bevölkerung entscheidenden Schaden zugefügt, so sollten sie dafür haftbar gemacht werden. Vielleicht würden sie sich dann wieder daran erinnern, worin ihre Verpflichtung liegt.

Sehr viele Politiker haben gänzlich vergessen, dass sie den Willen des Volkes durchzusetzen haben – daher das Wort Volksvertreter! Zum Wohle des Volkes, nicht zum Wohle einiger weniger einflussreicher Kreise, nicht zum eigenen Wohle oder zum Vorteil von Familie und Freunden. Mir kommt es so vor, als wenn man direkt nach der Stimmabgabe sämtliche Bürgerrechte aberkannt bekommt und sie erst kurz vor der nächsten Wahl kurzfristig zurückerhält.

Mit dem Handeln gegen die Bürger hat sich die Legitimität übrigens erledigt. Außerdem muss überprüft werden, inwiefern die gezielte Manipulation der Wähler durch Lügen und Halbwahrheiten – oft unter Beistand der Medien – nicht auch einem Zwang gleichkommt. Eigentlich ist das sogar noch viel übler, weil man sich gegen offenen Zwang wenigstens gerichtlich zur Wehr setzen könnte.

Hab mal eher zufällig verfolgt, wie nach einem Brandanschlag auf eine Parteizentrale kurz vor der Wahl die betroffene Partei laut Umfragen einen enormen Zuwachs an Stimmen bekam. So ein Zufall!? Kein Mensch, der halbwegs bei Verstand ist, würde doch so etwas durchziehen, wenn er die Wahl dieser Partei verhindern will. Oder spinn ich jetzt? Ja ich weiß – der Gedanke der Demokratie ist ein Ideal. Aber was spricht eigentlich dagegen, diesem so weit als möglich nahe zu kommen? Oder ist Ideal mittlerweile ein Synonym für Schwachsinn geworden?

Tendiere mehr und mehr zu Revolution!

Nachtrag Demokratie (supergeschickte Ablenkungsstrategie!):
Serien – Brot und Spiele – man darf frei wählen - per SMS, wer Superstar, Topmodel, Supersonstwas wird – wer aus dem Dschungel fliegt - und dafür Gebühren zahlen. Toll, diese Umformung/Neudefinition von Basisdemokratie. Reizt erst mal schon. Soll das Gefühl vermitteln, man hätte doch etwas zu bestimmen. Viele Emotionen – Gewinnerreflexe – Zufriedenheit – Glücksgefühle! Im Hintergrund laufen unbemerkt die wichtigen Sachen ab.

Nächste Zerstreuung zum gleichen Zweck – Pseudo-Dokus mit Polizei, „Ordnungshütern", Gerichtsvollziehern, Hartz IV Strafbataillonen usw. - ist doch alles sicher und in Ordnung durch uns. Geht`s noch? Volk von Kontrolleuren, Überwachern, Spitzeln, Denunzianten und Bestrafern – super Entwicklung! Das rettet die Welt!

Dient gleichzeitig dem Plan, einzuschüchtern, denn die Kontrolleure sind ja scheinbar überall – auch im Fernsehen, also im eigenen Wohnzimmer oder – schlimmer noch - Schlafzimmer. Also bloß nicht aufmucken! Albtraum im Quadrat! Aber bereitet uns natürlich perfekt vor auf eine tatsächliche Totalüberwachung. Mir wird schlecht! Wollt Ihr das wirklich? Nein? Dann

sagt doch etwas, tut doch endlich etwas!!!

Hab seit Wochen keine Uhr mehr getragen, die Zeit gab es trotzdem. Abends wurde es dunkel, morgens wieder hell. Alle paar Stunden krieg ich Hunger, obwohl ich die genaue Stunde gar nicht kenne. Morgen fange ich an in einem Café zu arbeiten. Deshalb habe ich meine Uhr gesucht und bereit gelegt. Da ist mir das plötzlich bewusst geworden. Die Zeit war schon immer da, genauso wie die Jahreszeiten. Auch bevor man Worte dafür hatte. Durch Menschen sind nur der Kalender und die Uhr entstanden.

Ist das nicht auch bei anderen Erfindungen so? Ist das Meiste nicht Verhaltensweisen und Eigenschaften von Tieren und Pflanzen nachgestellt? Dann sind es ja gar keine Erfindungen, sondern Beobachtungen, Berechnungen, Umwandlungen und Nachahmung. Auch das sind große Leistungen, aber trotzdem etwas Anderes! Es fehlt die Dankbarkeit für das Geschenk.

Ist eine Sache vorhanden, auch wenn sie keine Bezeichnung hat? Wird der Namensgeber automatisch zum Urheber? Kann man ein Patent auf die Natur anmelden? Wohl kaum! Wäre ja total absurd – würde doch keiner zulassen?

Wenn ich etwas nur verstehe und benenne, dann habe ich es definitiv nicht erfunden. Das hat man nur vergessen. Deshalb wohl überschätzen sich so viele Berühmtheiten heute und nehmen für sich in Anspruch, was ihnen nicht zusteht. Sie sehen sich nicht mehr als Teil der Natur, sondern setzen sich über sie hinweg. Was dabei rauskommt, kann man sich ja jeden Tag ansehen – wenn man will! Da haben wir mal wieder den Knackpunkt.

Das Augenmerk wird so geschickt auf die behauptete Notwendigkeit eines täglichen Konkurrenzkampfes gerichtet, dass die großen Wahrheiten nicht mehr sichtbar sind. Nebenbei verschlucken diese Schattenkriege so viel Zeit und Energie, dass für kritische Betrachtung und Entwicklung echter Lösungen nichts mehr übrigbleibt.

War heute ein besonders schöner Nachmittag. Bin nach einer Doppelschicht auf einem Spielplatz gelandet und dort lange gesessen. Schuhe ausgezogen – Füße brannten – Kopf pochte. Der Platz war wirklich toll angelegt mit abenteuerlichen Holzbauten und Baumhaus, Hängebrücke usw. Wie ein kleines Dorf für Hobbits. Leider türmten sich dahinter gleich wieder Hochhäuser bedrohlich und einschüchternd.

Etwas weiter entfernt die Umrisse eines dampfenden Kraftwerkes oder so. Das hab ich dann aber ausgeblendet. Nur zuschauen, sich erinnern, sich freuen, durchatmen.

  Kinder – die meisten jedenfalls – sind schon genial. Wie sie spielen – sich auf etwas konzentrieren – versuchen zu verstehen – immer auf Entdeckungstour. Alles ausprobieren – immer wieder, wenn`s sein muss. Sie können prima ihre Interessen vertreten und streiten – anschließend einfach weiterspielen – wenn die Erwachsenen sie lassen. Leider meinen die nur allzu oft, sie müssten sich einmischen. Furchtbar – wollen alles kontrollieren. Natürlich gibt`s dann Geschrei – sie stören das System – raffen`s aber einfach nicht. Zerstören die Fähigkeiten zu Selbstfindung und Selbstbestimmung. Das hat mich dann schließlich so genervt, dass ich gegangen bin. So werde ich nie sein!

  Nach Hause am Fluss entlang, schöner Fluss, aber er stinkt. Nicht ganz so schlimm wie der Main bei unserer Klassenfahrt nach Frankfurt. Es stank bestialisch, tote Fische trieben oben, aufgebläht. Was hat man denn vom Wasser, wenn man es weder trinken, sich darin waschen, noch darin schwimmen kann? Wenn du da aus Versehen mit dem Auto reinfährst, lohnt es sich doch

gar nicht mehr, noch auszusteigen.
Bist ja eh gleich vergiftet. Sicher
hatte eine der Fabriken am Ufer da
wieder ihren Dreck entsorgt. Was für
eine Scheiße!!! Kein anderes Wort
passt besser – kein Wort!

Hab immer noch diesen elenden Geruch
in der Nase – Kopf hört auch nicht auf
zu pochen. Muss sofort ins Bett.

Hurra, wir haben eine Bankenkrise –
wer wundert sich – wer empört sich
scheinheilig? Das war lange fällig.
Der Dax leidet? Was ist das denn für
eine Nachricht? Wie kann ein Kunstprodukt, das auf nichts als virtuellem
Geld beruht, das nur als Zahlen über
die Bildschirme huscht, leiden? Warum
gibt man dem so viel Bedeutung? Wie
viele Menschen haben denn überhaupt
Aktien? Ich bin eigentlich froh, wenn
der Laden abschmiert. Dann merken endlich alle, wie verfault das Prinzip
ist. Übrigens: Menschen und Tiere leiden, auch wenn der Dax jubelt.

Alles kam ganz plötzlich und völlig
überraschend? Tausende von Familien
verlieren ihre Häuser – sind natürlich
selbst dran schuld. Müssen selbst zusehen, wo und ob sie eine neue Unterkunft finden. Banken sind in „Schieflage geraten?" - eigentlich pleite –
man muss ihnen helfen, sie unbedingt
retten! Warum eigentlich? Wird als

einzige Möglichkeit verkauft – weil systemrelevant – neues Adjektiv – bedeutet was? Relevant in welchem Ausmaß für welches System? Für das, was sich gerade als völlig zerstörerisch, unethisch und unbrauchbar erwiesen hat? Das muss also gerettet werden – total unlogisch. Aber O.K., dann sollen Banker, Vorstände, Hedgefonds und Trader mal zusammenlegen und ihr System wieder auf die Füße bringen. Aber nein, der Staat muss retten. Die Geschädigten retten ein völlig krankes, kaputtes System – unter Zwang und gegen den eigenen Willen - absurd.

In diesem Fall ist der Staat plötzlich wieder das Volk, speziell der Steuerzahler. Was hat der denn damit zu tun? Versteh ich nicht. Hey, was soll denn schon passieren? Lass die Banken doch pleitegehen wie jeden normalen Betrieb auch. Ist das nicht der erwünschte freie Wettbewerb? Dann macht man sein Konto eben bei einer anderen auf und bringt sein Erspartes dort hin.

Aber was wundere ich mich eigentlich? Gerade ein wenig recherchiert. Wenn solche Konstrukte wie Hedgefonds und Rating-Agenturen zugelassen werden, sind die Folgen doch vorhersehbar. Ich glaube nicht, dass Politiker so dumm oder kurzsichtig sind, dass ihnen das nicht klar war. Eher sind da abhängige Verbindungen entstanden, sodass die Geldwelt mittlerweile die Politik bestimmt. Damit erklärt sich auch die Bankenrettung.

Wenn das Geschäftsmodell darin besteht, zur größtmöglichen Gewinnerzielung Häuser oder kleine Firmen billig zu ersteigern, die von den Eigentümern nicht mehr bezahlt werden können und diese anschließend teuer zu verkaufen, gibt es nur eine Strategie. Ich sorge dafür, dass Zinsen so erhöht werden, dass sie nicht mehr bezahlbar sind. Als Bankenableger überhaupt kein Problem. Allerdings ein großes für die Gesellschaft. Ganz klar ein gigantischer, gesetzlich abgesicherter, globaler und geförderter Betrug.

Ähnlich bei den sogenannten Ratingagenturen – auch so eine kranke Wucherung und Bankenableger. Wer hat denen das Recht eingeräumt, Länder und Währungen im großen Stil zu bewerten? Die können ja nur verdienen, wenn jemand einen Nutzen von deren Aussagen hat. Und wer hat einen Nutzen, wenn ein Land dadurch in den Abgrund gestürzt wird, weil die Zinsen steigen? Diejenigen, die das Geld verleihen. Auch hier machen Banken und Hedgefonds wieder Kasse und kaufen alles billig auf, wenn nicht zurückgezahlt werden kann.

Dabei könnte man die Ratingagenturen ganz einfach abwürgen: keiner hört ihnen mehr zu, sie kriegen keine öffentliche Beachtung mehr, keine Bühne in den Medien, um sich in Szene zu setzen. Ganz schnell haben die „Bewertungen" keinerlei Auswirkungen mehr. Worauf beruhen denn die großartigen behaupteten Erkenntnisse? Das bleibt im Dunkeln. Meine Vermutung: hier werden Länder bewusst kaputt geredet für Profit. Funktioniert an der Börse ja auch prima.

Da greift Eins ins Andere, die totale Manipulation. Das ist kriminell, leider nicht juristisch, aber hochgradig kriminell. Ich werde übrigens nie verstehen, warum ausgerechnet Ärmere höhere Zinsen zahlen müssen. Wird immer mit höherem Risiko gerechtfertigt – absolut unlogisch. Das Risiko erhöht sich doch, wenn die Raten höher sind.

Bin sowieso total gegen Zinsen jeder Art – auch ein Grund, das System radikal zu verändern. Wer war denn noch dagegen? Wie hieß er gleich? Ach ja, dieser Jesus war das. Der, der damals Menschlichkeit und Anstand in die Welt bringen wollte - der gegen Wucher, Zinsen und Ausgrenzung handelte – der Einzige in der ganzen Bibel, den ich respektieren kann. Ausgerechnet der wurde von den christlichen Kirchen vergessen – ab und zu wird er noch bei Taufen und Hochzeiten zitiert - das war`s dann. So viel zum Thema Doppelmoral im Christentum! Geht mir weg mit Eurer Religion! Solang Ihr so verlogen und unmenschlich seid, braucht mir keiner was zu erzählen.

Natürlich werden schärfere Auflagen und neue Gesetze für Banken in Aussicht gestellt, um das Volk ruhig zu halten. Aber jede Wette werden die so gestaltet, dass es wieder genügend Schlupflöcher gibt und das mit voller Absicht. Wie gesagt, niemand kann so dumm sein. Wenn es mir schon auffällt! Und ich verbiete den Politikern ausdrücklich ihre verlogenen Entrüstungsreden. Es ist ihr Verschulden.

Geschäftsmodelle haben keine Moral, sie müssen von denen eingeschränkt werden, die eine haben sollten. Dafür muss es gesetzliche Regeln geben ohne Schlupflöcher, aber das Gegenteil wird gemacht. Verkauft mir das bloß nicht als Zufall, dann wäre das Geld für die Ausbildung als Jurist nämlich reine Verschwendung gewesen.

Zum Beispiel: Die Jahresboni dürfen das Fünffache eines Monatsgehaltes nicht übersteigen – was tue ich? Ich erhöhe das Monatsgehalt – ganz einfach. Oder Makler dürfen bald nur Rechnungen stellen an den, der sie beauftragt hat. Wohnungen sind knapp. Also lasse ich den Suchenden unterschreiben, dass er mich beauftragt hat, sonst kommt er nicht in die engere Wahl. Damit zahlt weiterhin der Mieter. Mieten dürfen bei Weitervermietung nicht steigen, außer nach einer Renovierung. Dann wechseln wir doch mal Waschbecken und Toilette aus oder legen Parkett in den Flur – kleinste Fläche –, schon gilt das Verbot nicht mehr. Nur einige Beispiele, die mir grad eingefallen sind. Du wirst echt nur verarscht.

Tausende von Bankern verlassen nun täglich mit ihrer Schreibtischeinrichtung im Pappkarton die Bankentürme. Dabei wirken sie ausgesprochen unbeeindruckt, eher aufgedreht und fröhlich. Wissen die etwas, was uns verborgen bleibt? Scheint jedenfalls für sie keine Katastrophe zu sein. Was jeden anderen, der seine Arbeit verliert, schon mal kurzfristig über Selbstmord nachdenken lässt, zaubert diesen Kerlen ein Grinsen ins Gesicht. Ich kann und will auch nicht behaupten, dass jeder von diesen Männern und Frauen Dreck am Stecken hat, aber dieses Auftreten finde ich seltsam.

Aktien – ursprünglich Firmenbeteiligung. Firmen produzierten etwas und brauchten Geld für eine Erweiterung ihrer Geschäfte. Das war noch sinnvoll und verständlich. Davon finden sich jetzt nur noch wenige. Mittlerweile sind weit mehr Unternehmen an der

Börse unterwegs, die gar nichts herstellen. Man weiß eigentlich gar nicht, worin deren Wert liegen soll. Außer den üblichen Aktien kann man wetten, indem man auf bestimmte Kurse setzt. Man legt sich also fest, ob bestimmte Werte steigen oder fallen werden. Hat man Recht, verdient man Geld – unter Umständen richtig viel. Klingt ganz lustig. Erst mal.

Es wird auf alles gewettet, auch auf Nahrungsmittel – zutiefst unanständig – sogenannte Hungerwetten, Öl, Gold, Währungen und Vieles mehr. Da kann jemand mit viel Geld natürlich dafür sorgen, dass sich die Werte in die gewünschte Richtung entwickeln, um möglichst viel Profit zu machen. Bei den Währungen kommen wieder die Ratingagenturen ins Spiel. Ist zwar eigentlich verboten, aber fast nie nachzuweisen - das läuft alles so schnell ab. Ich will mit diesem ganzen Wahnsinn nichts zu tun haben. Aber ich will wissen, was abläuft und wie. Wissen, wie der Feind denkt – beste Möglichkeit, sich zu schützen.

Und es ist Wahnsinn – das muss man sich mal ein paar Tage lang aufmerksam reinziehen, wie die Kurse steigen und fallen. Fein gestreute Gerüchte über z. B. den Rücktritt eines Vorstandes genügen, um den Kurs fallen zu lassen. Oder wenn der Gewinn weniger wächst als vermutet. Das ist doch absurd – Gewinn ist doch immer ein Erfolg. Bei Verlusten könnt ich das verstehen. Aber auch nicht, wenn die durch Investitionen entstanden sind, weil das ja eigentlich auch positiv ist für die Geschäftsentwicklung. Gibt es andererseits ein Gerücht, dass für eine Firma ein Übernahmeangebot erwartet wird, steigen die Kurse. Ganz gleich, ob das sich als wahr herausstellt oder nicht.

Krass ist es auch bei Währungen. Mir ist aufgefallen, dass es hier starke Schwankungen gibt im Laufe eines Tages. Scheinbar wird hier am schnellsten viel Geld gemacht. Bei schwachen Währungen wird so bis Mittag gekauft, sodass der Wert steigt. Danach fällt er wieder stark. Gehe davon aus, dass die Papiere dann wieder mit Gewinn verkauft werden. Das läuft über mehrere Tage so. Es bietet sich ja geradezu an, hier zu manipulieren, was das Zeug hält. Trotzdem erscheint mir das noch die anständigste Form der Spekulation zu sein. Hab aber vielleicht in diesem verworrenen Spiel etwas übersehen. Darüber muss ich noch mal genauer nachdenken – in meinem Kopf geht grad alles wirr durcheinander.

Will ich eine Firma vernichten, brauche ich nur ein Gerücht zu streuen und gleichzeitig alle meine Anteile zu verkaufen. Dann ziehen viele aus Angst mit. Sind die Kurse im Keller, kann ich wieder kaufen und sobald sich das Gerücht erledigt hat, steigen die Werte wieder. Oder ich kaufe zum niedrigsten Preis über die Hälfte der Anteile auf und habe damit die Mehrheit an der Firma. Das ist jetzt nur das, was mir auffällt. Bin überzeugt, dass hinter den Kulissen noch viel perversere Sachen ablaufen. Wie kann man nur solch ein System so uneingeschränkt handeln lassen?

Dann gibt`s da noch etwas ganz Hinterlistiges – eine weitere kranke Konstruktion - für die einfachen Menschen, die Aktien haben wollen. So eine Art Agenten, die Anteile vermitteln. Ein Teil des Geldes geht an die Agenten – ist klar. Aber man kauft dabei gar keine Aktien, sondern Anteile an dem Unternehmen oder den Aktien des Unternehmens – war schwierig, dahinter zu kommen. Hab immer noch nicht alles verstanden, aber erst mal genug für eine Einschätzung. Das bedeutet, wenn die Aktien an der Börse steigen, dieses Vermittlungsunternehmen aber Pleite macht, ist das Geld weg – der Hammer!!

Irgendwie ist das doch alles nur virtuell, nichts Greifbares. Diese Zahlen, die über den Bildschirm huschen und jederzeit manipuliert werden können. Die nichts weiter aussagen, als dass einige Summen größer sind als andere. Keine Aussage dazu, wofür sie stehen oder welche Auswirkungen sie auf die Menschen haben. Davon sollte man sich eigentlich nicht beeindrucken lassen.

Setzt der Herdentrieb ein – oder fällt das eher in den Bereich der Massenhysterie –, wenn man sieht, dass bestimmte Summen immer größer werden? Will man dann automatisch Teil dessen sein? Kann das auch mir passieren? Ganz ausschließen kann ich das nicht. Bemerke, dass seltsame Gefühle wie Erregung sich melden, während ich das Auf und Ab beobachte. Ganz kalt lässt mich das nicht. Ich darf nicht vergessen: nichts davon ist real – beeinflusst aber ständig unsere Realität!

Viele haben beim Crash Geld verloren, aber letzten Endes: Wer wirklich glaubt, dass man bei Geldgeschäften 10% und mehr Gewinn erzielen kann, ohne damit einem anderen zu schaden, trägt selbst die Verantwortung und tut mir auch nicht leid. Wie gesagt, ich bin eh gegen diese Geschäfte. Und ein bisschen logisches Denken sollte man von denen schon erwarten dürfen, die ständig über uns bestimmen wollen.

Kindererziehung- frühkindlich, nur nichts auslassen - Vorschule – Sprachschule - Samstagsschule - Musikschule

– pädagogisches Museum. Jedes für sich manchmal sinnvoll – im Paket eine Katastrophe! Gibt es denn überhaupt noch einen Raum, in welchem Kinder nicht zugetextet werden? Wo sie sich ungestört und in Ruhe ihrer Entwicklung und Phantasie widmen können? Dürfen sie noch einfach Dinge auf sich wirken lassen und instinktiv verstehen? Eigene Ideen entwickeln?

Filmbericht über „Eliten" – beängstigend – verstörend. Mutter von zwei Söhnen, Rechtsanwältin oder Steuerberaterin – nicht so wichtig – erzählt davon, wie wundervoll sie ihre Kinder fördert oder wohl eher fördern lässt. Dabei schiebt sie immer wieder ein, wie gerne die Jungs das alles machen, was sie so für sie ausgesucht hat. Ich habe etwas Anderes gesehen.

Die Jungs sind noch im Kindergartenalter, ein knappes Jahr auseinander. Mutter berichtet, wie wichtig Förderung von Anfang an ist für erfolgreiche spätere Karriere und Zugehörigkeit zur Elite! Deshalb haben ihr Mann und sie beide Kinder bereits vor der Geburt in privater Krippe und Kindergarten angemeldet. Ab 5 Jahren ist Privatschule geplant, die Chinesisch anbietet – neue Märkte und so – ungeheuer wichtig! Sechs Wochen nach der Geburt hat sie jeweils wieder gearbeitet – Kinder in Krippe bis 15.30 Uhr, im Kindergarten bis 17.00 Uhr. Ganz toll für soziale Entwicklung der Kinder – Aussage der von ihrer eigenen Genialität überwältigten Mutter.

    Jetzt sind beide Jungen im Kindergarten – zusätzlich Musikschule und ausgewählte Sportkurse – wichtig für Schulerfolg. Also Musikunterricht nicht aus Liebe zur Musik oder wegen besonderer Begabung – alles für Bestnoten. Sport aus gleichem Grund – nicht etwa zum Spaß oder aus Freude an Bewegung. Samstag zusätzlich ab 8.00 Uhr Spezialunterricht - unter anderem Native Englisch, Mathematik und Physik – das bis zum Mittag. Originalton: „Da gehen die Beiden sehr gerne hin."

    Ausschnitt aus dem Englischunterricht wird gezeigt – blasse, müde Kinder – liegen mehr auf den Tischen als dass sie sitzen. Die Lehrerin bemüht sich sehr – benutzt viel buntes Material – spricht Kinder an – fordert sie auf, nach vorne zu kommen – versucht zu begeistern. Kinder antworten eher automatisch, wirken gequält. Einer der Söhne formt mit der Hand eine Pistole, zielt auf die Lehrperson, der andere verdreht die Augen. Auf die Frage, was sie sich denn zu Weihnachten wünschen, antwortet der Ältere: „I want a bed. I wish to have my bed here and want to sleep." Hier bricht der kurze Filmbericht ab. Bin entsetzt, zu wie viel

Selbsttäuschung Eltern in der Lage sind – wie sehr sie bereit sind, ihre Kinder zu quälen. Wo bleibt hier das Jugendamt?

Nächstes Kapitel – Internate in Deutschland und England – Schüler aus den reichsten Elternhäusern unseres Landes. Direktoren erklären sie zu den Hoffnungsträgern der Zukunft. Alles ganz große Talente. Müssen sie ja auch – werden schließlich von den Eltern bezahlt. Sag denen mal, eins ihrer Kinder sei nicht so furchtbar begabt für den Wissensbetrieb und sollte vielleicht lieber ein Handwerk erlernen. Gehe davon aus, dass hier auch massiv auf die Lerninhalte Einfluss genommen wird. Grausig!

Ich sehe eingebildete, total abgehobene Jungen, deren Selbstverständnis wenig zu den meist einfältigen Aussagen passen will – Zukunftsplan Geld machen, Geld vermehren, Konzerne auf- oder ausbauen, an die Börse. Reporterin fragt, ob sie sich vorstellen könnten, später mal als Politiker die Zukunft des Landes mitzugestalten. Die meisten müssen lachen. Nicht, dass ich etwas Anderes erwartet hätte. Sie erklären übereinstimmend, dass mal abgesehen von der schlechten Bezahlung nicht die Politik, sondern sie als Inhaber/Vorsitzende von Banken und Großkonzernen über Länder und deren

Schicksal bestimmen und etwas verändern würden - zum eigenen Vorteil natürlich.

Schon erschreckend, so etwas von diesen fast noch Kindern zu hören.

Das von gestern beschäftigt mich immer noch. Eigentlich will ich keine Kinder - weiß nicht mal, ob ich überhaupt noch mal eine Beziehung will – muss erst mal rausfinden, wie es für mich weiter gehen kann. Außerdem - entweder richtig oder gar nicht. Wenn Kinder, dann will ich sie auch aufwachsen sehen – will für sie da sein - will einen Partner, der mich unterstützt, die Erziehung mit mir teilt - mir die Arbeit passend einteilen können.

Und warum setzt man Frauen ständig unter Druck? Lässt uns nicht selbst entscheiden, ob und wann wir wieder anfangen wollen zu arbeiten? Früher mussten alle zu Hause bleiben - jetzt sollen alle arbeiten gehen. Das ist doch genau die gleiche Form von Nötigung – öffentlich geförderte Ächtung für einen anderen Lebensentwurf. Das hat doch kein Fremder zu bestimmen, wie ich mir mein Leben einteile.

Warum gibt es nicht mehr Möglichkeiten, von zu Hause aus zu arbeiten? Das würde auch den Verkehr entlasten, nicht jeder brauchte ein Auto. Wie wäre es mit einem Programm für Mütter, die drei Jahre ihre Kleinkinder selbst betreuen wollen, nach welchem sie zweimal im Jahr eine mehrwöchige Fortbildung ermöglicht bekommen, um beruflich am Ball zu bleiben? Aber kann man sich der immer weiter um sich greifenden Fremdverwaltung überhaupt entziehen? Alle gleichgeschaltet. Überbevölkerung spricht auch nicht gerade dafür, selber Kinder zu bekommen. Wer wirklich Kinder möchte, kann doch auch adoptieren.

Die Gesellschaft erklärt es einfach als natürlich, dass jede Frau Kinder bekommen will. So ist es aber nicht und man darf sich diesen sozialen Zwängen nicht beugen. Was heißt hier natürlich? Und was ist das für ein Druck für die Paare, die keine Kinder bekommen können? Man lässt ihnen durch dieses wissenschaftlich nicht belegte Geschwätz fast keine Möglichkeit, diesen biologischen Umstand zu akzeptieren oder ein Kind zu adoptieren. Nein – eine Schwangerschaft muss her, sonst wird man als minderwertig betrachtet und krank geredet. Kind ohne Mann – geplant - ist auch in Ordnung, wenn man in der Lage ist, die nötigen Rahmenbedingungen zu schaffen – vor allem Zeit und Liebe. Und die Frauen, die plötzlich alleine dastehen, muss die

Gemeinschaft unterstützen, das ist doch gar keine Frage eigentlich.

Sind hundertfache Samenspenden einzelner Personen etwa natürlich? Mal abgesehen davon, dass diesen so gezeugten Kindern für immer ein Teil ihrer Wurzeln fehlen wird, betrachte ich das als globale Katastrophe. Wie viele Halbgeschwister laufen in der Welt herum, ohne etwas davon zu ahnen? Muss ich befürchten, wenn ich jemanden richtig mag, ich habe ich mich in einen potenziellen Bruder verliebt? Das geht mir einfach nicht aus dem Kopf. Soll ich jedes Mal vorher einen Bluttest machen lassen? Einfach nur noch ekelhaft, da vergeht einem doch gleich alles. Und wenn es sich bestätigen sollte, welch massiver Schmerz wird dann ausgelöst? Angesichts solcher Folgen sollte man sich doch mal vor Augen halten, dass das Kind die Hauptsache ist und nicht der Kinderwunsch.

Noch mehr Druck durch Politik – fordert mehr Kinder – spricht von Verantwortung – brauchen mehr Kinder! Wie kann man das sagen – ist doch ein Hohn – wenn täglich 18.000 Kinder unter 5 Jahren verhungern? Wo bleibt da die Verantwortung? Mehr Kinder fordern – gleichzeitig steigt die Kinderarmut – gibt es mangelhafte Bildungschancen – zu wenig Betreuungsangebote.

Aber klar - mehr Menschen brauchen auch mehr Arbeitsplätze - mehr Bewerber für eine Stelle - super Möglichkeit, die Löhne zu drücken. Wer profitiert davon? Nicht der Staat, nicht der Großteil der Bevölkerung, nur die Großunternehmer. Die Politik arbeitet ihnen zu - versucht noch unverschämter Weise uns ein schlechtes Gewissen zu machen. Und die arbeitende Masse steigert auch noch den Gewinn der Konzerne aus den Steuergeldern. Da nämlich, wo durch minderwertige Löhne das Geld nicht mal zum Leben reicht (Leiharbeit, Zeitarbeit, Minijobs), werden genau aus diesen Steuergeldern Zusatzleistungen gezahlt, die man natürlich erst beantragen muss. Wie demütigend ist das denn?

Also bezahlt das Volk die Geldlobby noch dafür, dass sie ihm immer weniger Lohn zahlt für die Arbeit - und das wird so gut „kommuniziert", dass es die meisten nicht mal merken - suche ein passendes Wort - perfide, ja das ist es! In allem, was so „kommuniziert" wird, ist ein kleines Fünkchen Wahrheit - grad so viel, dass man auch den Rest glaubt - alles Weitere wird verdreht, verfälscht - Fakten werden unterschlagen - dadurch Betrug - keine Wahrheit - nur vorgetäuscht.

Zum Beispiel Schwarzarbeit - ist verboten, o.k. - Verlustzahlen durch

Schwarzarbeit nicht richtig – Geld wird vollständig wieder umgesetzt – Konsumgüter, Mieten, evtl. auch Verzicht auf Zusatzleistungen – dadurch indirekte Steuereinnahmen und Gewinne. Das muss abgezogen werden – nur ein Beispiel von was weiß ich wie vielen. Das gilt auch für Ausländer - wohnen hier, essen hier, tanken hier – kaufen Elektrogeräte für die Heimat. Wenn die Politik der Beauftragung durch den Wähler nicht nachkommt, den Menschen vernachlässigt – geradezu verrät – darf er dann für sich selber sorgen, sich dagegen wehren?

Scheißtag – Arbeit – Publikum. Banker im Café - hochnäsiges Volk. Muss mal jammern. Der Job war heute eine einzige Katastrophe. Wollte am liebsten heißen Kaffee überschütten oder wenigsten den Eiskübel zum Prosecco. Das Geschwätz hat mich total wütend gemacht. Aber ich bin in Abhängigkeit, also hab ich`s gelassen. Bin ich jetzt auch schon korrumpiert? Aber gesagt hab ich was: „Seht Ihr ein Schild an mir mit der Aufschrift: ´Mach mich an - ich steh drauf`? Nein? Also lasst es!" Das war, nachdem ich ständig mit „Süße" und „Schätzchen" betitelt worden bin. Nachdem man meinte, mein Rock könne ruhig ein bisschen kürzer sein. Ich sei doch sicher nicht schamhaft,

sonst hätte ich ja einen anderen Beruf.
„Wenn du ein wenig netter wärst, hättest du sogar Chancen, einen von uns abzukriegen, wenigstens auf Zeit. Also versau`s jetzt nicht.", kriegte ich zur Antwort von einem der Gockel. „Das ist ja wohl das Letzte, was eine intelligente Frau sich wünschen kann.", zischte ich, während ich die leeren Flaschen abgeräumt hab. Darauf hielt ein anderer einen Zehner hoch und sagte grinsend: „Das ist der Betrag, den du heut nicht bekommst. Kein Humor – kein Trinkgeld!"
Der ganze Tisch hat sich ausgeschüttet vor Lachen. Bevor einer bemerken konnte, wie ich hochrot wurde, bin ich mit meinem Tablett hinter den Tresen geflüchtet. Hörte dann noch: „Unsere kleine Biene kann ja richtig zustechen. Sollten ihr den Stachel ausreißen!" „Nimm du den Tisch.", hab ich zu meiner Kollegin gesagt, „Ich raste sonst aus!" Mein Chef hat mich auch schon beobachtet, halb besorgt, halb drohend.
Die nerven mich schon lange, aber ich sollte mich nicht so provozieren lassen. Eigentlich wollte ich drüberstehen. Hat nicht geklappt. Fühle mich total blamiert, absolut beschissen, noch jetzt. Am meisten stört mich,

dass die heute gewonnen haben. Überlege die ganze Zeit, was ich hätte sagen können, um die Oberhand zu behalten. Klingt aber alles nur lächerlich. Irgendwie denk ich wohl in anderen Bahnen – Gott sei Dank – heute aber störend. Vor allem natürliche Hemmungen scheinen da völlig zu fehlen, auch wenn sie nicht immer ganz so viel getrunken haben wie heute. Außerdem entschuldigt das gar nichts! Was nützt dir die ganze geistige Überlegenheit, wenn`s die Anderen net mal merken?

 Halbwegs geahnt hab ich ja, worauf ich mich da einlasse – In-Bistrot im Bankenviertel!? Hätte eh lieber in einer Studentenkneipe bedient, war aber nix frei und ich brauchte Geld. Hab den Job meinem fast perfekten Englisch zu verdanken, es gab 20 Bewerberinnen dafür. Erst hat mich der Dresscode gestört: schick, gern etwas flippig, keine langen Röcke, keine weiten Hosen, keine Hippieklamotten. Hab mir dann aber gedacht: Verkleid ich mich halt für ein paar Stunden am Tag. Ich bleib trotzdem ich, da ändert sich nix. Ist ja eine ganz gute Möglichkeit, Menschen zu beobachten, mit denen man vorher keine Berührungspunkte hatte. Stimmte ja auch. Habe einiges aufgeschnappt, was äußerst informativ war.

Sätze aus der Erinnerung: „Sollen sie sich doch alle freuen, wenn wir entlassen werden. Die haben ja keine Ahnung! Wir kriegen unsere Boni trotzdem. Wir haben wasserdichte Verträge." „Mein Geld reicht trotzdem noch ewig. Eine Portion Austern!" „Die haben ihre Schadenfreude, wir das Geld." „Und du kriegst immer noch genug Leute, die abschließen, sobald du 15% versprichst." „Auf Dummheit kannst du immer setzen. Da kannst du nur gewinnen." „Die Politik wird gar nichts verändern. Die haben ja gar nicht die Macht." „Sie hassen uns, aber wir haben die Kohle, die nur Hartz IV, diese Idioten!" „Komm, wir scheißen auf alle! Prost!" „In ein paar Wochen ist alles vergessen. Dann geht`s weiter wie gehabt."

Kann man denen überhaupt einen anderen Vorwurf machen, als dass sie völlig unkritisch alles annehmen und schön auswendig lernen, was ihnen im Studium vorgebetet wird? Wozu die Schule die Vorarbeit geleistet hat? In einer Ausbildung, die beschränkt ist und dadurch noch mehr Beschränkung erzeugt? Die voll auf Gewinnmaximierung ausgerichtet ist, auf Zahlenkonstruktionen und Statistiken und die Bewunderung der Reichsten in dem Gewerbe auf die Spitze treibt. Kann man sich noch wundern, wenn es keine Pflicht gibt, sich gleichzeitig mit Philosophie und Ethik zu befassen?

Müsste nach heute eigentlich kündigen, ich ertrag diese Leute halt ganz schwer. Aber ich werd`s wohl nicht tun. Ein paar Monate halt ich das wohl noch durch. Höre mir das Börsengeschwafel von tollen Abschlüssen, dämlichen Kunden und Zitaten der Gurus einfach an und lerne daraus, auf welcher Sorte Leute ich keine Energien verschwende und wie ich niemals werden will.

Merke gerade, dass ich mir die Sache schönrede. Gedanken kreisen – lassen sich mal wieder nicht abstellen – Gehirn schmerzt – zu viele Wörter – zu viele Abzweigungen – verachte mich selbst – bin nicht konsequent – bin ich schlecht? Genau wie die oder schlimmer? Jetzt ein Joint zum Runterfahren. Wäre eine Wohltat. Hab aber keinen und will eigentlich auch nicht mehr.

Wie viele unserer Entscheidungen gehorchen wirklich der Vernunft? Was machen wir in Wahrheit, weil wir von den Vorteilen geblendet sind? Wie oft transformieren wir unsere Beweggründe, bis sie endlich mit unserem Gewissen übereinzustimmen scheinen? Das ganze Leben, das Berufen auf Konsequenz und Wahrhaftigkeit – alles eine einzige Lüge? Einfach mitmachen, weil`s sonst

zu schwierig und kompliziert wird? Ist das Klugheit? Diese Form von Klugheit kann sich doch eigentlich kein intelligenter Mensch leisten, ohne alles zu verraten, das er als richtig erkannt hat. Vielleicht alles doch nur eine Illusion? Hilfe – es hört nicht auf! Geh jetzt laufen, bis mein Hirn leer gepustet ist. Das kann dauern.

Intermezzo:

Wow! Das war jetzt ganz schön heftig. Es muss unbedingt mal eine Lesepause geben. Ich erinnere mich sehr genau an das Gefühl und die Angst, vollständig verrückt zu werden. Je tiefer ich blickte, umso weniger Hoffnung auf einen Weg blieb mir. Woran oder an wem konnte ich mich orientieren? Gab es überhaupt Perspektiven für ein anständiges, sinnvolles Leben?
Überall streckten sie ihre Tentakel nach mir aus, um mich gewaltsam in dieses System aus Lügen, Täuschung, Ungerechtigkeit und bewusster Irreführung zu integrieren. Meinen freien Willen und mein Denken auszuschalten für die Illusion, endlich diesem gewaltigen, schmerzenden Zorn zu entgehen. Mir durch die Demonstrationen der Macht zu vermitteln, es gebe keinen anderen Weg, eine Zukunft in dieser Welt zu haben. Als sei alles andere von vornherein zum Scheitern verurteilt. Und scheitern wollte ich natürlich nicht! Ich wollte weder ganz unten noch ganz arm sein.
Es gab tatsächlich einen Punkt, an dem ich wankte, das stetig fordernde Denken ausschalten wollte. Denn was nützte es, alles zu durchschauen, wenn

es erstens niemanden interessierte und wenn sich daraus keine Lösung entwickeln ließ? Aber wenige Tage später und nach einem verzweifelten, heftigen Alkoholexzess gefolgt von Bereuen beschloss ich schließlich doch, meine Suche fortzusetzen. Die Vorstellung einer Kapitulation war mir so widerwärtig, dass neue Energien dafür freigesetzt wurden.

Gab es keine Vorbilder, denen ich nacheifern konnte, musste ich mir eben selbst einen Lebensplan unter Berücksichtigung des Gelernten erarbeiten. Genau das habe ich dann auch getan und diesen am Ende meiner Aufzeichnungen festgehalten.

Natürlich habe ich in dieser Zeit auch Spaß gehabt. So bin ich zum Beispiel nach meinen Schichten mit den Anderen noch etwas trinken gegangen, auch mal ins Kino oder in einen Klub zum Tanzen. Das war auch immer lustig und eine Art Hochgefühl ließ mich schweben. Aber nach jedem Ende einer Nacht der Zerstreuung war das alles schon wieder Geschichte. Schon auf dem Nachhauseweg löste sich das Wohlgefühl völlig auf. Nichts davon ließ sich hinüberretten in den neuen Tag. Die drängenden Gedanken, die nach einer Antwort verlangten, forderten wieder Zuwendung.

Einmal war ich sogar verliebt – wenn man das so nennen kann. Ein Gesicht ließ mich nicht mehr los. Ich sah es am Tag und in meinen Träumen. Es verursachte ein ziehendes, heftiges Verlangen und Gefühlschaos. Gerade noch total in Eile, um schnell ein paar fehlende Sachen einzukaufen, trafen mich zwei Augen, wie ich sie nie zuvor gesehen hatte. In einem Augenblick – tatsächlich – stand ich wie versteinert. Dunkel, fordernd und geheimnisvoll bohrten sie sich in mein Innerstes. Sie versprachen mir alles, was ich mir schon immer gewünscht hatte. Mein Mund stand offen. Ich konnte nur schwer atmen. Was für ein Wahnsinnsgefühl – hilflos und kraftvoll zugleich! Den könnte ich lieben mit Haut und Haar, dachte ich.

Leider aber blickte er, dessen Namen ich nicht kenne, von einem Plakat für ein Männerparfüm herunter. Da hatte mich mein Gehirn noch mal gerettet in meiner gerade verwirrten Gemütsverfassung – Hormone, nehme ich an – indem es für eine aussichtslose Situation gesorgt hatte. Denn eigentlich konnte ich so etwas zu diesem Zeitpunkt überhaupt nicht gebrauchen. Etwas über eine Woche hielt dieser Zustand noch an, ohne sich abzuschwächen – ging ich täglich zweimal dort vorbei, um diesen Augenblick wieder zu erleben. Dann fing er an, mich zu langweilen. Schließlich vergaß ich ihn.

   Ich überlege gerade, ob ich dieses Tagebuch in Abschnitte einteile und auf ein Diktiergerät spreche, damit ich mir bestimmte Teile immer mal wieder anhören kann. Das ist einfacher, als hier in den losen Blättern herumzuwühlen. Aber jetzt lese ich erst mal weiter:

Bericht über Entdeckung Amerikas – Cortez hat den Soldaten, die über ein Jahr gekämpft haben, keinen Sold bezahlt - stattdessen behauptet, sie hätten Schulden bei ihm. Hat die Rechnung aufgemacht für Verpflegung, Kleidung, Krankenbehandlung usw. Danach zeigte er den einzigen Ausweg auf: Um diese zu bezahlen, bot er ihnen die Möglichkeit, auf eigene Faust neue Landstriche zu erkämpfen und mit den geraubten Schätzen die Schulden loszuwerden. Was dann noch übrig blieb, konnten sie behalten.
Durch das Ausnutzen und erst mal Konstruieren dieser Zwangslage kam es zur brutalsten Unterwerfung von Provinzen und deren gnadenloser Ausbeutung – scheint mir der Anfang des Kapitalismus zu sein. Gerechtfertigt wurde übrigens das Zerstören ganzer Zivilisationen und der Raub von Land und Schätzen mal wieder durch die christliche Kirche, nach deren Lehre die Urbewohner Heiden und somit Untermenschen waren. Wer die Massaker überlebte, wurde zwangsweise christianisiert.
Da klingt das Wort „Eroberung" gar nicht mehr so positiv.

Flüchtlinge – Ostgoten, Westgoten –
wie war das gleich noch? Wie oft hat
sich im Laufe der Völkerwanderungen
hier in der Mitte Europas wohl alles
vermischt? Deutsch – reines Volk? Warum
auch? Deutschland stirbt aus?
Schwachsinn!!! Es gibt nur weniger
Blonde und Blauäugige. Witzig – fällt
mir grad ein: Blond steht im Sprachgebrauch
für dumm, einfältig. Blauäugig
nennt man jemanden, der übermäßig naiv
ist und alles glaubt. Ich bin übrigens
Beides – und auch wieder nicht!
    Wie war das – „das Boot ist voll"?
Auch Schwachsinn. Hört Ihr Euch eigentlich
selber zu? Oder habt Ihr die
Hoffnung, dass die Worte von gestern
schon wieder vergessen sind? Viele Familien
aus anderen Ländern haben mittlerweile
Kinder und Enkel – arbeiten -
zahlen Steuern - führen erfolgreich
eigene Betriebe – zahlen auch Steuern
– wo ist da die Belastung? Und trotzdem
werden sie dumm angemacht – denke
da an die ständigen Personenkontrollen
ohne jeden Grund – habe ich mehrfach
miterlebt – wurde selbst natürlich
nicht kontrolliert – trotzdem auch bei
mir Panik und Gefühl von Ohnmacht und
Wut.
    Es wird dir einfach auf Grund deines
Aussehens etwas unterstellt und du
wirst wie Abschaum behandelt. Und das

immer und immer wieder. Das läuft nämlich nicht in einem höflichen, anständigen Ton ab. Du wirst an die Mauer gedrängt - wenn du Pech hast, auch noch durchsucht, und alle Passanten starren dich an.

Wer bildet diese Leute aus? Wenn du dann fragst, warum sie das machen, wirst du ignoriert oder angeschrien, das ginge dich nichts an. Wenn es mich aber betroffen macht und es vor meinen Augen geschieht - wenn ich mich schämen muss – und das tue ich – für meine Mitbürger – wenn es mein Lebensgefühl vergiftet – dann geht es mich etwas an.

Bei einem dieser Vorfälle – ich sah die rohe Angst in den Augen eines Freundes – hat mich an die Augen eines verletzten Tieres erinnert – unerträglich - schrie ich jedenfalls los: „Was wollt Ihr von den Jungs? Lasst sie doch endlich in Ruhe!" Da musste ich mich natürlich auch ausweisen, aber das war vergleichsweise harmlos. So eine Behandlung erzeugt natürlich Trotz und Gegenwehr – nicht sofort, aber irgendwann. Also wundert Euch nicht1

Einmal hatte ich mit zwei Freundinnen und deren Mutter beim Ausländeramt ein schreckliches Erlebnis – ging um Bewilligung eines gebrauchten Elektroherdes - sollte vermitteln – habe mich selten so minderwertig gefühlt. Die ganze unverborgene Abscheu des Sachbearbeiters bezog sich auch auf mich – unterstellte, Herd sei aus Blödheit kaputt gemacht worden – „und wir sollen das jetzt bezahlen!" – hat aber selber sicheres Geld jeden Monat und ist bestimmt unkündbar.

Zuerst wollte die Mutter, die schlecht Deutsch aber sehr gutes Englisch sprach, das selber regeln. Sie fragte, ob er Englisch mit ihr sprechen könne. Er meinte abfällig: „Ich kann das, aber die Amtssprache ist Deutsch. Sie haben hier Deutsch zu sprechen. Mit den Mädchen spreche ich gar nicht. Das muss ich nicht, die sind nicht volljährig. Die haben hier gar nichts zu sagen." Also bemühte sich die Frau angestrengt, wurde aber ständig unterbrochen durch: "Reden Sie gefälligst deutlich! So ein Kauderwelsch kann ja kein Mensch verstehen!" Sie wurde immer leiser – er schien es zu genießen.

Schließlich sagte der Sachbearbeiter: "So das reicht mir jetzt, ich sehe mir das in Ruhe an. Sie kriegen dann Bescheid.", und wandte sich seinem Computer zu. Wir verließen das Büro – waren alle geschockt. Eigentlich wollten sie noch eine Genehmigung für den Besuch der Großmutter haben –

noch komplizierter. Ich riet der Mutter, das nächste Mal jemanden mitzunehmen, der gut Deutsch sprechen kann und volljährig ist.

Noch schlechter sind die „Geduldeten" dran. Sie leben in ständiger Angst, wieder zurück geschickt zu werden. Duldung kann sich über viele Jahre hinziehen – bedeutet in der Regel keine Arbeitserlaubnis – kein Verlassen von Landkreis oder Bundesland – keine kostenlosen Integrationskurse - Wertgutscheine zum Einkaufen statt Geld.

Was diese Gutscheine bedeuten, hab ich einmal gesehen. Kasse im Supermarkt – junge Mutter mit drei total niedlichen Kindern – Wagen voll mit Schulheften und Stiften – ein paar Süßigkeiten dabei – Frau zeigt Gutschein – Kassiererin guckt verzweifelt – ruft Kollegin – andere Kunden schon ungeduldig – meckern rum - Kollegin nimmt Süßigkeiten an sich. Sie erklärt der beschämten Mutter, dass sie ihr für den Gutschein nur die Schulsachen geben könne. Ob sie denn ein wenig Bargeld dabeihabe? Die Frau schüttelt den gesenkten Kopf – Kinder weinen.

Leider hatte ich nur Geld für eine neue Telefonkarte dabei, sonst hätte ich das Zeug bezahlt – war ja wirklich nicht viel. Zum Glück kam eine ältere Dame auf die gleiche Idee und gab den

Kindern die Süßigkeiten. Wer zum Teufel will so leben?

Nur mal so nebenbei: Woher nehmt Ihr eigentlich das Recht, Völkern, die ehemals groß waren - die begnadete Wissenschaftler und Philosophen hervorgebracht haben – wo herausragende Ärzte bereits Operationen unter anderem am offenen Auge durchgeführt haben, als hier noch der Aderlass praktiziert wurde – aus deren Wissen unsere „Zivilisation" überhaupt erst entstehen konnte, ihren Stolz zu nehmen und sie zu verspotten bzw. zu demütigen? Weil im Laufe der Jahre ihr Brutto-Inland-Produkt so viel niedriger geworden ist als das der Euroländer? Müsste es da nicht ein wenig Demut und Dankbarkeit geben?

Dann gibt es noch die Neuankömmlinge, die in überlaufenen Sammelunterkünften hausen und den ganzen Zorn der Bevölkerung abkriegen, die sie nicht in ihrem Viertel haben will. Überall sonst - nur nicht bei uns!

Und was bedeutet integrieren? Sie sollen die Gesetze des Landes befolgen – ist klar - aber dann soll das Land auch die Gesetze ihnen gegenüber einhalten – das gilt auch für den Schutz vor Übergriffen. Aber da wird alles verharmlost. Die Sprache sprechen – das ist wichtig - auch dafür, dass

Kinder in der Schule nicht so viele Vorurteile aushalten müssen.

Aber dafür braucht`s auch die entsprechende Anzahl von Kursen, auch auf dem Land. Aber wenn ich höre, dass sie ihre Kultur nicht mehr ausleben sollen, werd ich sauer. Warum sollen sie ihre Wurzel verleugnen? Ein Mensch ohne Wurzeln kann sich nicht gesund entwickeln. Das weiß man doch von jedem Adoptivkind.

Noch was fällt mir ein – passt zu Wurzeln – „ausländische" Eltern sollen mit ihren Kindern von Anfang an nur Deutsch sprechen. Glaub ja nicht, dass Spracherwerb gut läuft, wenn – was häufig der Fall – Eltern nur gebrochen Deutsch sprechen. Gewöhnen sich doch nur Fehler an. Ist sicher sinnvoller, erst einmal die Muttersprache richtig zu lernen, um dann auch fremde Sprache schnell möglichst fehlerfrei zu beherrschen. Außerdem auch diskriminierend - wer würde das Gleiche zu amerikanischen, englischen oder französischen Eltern sagen? Und die Leute, die hier geboren sind, sprechen zu ihren Kindern eh in beiden Sprachen. Immer diese Schlagwörter – unterstellen so viel – einfach Schweinerei - denkt doch mal nach – oder seid einfach still!

Renten zu teuer – deshalb werden Geburten subventioniert. Wo liegt da die Logik? Werden mehr Kinder geboren, gibt es nach ein paar Jahrzehnten noch mehr Rentner. Wer zahlt dann für die – noch mehr Kinder? Und was ist mit der Überbevölkerung?

Sorgt doch lieber dafür, dass die Jungen heute anständig verdienen. Dann kommt auch mehr Geld in die Rentenkassen. Wer 40 Stunden pro Woche arbeitet, der sollte von seinem Lohn auch seinen Lebensunterhalt bestreiten können. Gute Arbeit – guter Lohn. Aber nein – stattdessen werden die Arbeitgeber aus Steuergeldern subventioniert – werden deren Gewinne aus den Abzügen aller Arbeitnehmer gesteigert – wird ihnen politisch gestattet, schlechte Zeitverträge abzuschließen – werden Kündigungen erleichtert – wird schlecht bezahlte Leiharbeit im Übermaß genehmigt – werden langfristige Praktika zum Nulltarif erlaubt. Das zieht sich durch alle Schichten.

Es ist unwürdig und beschädigt auf Dauer das Selbstwertgefühl von Arbeitnehmern und deren Familien und sorgt – genau wie bei arbeitslosen Menschen – für Demotivation und Depression. Auf solchen unsicheren Zukunftsaussichten kann man doch keine Familie aufbauen und sollte man auch nicht.

Den Konzernen muss ohne Hintertürchen verboten werden, Menschen für Lohn unter Wert zu beschäftigen. Von selbst werden und können sie gar nicht damit aufhören. Das Ziel eines Unternehmens ist naturgemäß, Gewinn zu erzielen – höchstes Ziel ist Gewinnmaximierung. Das wird so lange mit allen von der Politik zur Verfügung gestellten Mitteln ausgeschöpft, bis die Möglichkeiten gekappt werden. Nötigung und Erpressungsversuche durch Drohungen, Arbeitsplätze ins Ausland zu verlagern oder zu reduzieren, darf man sich nicht beugen – muss man auch nicht, weil unlogisch.

Übermäßige Arbeitsplätze im europäischen Ausland sind nur kurzfristig sinnvoll, weil Löhne sich angleichen werden – dann kommen die Firmen schon wieder zurück - es sei denn, man reißt die südlichen Eurostaaten mit Absicht weiter runter. Die Maßnahmen in weit entfernten Ländern sind mit hohen Investitionen verbunden und/oder ethisch nicht vertretbar. Außerdem, wer bereits entschieden und keinerlei Skrupel hat, z. B. Näherinnen in Südostasien zu Hungerlöhnen und in maroden Gebäuden zu beschäftigen, kann eh nur durch Kaufboykott davon abgehalten werden.

Das funktioniert am besten, wenn Menschen genug verdienen, um nicht auf extreme Billigangebote angewiesen zu sein – außerdem durch gezielte, umfassende Aufdeckung und Information. Die Androhung von Arbeitsplatzabbau ist einfach Quatsch – schließlich wollen die Betriebe möglichst große Stückzahlen verkaufen – die müssen produziert, deren Verkauf muss verwaltet werden – man braucht also ausreichend Arbeitnehmer.

Kein Betrieb wird sich verkleinern oder schließen, nur weil er statt 20.000.000 Reingewinn nur noch 17.000.000 macht – sind immer noch 17 Millionen mehr als Null. Außerdem haben sie ihre Sparstrümpfe lange genug auffüllen können – siehe Zuwächse in Reichtumsbericht – keiner geht da einfach auf Null – ist doch logisch. Mehr Verdienst – mehr Konsum – höhere Nachfrage – höhere Produktion – immer noch genug Gewinn. Die Konzerne werden sich an die Veränderungen gewöhnen, wenn sie nicht zu verhindern sind, so wie sie es immer getan haben. S. Lohnfortzahlung im Krankheitsfall. Jedes Kind nölt nur solange rum, bis es merkt, dass die Sache aussichtslos ist. Auch Konzerne bestehen letzten Endes nur aus Menschen, die sich anpassen können – aus sozial verbauten zwar, aber doch aus Menschen.

Fliegt mich gerade an – wo ist eigentlich das ganze Geld geblieben, das

all die Jahre eingezahlt wurde, als es
gute Löhne, weniger Rentner und kaum
Arbeitslosigkeit gab? Ist doch nicht
alles für Rentenzahlungen draufgegangen! Also hat der Staat schlecht gewirtschaftet mit dem Geld. War aber
doch das Geld, das die Arbeiter –
zwangsweise – zurückgelegt haben für
die Rente, also ihr eigenes. Wer haftet für den Schaden? Mal wieder niemand. Hätten sie´s besser behalten und
unter die Matratze gelegt oder für ein
Häuschen gespart – das gehörte ihnen
jetzt wenigstens. Bitte um Aufklärung!

Darf in diesem Jahr zum ersten Mal
wählen. Toll, aber wen – welche Partei
– nach welchen Kriterien beurteilen?
Eigentlich habe ich gar kein Vertrauen
zu diesen Leuten, möchte am liebsten
gar nicht wählen gehen. Keine Lösung –
wähle ja auch dann. Weil meine Stimme
fehlt, hat dann die Partei die meisten
Prozente, die ich gar nicht will.
Selbst die Grünen haben mich misstrauisch gemacht, seit sie in Designerklamotten rumlaufen. Beim Umziehen haben
sie wohl ihre Inhalte gleich mit ausgezogen. Würden sie die wieder abgeben, wenn es drauf ankäme? Habe noch
Hoffnung, sobald sie selber drauf kommen, was da gerade passiert. Anzeichen
sehe ich.

Erkenne ihre Themen nicht – es gibt doch noch mehr zu bekämpfen als die Kernenergie – wichtiger denn je Tier- und Menschenschutz – (Um)Weltverschmutzung stoppen, Erneuerbare Energien unterstützen statt zu kürzen - Massentierhaltung hat gewaltige Ausmaße angenommen – zu wenig Kontrollen – so furchtbare Qualen – Tiertransporte möglichst verhindern – Strafen abschaffen für alle, die aufdecken wollen und unerlaubt filmen – Skandal! – Kleinbauern erhalten - Biobauern stützen – Umrüstung auf Bio fördern und erleichtern - kleine Firmen und Familienbetriebe gegen Übernahmen durch Konzerne rechtlich stärken – oft noch gesundes Arbeitsverhältnis – Anonymität der Arbeiter in Großbetrieben nimmt mit der Anzahl zu – dadurch wird Ausbeutung ohne Skrupel zunehmend erleichtert - Kinder ausnahmslos schützen vor Übergriffen – Eltern mehr Zeit ermöglichen für die Familie - bessere Arbeitsbedingungen und Bezahlung – Unterstützung von chronisch Kranken – Wohnungsnot mildern – Mietwucher verbieten - mehr fällt mir im Moment nicht ein.

Doch - noch Eins - mal nachdenken über Notwendigkeit von zu kleinen Zoos – ich könnt jedes Mal heulen, wenn ich die depressiven Wildkatzen und Eisbären sehe – ist nicht ein bisschen artgerecht – da ändern auch 100 qm mehr nichts – brauchen doch ganz andere Flächen, um ihre Natur auszuleben – kann man in jeder Tierdoku sehen – sind auch viel informativer und fördern Verständnis für wahre Bedürfnisse der Tiere.

Hab als Kind gedacht, wilde Tiere sind böse und werden deshalb eingesperrt – erst viel später begriffen, dass sie nur ihrer Natur und dem Instinkt folgen, sich selbst und ihren Nachkommen das Überleben zu sichern. Man muss ja nicht dahin gehen, wo sie leben – eigenes Risiko – bedroht sie nicht – schränkt ihren Lebensraum nicht immer weiter ein – dann geschieht Euch auch nichts – andernfalls, selbst dran schuld.

Was für mich gar nicht in Frage kommt, sind die Neo-Liberalen, die den Sinn des Wortes „Freiheit" ins Gegenteil verkehrt haben – verwenden ihn eingeschränkt auf Wirtschaft und Industrie – und zwar global – dadurch Freiheit aller anderen abgeschafft – klingt eher nach Neo-Kolonialismus oder Neo-Sklaverei. Das können auch ein paar Schreie nach Steuererleichterungen nicht verbergen. SPD ist gesichtslos, da weiß ich gar nichts und mit der Linken muss ich mich erst noch eingehend beschäftigen.

Alles, was „christlich" im Namen hat, ist mir natürlich auch eher verdächtig – da will ich auch nicht dran – das hat nichts mit dem zu tun, was ich unter christlich verstehe – verabscheue diese als richtig vermittelte Doppelmoral. Sind für mich Mitverursacher der asozialen Marktwirtschaft.

Habe ja gar nichts gegen einen Glauben – im Grunde auch nichts gegen Religiosität – aber enorm viel gegen Kirchen – bei den meisten Kirchenvertretern geht es nur mehr um Macht – wird auch hier erhalten durch Angstmacherei und Verunsicherung – Machterhalt wird in diesen Kreisen genauso unerbittlich mit allen Mitteln verfolgt, wie in Politik und Wirtschaft – weiteres Mittel wie gewohnt zur Volksverdummung.

Wahlprogramme und Wahlreden haben nicht wirklich konkrete Aussagen, Wahlversprechen werden schon aus Tradition gebrochen. Außerdem wirkt nichts und keiner der Kandidaten ehrlich, nur auf kurzfristige Effekte aus. Viele Worte, kaum Inhalt, alles schwammig. Alles gigantische Werbeveranstaltungen – das riecht doch nach geplanter Täuschung. Geldvernichtungskampagnen ohne Sinn.

Möchte mal wissen, wie viele Imageberater da am Werk sind. Sprechweise,

Betonung, Frisur, selbst Brille – alles wird ausgesucht danach, was am besten ankommt. Die Reden werden nach psychologischen Gesichtspunkten von Fremden geschrieben. Eigentlich gewinnt die erfolgreichste Werbeagentur die Wahlen.

Ich wollte gar nicht gewählt werden für Dinge, die ich als Verkaufsstrategie versprochen habe, die ich aber eigentlich gar nicht tun will. Warum stellt sich nicht mal einer hin und sagt: "Ich habe die Überzeugung und will das erreichen. Wer das auch will, sollte mich wählen. Für etwas Anderes stehe ich nicht zur Verfügung, das wäre gegen mein Gewissen." Das wär doch mal eine Aussage, mit der man etwas anfangen kann, der Person könnte man vertrauen, von der könnte man sich vertreten lassen.

Gesetze – Gesetze – Gesetze- Unterschiede in der Behandlung vor Gericht. Tod des Selberdenkens. Land von Kontrolleuren, Hilfspolizisten, Denunzianten. Und die kriegen dann auch noch einen Platz zur Selbstdarstellung im Fernsehen. Damit wird der Eindruck erzeugt, sie seien wichtig und eine notwendige Stütze der Gesellschaft.

Während im Großen Banken und Konzerne weitgehend von Regulierungen verschont werden oder ausreichend

Schlupflöcher erhalten, um sich mit den teuersten Anwälten sicher am äußersten Rand der Legalität zu bewegen, wird der einfache Bürger mit immer neuen Gesetzen und Strafmaßnahmen wegen jedem Scheiß, durch Kameras und Hilfspolizisten (die kriegen tatsächlich Schusswaffen) eingeengt – natürlich zu seinem Schutz – wer`s glaubt!

Jeder Schritt wird ihm vorgekaut – bei Zuwiderhandlung Strafzettel – riesige Gelddruckmaschine! Damit er sich das gefallen lässt, werden ständig neue Katastrophenszenarien über die Bildschirme geschickt. Meine Uroma kriegte Schweißausbrüche, wenn ich nach München fuhr. Sie glaubte nämlich, dass dort jeder überfallen und verletzt wird. Das kommt von den ständigen Wiederholungen solcher eher seltenen Vorfälle auf allen Kanälen. Bei ihr multiplizierte sich das dann.

Hunde an die Leine – Fahrradweg rechts fahren, auch wenn kein anderer da ist – Fahrrad ohne Licht, auch wenn´s hell ist, verboten - Rasen nicht betreten – Füße nicht auf die Parkbank – Spielplatz nicht über 12 Jahre – am See nicht nach 20.00 Uhr – nicht im Auto schlafen – zelten verboten – Feuer machen verboten – Party, Gartenfest nach 22.00 Uhr verboten – Grillen am Balkon verboten – Rauchen nur auf markierten Flächen (gelbes

Viereck mit Kreuz oder so), lächerlich – Rolltreppe hochlaufen verboten – Inlineskaten in Einkaufspassage verboten – Straßenfeste nach 22.00 Uhr verboten – auf Brunnenrand sitzen verboten und so weiter und so weiter. Habt Ihr eigentlich keine echten Probleme? Oder braucht Ihr die dann nicht mehr zu sehen, während Ihr mit solchem Mist beschäftigt seid?

Mehr Gesetze sorgen aber nur dafür, dass verantwortliches Handeln vertrocknet. Wir hatten mal eine Kreuzung in unserer Kleinstadt, an der jahrelang alles problemlos funktionierte. Jeder wusste, wie er sich zu verhalten hatte. Dann wurde eine Ampelanlage aufgestellt. Fiel die aus, gab es jedes Mal das große Chaos und haufenweise Unfälle.

Welche Bedeutung haben überhaupt Gesetze – wenn sie keinen allgemeingültigen Wert besitzen? Also, wenn morgen nicht mehr gilt, was heute noch vorgeschrieben ist – sich Gesetze also ständig ändern können – dann kann ihr Wert wohl doch zu Recht bezweifelt werden – warum soll ich sie dann überhaupt befolgen? Dann ist es doch Willkür – damit unethisch – und sie dürfen, wenn sie Jemandem eher schaden als nützen, missachtet werden. So stellt sich mir die Sachlage dar. Und wie ist es mit alten Verurteilungen nach nicht mehr gültigen Gesetzen? Das hätte ich zu gerne mal erklärt - aber einer Logik folgend, bitte!

Wenn diese ganzen Maßregelungen wenigstens für mehr Gerechtigkeit sorgen würden. Tun sie aber nicht. Immer mehr gilt: wer sich den besseren Anwalt - oder gleich mehrere - leisten kann, gewinnt in der Regel den Prozess. Ist ja auch logisch - je mehr Vorschriften, umso eher ist ein Abschnitt zu finden, der „entlastet". Da das Suchen danach aber Zeit und Geld kostet, kommen in diesen Genuss wieder nur die, die über das nötige Kleingeld verfügen. Bei „Groß" gegen „Klein" hast du von vornherein keine Chance.

Und dann die Sache mit der Resozialisierung - ist doch auch nur Augenwischerei. Wenn man wirklich davon überzeugt ist, warum wird dann jeder kleinste Verstoß seit der Jugend sorgfältig registriert und versaut dir dadurch die Zukunft wie ein Brandmal?

Nach Ableistung der Strafe sollte doch die Möglichkeit bestehen, wieder auf Start zu gehen und ohne Vorurteile von vorne anzufangen. Steht das nicht auch so im Grundgesetz? Muss ich mal nachlesen! Früher - weiß ich von meinem Opa - der ließ sich von nichts und Niemandem einschüchtern - kriegte man für jugendliche Streiche eine Ohrfeige - heute eine Anzeige, die sorgfältig gelistet wird und jederzeit gegen dich verwendet werden kann - was ist wohl besser?

Große Aufregung - Handys und Emails werden großflächig überwacht! Klar ist das eine Riesenschweinerei, eine von vielen. Aber was dachtet ihr denn? Das verstehe ich nicht - war doch von Anfang an klar. Die Überwachungsvereine der einzelnen Länder - allen voran die USA - werden jedes Mittel nutzen, alles von jedem Einzelnen zu wissen - und gegen ihn einzusetzen. Und wenn du eine Offenlegung der Einzelheiten und des Ausmaßes willst, kommen sie dir mit der nationalen Sicherheit - die blödeste Ausrede der Welt.

Mir geht es aber um die wahre Sicherheit und Freiheit jedes Einzelnen. Ach ja - und du kommst gleich auf eine ihrer Listen. Hoffe nur, dass sie bald selber den Überblick verlieren. Je mehr Informationen, umso näher kommen wir der Überlastung der Netze bis zum Totalzusammenbruch. Also schreibt Emails!!!

Sie haben sich die besten Hacker geschnappt - viele gegen Aussetzen einer Bestrafung nach Verhaftung - haben sie abhängig gemacht - die kommen überall rein. Da die Programme von Menschen geschrieben werden, sind sie auch von

Menschen zu kontrollieren – logische Folgerung.

Da auch die Firewalls und Schutzprogramme von Menschen erstellt werden, können ebenso diese von - den gleichen oder anderen – Menschen umgangen werden. Diesen Geheimorganisationen kann man nicht beikommen – bestehen aus so vielen kleineren, ausgelagerten Gruppen und Untergruppen, die sich jeweils auf Geheimhaltung berufen, dass da niemand durchblickt – ist genau so geplant. Einzige Lösung – Auflösung und Zerschlagung! Macht aber keine Regierung – bis jetzt. Wenn man wenigstens wüsste, was sie alles mit den Informationen machen.

Also weiß nun Jeder, dass Handys abgehört werden können – dass sämtliche Daten jederzeit gehackt werden können – dass jeder mit ein bisschen Routine sich bei dir einklinken und daraus seinen Vorteil ziehen kann.

Willst du immer noch mit dem Teil deine Bankdaten abrufen – die Heizung oder das Licht einschalten, bevor du nach Hause kommst – die Rollläden bewegen, während du im Urlaub bist - die Einbrecher werden dir für die konkreten Informationen dankbar sein – dich nach den Werten deiner Münzsammlung erkundigen - vernetzt sein mit deinem Kühlschrank und die Bestellungen aufgeben – damit jeder Geübte nachsehen kann, was du dir leisten kannst, welchen Lebensstil du pflegst usw., usw.? Hoffentlich hast du niemandem Unrecht getan – die Lieferung könnte fingiert sein – ein ganz anderer kann sie dir geschickt haben - man könnte die Pralinen in deiner Lieferung mit Arsen gespritzt haben – bis du`s merkst, bist du tot. Ein Hotelzimmer zu buchen kann für unliebsame Überraschungen bei deiner Ankunft sorgen – wer weiß, wer dort schon auf dich wartet und zu welchem Zweck.

Wie dumm kann man sein, solche Möglichkeiten nicht zu bedenken? Wer diese Errungenschaften der Technik immer noch für uneingeschränkt begrüßenswert hält, dem ist nicht zu helfen. Von wegen Vereinfachung – das Leben wird dadurch immer komplizierter – du musst immer mehr deiner Zeit verschwenden, um dich vor Schaden zu schützen – bist total abhängig von dieser Technik. Auf der einen Seite machst du alles auf – auf der anderen Seite musst du ständig neue Schutzwälle hochziehen. Damit schließt du dich nur selber ein.

Mal ehrlich – brauchen wir eigentlich noch Geheimdienste? – ich meine Nein! Der kalte Krieg ist vorbei und Betriebsspionage ist verboten. Unvorhergesehenes passiert kaum noch – manipulierte Ereignisse sind eh schon vorher bekannt. Frag mich schon länger, für wie viele Zwischenfälle und aufbrechende Konflikte genau diese Geheimdienste selbst gesorgt haben - erstens zum Selbstzweck, um ihre Existenzberechtigung nicht zu verlieren - zweitens, um den jeweiligen Regierungen Feinde und Bedrohungsszenarien zu liefern, damit das Volk genug Angst hat, um sich weiter manipulieren zu lassen.

Nur so ist es auch zu verstehen, dass bei genauer Beobachtung ganz schön halbherzig gegen wirklich gefährliche, brutale Extremistengruppen aller Schattierungen vorgegangen wird. Lieber werden immer mal wieder Einzelpersonen als Satan persönlich präsentiert - gewisse Kulturen im Ganzen böser Absichten und Neigungen verdächtigt – vorsätzlich verleumdet – wird uns allen unterstellt, Straftaten begehen zu wollen – warum sonst würden wir alle überwacht?

Für die Verfolgung des organisierten Verbrechens gibt es Europol und Interpol - den Geheimdiensten bieten sich selbst die besten Möglichkeiten zu kriminellen Handlungen durch das absolute Verschwiegenheitsgebot. Wer bestraft die? Und wer die Wahrheit sagt, die Geschädigten warnt, ist ein Verräter und wird hart bestraft. Ich dachte, das gibt`s nur bei der Mafia (böses Wort) - sollten da etwa gewisse Zusammenhänge bestehen? Oder hat man in den Geheimdienstkreisen einfach diese Kommando- und Unternehmensstruktur als äußerst vorteilhaft und wirksam erkannt?

Letzte Korrektheit - politische Korrektheit? Eigentlich genau das Gegenteil. Diese verlogene, selbstgerechte Sippschaft. Wenn ich Roma sage anstatt Zigeuner, sie aber trotzdem verachte und beschissen behandle - mit welchem Recht eigentlich? - was ändert das für die Menschen? Die können sich abzappeln, verbiegen, anpassen, verkriechen, sie kriegen nie ein Bein auf den Boden. Wir müssen das Bewusstsein ändern und nicht die Worte. Dabei könnte man sich doch mal was abschauen von deren Gesellschaftsstruktur - Eigentum - Musik z. B.

Oder Schwarze, Farbige - das Lächerlichste überhaupt! Es gibt Kaffeebraun, Olivbraun, Rotbraun, Rehbraun, Ocker, Bronze, Mahagoni und viele mehr - alles perfekte Farben. Wenn ich diese Ausdrücke benutze, um das Wort „Neger" zu umgehen, ohne die Natur, Kultur und Schönheit der verschiedenen

Menschen zu würdigen - sie im Gegenteil dadurch herabwürdige, dann ist das einfach nur ekelhaft verlogen und fühlt sich deshalb für die betroffenen Menschen auch nicht besser an. Wie viele „Weiße" bevölkern Strände und Solarien, um auch nur annähernd einen so schönen Teint zu bekommen? Aber "die sehen ja alle gleich aus."

Mir genauso unbegreiflich wie Chinesen, Vietnamesen und Philippinos nicht unterscheiden zu können. Vielleicht solltet Ihr denen öfter mal ganz unbefangen ins Gesicht, in ihre Augen sehen. Asylbewerber, Fremdarbeiter, Flüchtlinge, ausländische Unternehmer, die hier Steuern zahlen, Drogendealer, Menschenhändler und Mafia-Mitglieder (darf man auch nicht mehr sagen) verschiedener Nationalitäten, alle werden in einen Topf geworfen. Nur nicht differenzieren - wir brauchen schließlich Feindbilder. Und die lassen sich wohl am besten aus der Angst vor dem Fremden konstruieren. Dabei ist doch das gerade das Unbekannte spannend und kann unser Bewusstsein erweitern, unsere Weltsicht bereichern.

Behinderte Menschen nennt man neuerdings „besonders", weil ja behindert zu einem Schimpfwort geworden ist. Wie konnte es überhaupt zu einem Schimpfwort werden? Das hat doch mit der Einstellung der Gesellschaft zu den Menschen zu tun, auch weil man sie am liebsten in extra Schulen und Einrichtungen so weit isoliert, dass Kinder den Umgang mit durch Behinderung benachteiligten Menschen gar nicht mehr lernen können.

Das Wort bedeutet doch nur, dass eine Person durch Unfall, Krankheit oder von Geburt an durch eine Beeinträchtigung in seiner freien Lebensbewältigung behindert wird - ist doch eigentlich ein rein äußerliches Merkmal - sagt nichts aus über innere Werte - selten über Intelligenz und schon gar nicht über den Charakter. Solange in unserer Gesellschaft aber weiterhin nur der etwas gilt, der marktwirtschaftlich einsetzbar ist und zu „Wachstum" beiträgt, wird auf solche Menschen weiter herabgesehen – werden sie als minderwertig betrachtet oder bekommen höchstens eine kleine Dosis Mitleid. Dann wird eben „besonders" zum neuen Schimpfwort.

Nur Betroffene selbst können beurteilen, was sie als Diskriminierung empfinden und deren individuelles Empfinden sollte unser Maßstab sein. Das kann man nicht einfach verordnen.

Man sagt also nicht mehr, was man denkt – denkt es aber weiterhin – also behandelt, verurteilt und diskriminiert wie gehabt. Wozu also soll das

gut sein? Welche Zeichen werden dadurch für Kinder gesetzt?

Wodurch lässt sich Denken am besten ausschalten? Nebenschauplätze! Erst ablenken – dann umleiten – schließlich den Kurs bestimmen.

Eingeimpfte Bedrohungen:

Inflation - Verfall des Euro – Terroranschläge – Überfremdung - jedes Jahr eine neue Tiergrippe - Straßenzustand - Generationenkonflikte - Videospiele – Rapper - Zigaretten, Alkohol und Marihuana.

Echte Bedrohungen (über die wir allerdings nicht so viel nachdenken sollen):

Erderwärmung - Umweltverschmutzung durch chemische Industrie und Kohlekraftwerke - Überbevölkerung – Welthunger – Kriege – Machtübernahme durch Konzerne – Totalüberwachung – Kinderarmut - fehlende Perspektiven für die nächsten Generationen.
Warum diese Fehlinformationen? Wenn wir die erste Liste als bedrohlich für unsere Lebensumstände ansehen, haben wir Ängste - können uns kaum noch auf Anderes konzentrieren - können als

Einzelperson nichts verändern - wollen uns gerne führen lassen – heraus aus den Gefahrenzonen. Schließlich werden hierfür politische Maßnahmen versprochen.

Bei der zweiten Liste entsteht eher die Motivation, selber zu handeln, handeln zu müssen und zwar schnell. Systeme und Machtgefüge würden in Frage gestellt. Hier ist es mit ein paar geänderten Gesetzen nicht getan. Genau das ist aber nicht gewünscht.

Schließlich ist das Ziel - merke ich immer stärker -, viele, viele gehorsame, funktionierende und leistungsfähige Arbeiter für wenige superreiche Beherrscher von Banken und Großkonzernen. Unter diesem Gesichtspunkt versteh ich jetzt auch, warum keine echte Bildung mehr vermittelt wird – in vielen Bereichen nur noch Scheuklappenstudien mit Riesenfaktensammlungen - nur zitieren - oft aus dem Zusammenhang gerissen – schön auswendig lernen – nicht selber denken – schon gar nicht kritisch hinterfragen.

Aber mal ehrlich, wer soll denn die Welt voranbringen – oder zurück – neue Erkenntnisse bringen - Entdeckungen machen – das Unbekannte erforschen - wenn nicht die Unangepassten – die nicht eingeschränkten Freigeister? – aber deren Verstand wird systematisch und frühzeitig vernichtet oder gestört

- von den unkritisch folgenden Herden ist da nichts zu erwarten.

Und noch was ist mir aufgefallen – auch Mittel zur Ablenkung vom Wesentlichen und Fehlleitung wertvoller Energien: Durch ständiges Aufeinanderhetzen verschiedener Gruppen wird verhindert, dass alle Bevölkerungsgruppen zusammenhalten und gemeinsam protestieren und handeln. Junge gegen Alte – Frauen gegen Männer – Jugendliche gegen Erwachsene – Arbeitnehmer gegen Arbeitslose - Raucher gegen Nichtraucher – Vegetarier gegen Fleischesser – Christen gegen Atheisten – Muslime gegen Christen und umgekehrt. Und die Medien helfen fleißig mit.

Dabei sind die Konflikte doch gar nicht so groß und könnten mit etwas gutem Willen und Gesprächen gelöst werden. Aber durch die Berichterstattungen wird uns eingeflößt, dass jede Gruppe der anderen bewusst schaden will, was dann sofort Gegenwehr provoziert – so wird die Spirale immer größer und der Graben unnötig tiefer.

In der Schule will man uns beibringen, dass wir miteinander reden, uns in die Lage des anderen hineinversetzen und uns einigen, ohne dass dabei Einer total auf der Strecke bleibt. Genau dieses wird später völlig außer Kraft gesetzt und in sein Gegenteil verkehrt. Obwohl es sicher gut funktionieren würde – wenn sich alle lösen könnten aus dieser konstruierten Frontenbildung.

Zum Beispiel – Rentendiskussion – Alte leben auf Kosten der Jungen – denkt doch mal nach! – Junge müssen hohe Rentenbeiträge zahlen, weil Politiker Rentenzahlungen der Alten verschlumpert haben – hatte ich schon mal – Politik ist auch für hohe Steuern verantwortlich – nicht die Großeltern – so werden die Jungen aufgehetzt – andere Seite – Aufhetzung der Älteren – Lohn- und Gehaltsdiskussionen - finde es auch ungerecht, wenn man im Alter automatisch mehr Geld verdient als Junge am gleichen Arbeitsplatz. Darüber kann man doch mal reden – und nachdenken. Warum über Kritik nicht erst nachdenken? - ist doch nicht die Schuld der Älteren, sondern des Systems. Zu Anfang gibt`s sicher große Empörung – wird missgönnt – etwas wird weggenommen. Stimmt aber nur bedingt. Tatsache ist: die größte finanzielle Belastung hat man zu Anfang mit junger Familie - gleichzeitig auch oft mehr Kraft - evtl. Motivation – Belastbarkeit. Also was spricht gegen höhere Bezahlung?

Wenn die Kinder wenig verdienen, springen oft die Eltern mit höherem Einkommen und weniger Ausgaben ein.

Das ist nicht mehr nötig, wenn die Kinder selbst genug verdienen. So kommt das Geld eben direkt beim Empfänger an ohne Umweg über die Eltern und Großeltern. Den Älteren bleibt dadurch doch gar nicht weniger. Und schon gibt es diesen Streitpunkt nicht mehr. Ähnlich geht es auch bei anderen Polarisierungen.

Männer sind Menschen, Frauen sind Menschen. Jeder Mensch ist anders – hat eigene spezielle Bedürfnisse, Ängste, Vorlieben – manchmal passt`s, manchmal nicht – wo ist das Problem? Wie langweilig, wenn`s nicht so wäre.

Unsere Stadt hat neues Stadion bekommen. Sieht cool aus, heißt aber wie eine Versicherung. Blöder Name, falsches Signal. Konzerthalle trägt den Namen einer Bank. Erinnere mich, dass Hallen, Sportstätten, Plätze und Straßen immer nach berühmten Sportlern, Wissenschaftlern, Künstlern oder anderen verdienten Personen benannt wurden. Jetzt also immer öfter Banken, Versicherungen und Großkonzerne. Namen des Geldes. Zeichen der größten Bedeutung innerhalb der Gesellschaft. Sollen die jetzt die neuen Vorbilder sein? Na dann gute Nacht! Da muss der einfache Mensch ja auf der Strecke bleiben. Er hat kein Potenzial zu ständigem, ungebremstem Wachstum, selten zu großer Gewinnmaximierung. Sehr ungesunde Entwicklung.

Überhaupt dieses ständige Gerede von Wachstum. Ständig mehr, mehr, mehr!!! Warum? Eigentlich reicht es doch, Gewinn zu machen - muss nicht ständig steigen. Jedes Tier, jede Pflanze weiß, wann es/sie aufhören muss zu wachsen. Bei Störungen kommt es zu Fehlbildungen, Schwäche, krankhaften Wucherungen. Genau das haben wir jetzt in der Wirtschaft.

Dass man durch diese Form der Benennung eine Vorherrschaft im Bewusstsein verankern will, ist wohl klar. Nicht umsonst wurden in den kommunistischen Diktaturen die Namen von Lenin, Stalin, Marx usw. bevorzugt. Dadurch setzt man Zeichen. Diese Zeichen lehne ich ab, hier wie dort.

Kriege und Konflikte - provoziert (Militärs, Waffenindustrie), ungerecht, selbstgerecht, unmenschlich. Das ist ja nicht auszuhalten. Wenn ich dann noch höre und merke, dass Nachrichten verfälscht, verdreht, manipuliert werden, kann ich nur noch ausrasten. Wenn ich das Elend der Menschen sehe in so vielen Ländern - nur wegen Bodenschätzen, Profit und übersteigerter Selbstüberschätzung, Geltungsbedürfnis und Gier, ist das die

einzig bleibende Realität. Eigentlich
– alles zusammengenommen – haben wir
doch längst den Dritten Weltkrieg. Ich
möchte schreien, helfen - will Rache
für all die Qualen und Schmerzen. Und
die Kinder da mitten drin mit all den
Bildern im Kopf sollen sich völlig un-
beeinflusst davon zu "wertvollen Mit-
gliedern der Gesellschaft" entwickeln?
Das schaff ich ja nicht mal als Zuschauer. Am liebsten möchte ich zusammenpacken und sofort gegen all diese
Unterdrücker und Despoten kämpfen. Den
Unschuldigen helfen. Endlich einmal
etwas Sinnvolles machen in meinem Leben. Richtig reinschlagen! Die Schuldigen gnadenlos hart bestrafen für
ihre Unmenschlichkeit.

 Aber wer ist wer? Wer macht sich
diese Wut dann zunutze und manipuliert
wieder anders herum? Vor einem Ratten-
fänger geflohen und beim nächsten gelandet – wer kann so etwas wollen?
Doch wie soll man das durchschauen
ohne Wissen und geschultes Denken? Gar
nichts tun ist auch keine echte Alternative. Gibt es einen friedvollen Weg?
Hoffe, ich kann ihn finden. Neues Unrecht löscht altes nicht aus, sorgt
nicht für Gleichgewicht.

 Ich muss noch viel mehr wissen, das
ist der einzige Weg zur halbwegs ob-
jektiven Wahrheit. Gibt es eine allum-

fassende Wahrheit, eine Wahrhaftigkeit, die allen Dingen zugrunde liegt? Das Beste zu wollen ist sinnlos und schadet nur, wenn lauter Mist dabei rauskommt. Das Beste für wen? Ist eh meistens nur eine Ausrede. Aber kann man sich denn einfach raushalten? Auf keinen Fall! Die Erde ist Eins, die Menschheit ist Eins. Ausnahme – die Regierungen! Eigentlich bin ich gegen Kriege. Wie vereinbart sich das? Gar nicht. Trotzdem!

Sind nicht die Meisten gegen Krieg? Wollen in Frieden ihr Leben leben? Warum machen sie dann mit? Gehen gegen einen „Feind", mit dem sie selbst eigentlich gar keinen Stress haben? Sterben für den jeweiligen Machthaber, der nur eigene Interessen verfolgt und selbst gar nicht dabei ist, aber allein die Vorteile nach dem Sieg genießt? Wie logisch ist das denn?

Wenn man dann noch weiß, dass „Beweise" gefälscht, gefakte Propagandafilmchen verbreitet werden, um den Kampf als unser Interesse zu verkaufen. Kommt – wir machen da alle nicht mehr mit! Ab sofort!!! Lassen wir sie doch selber kämpfen, wenn sie es unbedingt wollen! Mann gegen Mann - war gar nicht so schlecht. Dann trifft es auch keinen Unschuldigen mehr. Es bleiben keine traumatisierten Völker zurück, keine dauerhaft gestörten Kinder wachsen so auf, Terrorismus hat keinen Nährboden mehr. Die Streithähne werden es sich dreimal überlegen, ob sie nicht eine bessere Lösung finden. Ich bin für Duelle.

Kann jemand etwas dagegen haben? Würde der Rüstungsindustrie nicht gefallen. Neue Waffen braucht keiner mehr – alte können nicht mehr kostengünstig entsorgt werden. Großes Problem. Heißt ja oft, die Menschheit hätte aus Kriegen nichts gelernt – stimmt nicht ganz. Kommt wie immer auf den Standpunkt und die Interessen an. Wer profitiert von Kriegen? Die Rüstungsindustrie! Alles klar? Die größten Absatzmöglichkeiten ergeben sich im Sinn der Gewinnmaximierung also durch möglichst viele Kriege. Und das am besten in kleineren, weit entfernten Ländern, die wenig Beachtung in den Nachrichten finden, weil da nicht viel zu holen ist. Dadurch besteht dort auch wenig bis gar keine Kontrolle.

Frage mich, ob alle, die dort arbeiten, mal darüber nachdenken, was für Werte und welches Weltbild sie ihren Kindern weitergeben. Was Ihr tut, prägt uns – nicht was Ihr redet! – wenn Ihr lügt, fühlen wir es. Ihr gebt die Atmosphäre und die Leitgedanken des Ortes weiter, an dem Ihr den

Hauptteil der Zeit verbringt. Und es geht etwas kaputt, wenn wir als Heranwachsende merken, dass Beides nicht zusammenpasst und Eure Arbeit schreckliche Folgen hinterlässt. Vorbild tot – Vertrauen im Eimer! Zu dramatisch? Stimmt es nicht, dass die meisten Amokläufe an Schulen in Orten geschehen sind, wo große Rüstungsfabriken, Waffenfirmen o.ä. existieren, zumindest in den USA? Immer noch zu dramatisch? Sucht schon mal nach Ausnahmen, damit Ihr Euch wieder besser fühlt und nicht weiter nachdenken müsst.

Einer, einige Wenige müssen anfangen, sich öffentlich diesem Wahnsinn zu verweigern – möglichst in allen Ländern gleichzeitig. Im Zeitalter des Internets kein Problem mehr. Wir, die Jungen, die sich noch was trauen, müssen etwas unternehmen. Und ein paar Ältere, die wieder klarsehen – die gibt`s – sollten uns helfen. Erwartet nichts von den Erwachsenen im „besten Alter". Die werden nichts tun – sie sitzen in ihren sicheren Nestern und haben ständig nur Angst, dass der nächste Bankensturm sie von den Bäumen bläst.

Kommt mir jetzt nicht wieder mit Vernichtung von Arbeitsplätzen. Es gibt genug zu tun: erneuerbare Energien, Bodensanierung, Umweltschutz, Tierschutz usw.

Fanatismus, Islamismus, Extremismus, Fundamentalismus, Kommunismus, Absolutismus Katholizismus, Protestantismus, Narzissmus, Individualismus, Kollektivismus, Kapitalismus, Liberalismus, jede Form von „Ismus" ist mir verhasst. Verdummt die Menschheit - lässt nichts gelten außer dem eigenen Aspekt und will unbedingt missionieren - wenn`s sein muss, mit Gewalt. Engstirnige Sicht der Dinge - Verherrlichung der eigenen Gedanken - dadurch keine Möglichkeit zur Weiterentwicklung - Verharren auf beschränktem Standpunkt - fehlende Flexibilität - irgendwie total armselig - ohne jede Selbstkritik - basiert auf Minderwertigkeitskomplexen - sonst mehr Offenheit und mehr Interesse, Wahrhaftigkeit zu finden - Weisheit zu erlangen.

Es gibt mal wieder einen Klimagipfel - in Doha - musste erst mal nachsehen, wo das überhaupt liegt. Alle diskutieren wild durcheinander - jeder will nur eigene Interessen durchsetzen - neue Industriestaaten jammern: „Ihr habt jahrelang alles verschmutzen dürfen. Wir wollen jetzt auch mal!" - Kindergarten - wieder keine ernsthaften Beschlüsse - höchstens politische Absichtserklärungen. Die hätte man auch schon vorher verfassen können – hätte keinen Unterschied gemacht. Ach ja, es existiert natürlich auch ein hochoffizielles Protokoll – ohne jede wahre Erfolgsmeldung – wird natürlich nicht so „kommuniziert".

Eigentlich eine Schande – durch dieses Rumgedüse in der ganzen Welt verschlechtern sie das Klima doch noch – warum keine Videokonferenzen – telefonieren doch auch sonst ständig? Gleiches gilt auch für die anderen regelmäßigen Treffen – G7, G8 – alle drei Monate Europäischer Rat – sieben Gipfel pro Jahr – dazu noch andere Jahrestagungen, zum Beispiel OSZE – spätestens alle zwei Monate fliegen also zahllose Politiker mit ihrem Gefolge kreuz und quer durch die Welt, ohne sich darüber Gedanken zu machen. Ich konnte es kaum glauben, als ich das nachgelesen hab. Und die wollen uns etwas von Umweltschutz erzählen?

Heute erst spät heimgekommen. Am Morgen zu spät zur Arbeit. Gigantischer Anschiss, weil ich die Erste der Verspäteten war. Reines Abreagieren. Aber geht schon! Das nächste Mal lass ich mir mehr Zeit, damit jemand anders die Ehre hat, Erster zu sein.

Bahnen fuhren nicht, Busse zu wenig, Bahnstreik – reines Chaos. Viel Ärger, viele Diskussionen. Frage mich wieder

– wer profitiert? Ich denke, die Bahn. Je ungemütlicher es für die Fahrgäste wird, desto mehr öffentliche Ablehnung des Streiks. Da siegt die eigene Bequemlichkeit. Ist ja auch nervig. Das kann man natürlich wunderbar lenken, indem ungenügend Ersatz geboten wird – sicher weniger als möglich wäre – schätze ich jetzt mal. Wenn die Streikenden die Bevölkerung nicht mehr hinter sich haben, wird es schwer, weiter auf Forderungen zu bestehen. Das rechnet die Bahn schon mit ein, um die klein zu kriegen – übles Spiel! Aber wenn die Gewerkschaft mittendrin aufhört, war alles umsonst.

Allerdings Gewerkschaften sind auch mit Vorsicht zu genießen - hohe Tiere kochen auch hier ihr eigenes Süppchen - müssen schließlich was erreichen, um mehr Mitglieder zu bekommen. Seht euch doch bloß mal die pompösen, überdimensionierten Gewerkschaftszentralen an, die sind auch nicht bescheidener als manche Firmensitze - widerspricht eigentlich ihrer Aufgabe und macht sie leicht unglaubwürdig – sollten sich auch mal wieder auf ihre Wurzeln besinnen.

Sprache wird vergewaltigt. Hab mir Worte notiert, die mich sofort aggressiv machen. Im Moment liegen militärische Begriffe „voll im Trend". Z. B.

sind alle möglichen mehr oder weniger gut „aufgestellt". Was soll das? Verstehen die sich alle als Armee? Sind sie im Krieg? Wenn ja, gegen wen?

Alles nur, um nicht zu sagen, wir als Team, Gruppe o. ä. sind der Aufgabe gewachsen - wohl, weil es eh nicht stimmt. Wenn die Truppe nur gut aufgestellt ist, sagt das nämlich gar nichts aus über die Fähigkeiten, eine schwierige Situation zu bewältigen - alles bleibt im Nebel. Der Wille war da, irgendwie, irgendwo - aber es mangelte am Wesentlichen. So verstehe ich das. Das ist mir zuwider!!!

Dann will man uns ständig „abholen, wo wir stehen". Wenn ich irgendwo stehe, dann will ich dort stehen und keineswegs abgeholt werden. Soll ich rekrutiert werden ins Heer der Gleichgeschalteten, die keinen Widerspruch mehr wagen?

Eigentlich meint Ihr, dass Ihr Euch herablassen müsst auf das Niveau der Massen. Das kann man natürlich nicht sagen. Warum eigentlich nicht? Wenn es doch so gemeint ist? Genauso wenig möchtet Ihr klar ausdrücken, dass man von den meisten nicht viel verlangen kann. Auch hier – warum eigentlich nicht? Verlangt doch etwas – vielleicht würdet Ihr Euch wundern!!!

Verlangt echte Leistung, nicht Unterwürfigkeit und Pseudo-Gehorsam. Die ganze Wahrheit scheint mir noch ganz woanders zu liegen. Ihr – die selbst ernannte Elite des Geldes und der Politik – habt im Grunde, bis auf wenige Ausnahmen, jeden Kontakt zum Großteil der Bevölkerung längst verloren und keine Ahnung, wie die „große Masse" lebt oder leben muss – durch Eure Entscheidungen. Deshalb werden Kommissionen bemüht, die im besten Fall nach zwei Jahren und wer weiß wie viel Honorar einen Fixpunkt festlegen können, von dem aus abgeholt und mitgenommen werden soll - an dem sich kritiklos orientiert wird, um noch mehr fragwürdige Entscheidungen zu treffen.

Nachdem man uns dann „abgeholt" hat, werden wir also „mitgenommen" – das nächste Schlagwort. Warum wollt Ihr uns mitnehmen? Bin ich jetzt verhaftet? Was hab ich mir zuschulden kommen lassen? Wie lautet die Anklage? Dass ich da, wo mich niemand wertschätzt, nicht mehr mitmache? Weil ich zu einer „bildungsfernen" Gruppe gehöre, die mühsam versucht, sich einen Rest ihres Stolzes und ihrer Menschenwürde zu erhalten? Und wenn es nicht möglich ist innerhalb dieser Gesellschaft, dann eben außerhalb.

Ist es ein Wunder, dass man sich dann, auf welche Art auch immer, betäuben will, die schmerzhaften Gedanken endlich abschalten will – muss -, ohne die Folgen zu bedenken? Weil man eigentlich gar nicht mehr denken will? Weil man sonst verrückt zu werden droht? Darüber nachzudenken, würde sich vielleicht einmal lohnen.

Wie lange kann man solche Missachtung ertragen? Natürlich wäre es am besten, den Kopf hochzureißen und zu sagen: "Jetzt erst recht. Ich werde beweisen, was ich kann, auch gegen alle Vorurteile und Widerstände!" Aber nicht alle schaffen das. Die werden dann abgeholt.

Warum ich mich so aufrege? Ich bin doch gar nicht gemeint? Weil ich aus einer so genannten guten Familie stamme? Definiere „gute Familie"! Na und? Ich kenne aber genug Leute aus jeder Art von Familie, die ich absolut respektiere, die so viel auf dem Kasten haben und durch dieses Verhalten gnadenlos ausgebremst werden, bis ihnen Kraft, Hoffnung und das Vertrauen fehlen, sich irgendwann einmal beweisen zu können. Und da soll man sich nicht aufregen?

Überhaupt, ich zähle mich nach Euren Maßstäben auch zu der bildungsfernen Gesellschaft. Schließlich habe ich die Schule einfach verlassen. Und dabei habe ich in dieser Zeit jetzt mehr gelernt, als in den ganzen Jahren zuvor. Freiwillig gelernt, gerne gelernt, weil ich etwas wissen wollte, weil mich die Dinge plötzlich interessiert haben. Weil ich nun weiß, ganz allein aus mir heraus, dass ich ohne Wissen dieser kranken Gesellschaft mit ihren falschen Vorbildern nichts, aber auch rein gar nichts entgegen zu setzen habe. Ihre Argumente nur entkräften kann, wenn ich mich wissensmäßig auf ihrer Ebenen finde – weil mir sonst erst gar nicht zugehört wird. Und weil ich das Gefühl hatte, etwas für mein Leben zu lernen – eine Premiere. Außerdem hat sich der Entdeckerwille meiner frühen Kindheit zurückgemeldet, seit ich mich dem – offensichtlich negativen – Einfluss der mich umgebenden Gesellschaft entzogen habe, der mich ständig einschränkte.

„Einen guten Job machen" finde ich auch unterirdisch Das klingt so minderwertig. Entweder ich arbeite gut oder schlecht. Wenn es nur ein Job ist, was ist es dann wert? Kurzfristige Befriedigung höchstens. Für wen? Einen Job mache ich, wenn ich gerade mal Geld brauche. Etwas, das ich vielleicht gar nicht machen will, aber muss, um finanzielle Engpässe zu überbrücken. Das ist nichts, auf das ich bauen kann – im schlechtesten Fall sogar etwas, das ich für den Rest meines Lebens verbergen möchte. Kann das ein Ziel sein? Kann man darauf stolz sein?

Ich nicht! Wenn Ihr eine echte Leistung loben wollt, dann doch richtig und aufrichtig. Wenn nicht, lasst es einfach, sagt lieber gar nichts als so eine Sülze abzusondern.

Oder das Wort „Transparenz", das uns zurzeit ständig um die Ohren gehauen wird. Wie wird das eingesetzt? Man erfährt – oft nur zum Teil – von Vorfällen, Zuständen, Umständen, Machenschaften, die nicht in Ordnung sind. Dann geschieht – nichts!!! Außer einer kurzfristigen gesellschaftlichen Empörung sehe ich keinerlei Konsequenzen und kaum Veränderungen. Was bedeutet also die viel gelobte Transparenz? Dass das Volk einigermaßen ruhig gestellt wird durch die Vorspiegelung, der Einfluss wachse. Aber in Wahrheit heißt „Transparenz" bis jetzt nur, dass wir dabei zugucken dürfen, wie wir beschissen werden. Wann wehren wir uns endlich dagegen?

Angstbegriffe – auch sehr beliebt. „Bedrohung der Sicherheitslage" – was heißt das konkret? Eigentlich sagt dieser Begriff gar nichts aus. Weder über Zustand der Sicherheitslage, noch Ausmaß und Gesicht der Bedrohung. Dass er trotzdem funktioniert, liegt in der Kombination der Worte „Bedrohung" und „Sicherheit". Und schon kann man uns alles unterjubeln, was unsere Freiheit einschränkt.

Es gibt keine absolute Sicherheit. Das Leben endet zwangsläufig mit dem Tod. Wann genau das sein wird, wissen wir nicht. Es sei denn, wir geben uns selbst die Kugel. Wir müssen übrigens auch dann sterben, wenn wir eine Lebensversicherung haben – Versicherungen sind in den seltensten Fällen ein Schutz – schon gar nicht vor dem Ereignis selbst. Gebe ich jetzt mal zu bedenken.

Zukunftsplanung tut not – muss demnächst Berufe vergleichen – bedingungsloses Grundeinkommen als Gegenentwurf Hartz IV gegenüberstellen. Worauf kommt es überhaupt an?

Wie definiert man Arbeit? Grundsatzfrage. Ist Arbeit nur eine Tätigkeit, für die ich bezahlt werde? Oder ist es vielmehr jede Tätigkeit, die einen Zustand oder ein Produkt herstellt, der einem anderen zugutekommt oder ihn entlastet – die Erstellung eines Kunstwerkes – eine Anstrengung, die zur Zerstreuung oder zum Wohlbefinden eines Anderen beiträgt – eine geistige Anstrengung, die der Gesellschaft hilft, sich weiter zu entwickeln – eine geistige Anstrengung, die eine Entdeckung beabsichtigt oder zur Folge hat? Für mich ist das alles Arbeit.

Was ich überhaupt nicht verstehe – warum hat die Höhe der Bezahlung einen höheren Wert als die Tätigkeit selbst?

Wenn zum Beispiel eine Frau bei anderen Leuten für Geld putzt, dann arbeitet sie – wenn sie nur zu Hause putzt, arbeitet sie nicht? Wenn ich die Kinder anderer Leute versorge und dafür bezahlt werde, dann arbeite ich – wenn ich mich um meine eigenen Kinder kümmere, dann arbeite ich nicht? Das ist doch bekloppt! Merkt Ihr´s noch? Sollten wir nicht endlich aufhören, alles über finanziellen Ertrag zu definieren und wertzuschätzen? Das würde den Druck nehmen, ohne die Arbeit schwieriger zu machen.

Weiteres Verständnisproblem – warum wird das Herstellen, Produzieren, Erhalten weniger geachtet, als Kontrollieren, Hinterherschnüffeln, Verschieben virtueller Zahlen auf einem Bildschirm und andere sinnlose Tätigkeiten – genauso wie das Helfen und Sorgen für andere Menschen gern gesehen wird, aber in dieser Gesellschaft nicht wirklich einen Wert besitzt, schon gar nicht einen angemessen bezahlten. Und seit wann genießt eigentlich der erfolgreiche Betrüger mehr Ansehen als der Betrogene, der nur auf Grund seiner eigenen Ehrlichkeit nie auf die Idee gekommen ist, hinter den schönen

Worten könne eine böse Absicht lauern? Das war doch nicht immer so?

Vorstellungsgespräche – auch Erziehung zum Lügen - Vorspiegelung falscher Tatsachen - wie ein schlecht ausgedachtes Rollenspiel. Verstehe die Personalchefs nicht. Glauben die, dadurch unterwürfige Mitarbeiter zu züchten? Wollen sie nicht die Besten für ihren Betrieb? Zeichnen die sich wirklich durch Zeugnisse, Kleidung, Frisur und auswendig gelernte Informationen über den Betrieb aus? Ist die innere Einstellung nicht viel wichtiger? Und wie oft entspricht das gut inszenierte Foto, das über eine Einladung zum Vorstellungsgespräch entscheidet, gar nicht dem Bewerber?
Wenn Euch jemand sagt: „Das hier ist nicht mein Traumberuf, aber ich würde gerne in diesem Betrieb arbeiten. Ich kann versprechen, wenn ich mich für etwas entscheide, dann stehe ich mit meinem ganzen Können und Willen dahinter.", ist der nicht viel glaubwürdiger als die vielen Schaumschläger, die Euch in der perfekt andressierten Körpersprache gegenübersitzen? Jemand, der mit seinen Fähigkeiten nicht 50% übertreibt, weil das die Spielregeln zu sein scheinen, ist gleich im Nachteil, wenn ihm 50% an seinen Aussagen

abgezogen werden. Dabei ist der Ehrliche doch viel eher auch loyal gegenüber seinem Arbeitgeber. Kommt doch mal wieder zum Wesentlichen zurück!

Eine ganze Wirtschaftssparte lebt von dieser Vorspiegelung falscher Tatsachen und zieht den jungen Leuten so das – oftmals geliehene – Geld aus der Tasche – sehe das als Nötigung. Fängt an bei endlosen Fotosessions – vorher Friseur und Kosmetik – dann Imageberater und Trainer – ist doch absurd – will doch nur eine Arbeitsstelle und keinen Modelvertrag. Überhaupt Imageberater – find ich bei Politikern schon krank – gehört hier gar nicht hin. Es geht nicht um Image – es geht um Charakter und echte Fähigkeiten.

Sinnvoller wären bei einigen Berufen psychologische Gutachten, ob man von der Persönlichkeit überhaupt für den Beruf geeignet ist – zum Beispiel Lehrer und Ärzte. Die sollte man ohne überhaupt nicht zum Studium zulassen – haben schließlich entscheidenden Einfluss auf Menschen. Sagt doch mehr aus als ein Einser-Abizeugnis.

Umweltverschmutzung nur durch Raucher? Ich will ja gar nicht abstreiten, dass Rauchen ungesund ist. Aber doch nicht in dem Ausmaß, wie behauptet wird. Wahrhaft gewaltigere Krankheitsverursacher sind die Lufttverschmutzer und Wasserverseucher von chemischen Industrien, Kohlekraftwerken usw. - die Bodenverseucher der Giftmüllindustrie - die Nahrungsmittelindustrie, die mit dem Fleisch gleich Unmengen an Transfetten, Antibiotika und resistenten Krankheitserregern mitliefert - die Fertigprodukten unüberprüfbare Stoffe beimischt - Weichmacher und anderes in Kunststoffen, die Kleider und Kinderspielzeuge in Gifttransporter verwandeln.

Wollt Ihr mir wirklich erzählen, dass Rauchen schädlicher ist, als im Dunstkreis einer Chemiefabrik zu wohnen, auf giftverseuchtem Boden zu leben oder tagtäglich in von Abgasen überlasteten, stinkenden Straßen zu laufen? Aber wer wird alleine verfolgt? Die Raucher. Ach nein - auch die Balkon-Griller! Das ist ja auch so schön einfach. Machen wir doch ein Gesetz!

Schädigung der Gesundheit durch Zucker, Salz, Fett usw. - ganz schön billig und gewohnt oberflächlich - all diese Stoffe braucht der Körper - auf das richtige Maß kommt es an - ist bei jedem Menschen anders - was ist mit Antibiotika im Fleisch - Hormonen in Nahrung und Kosmetika - Metallen und Medikamentenresten im Trinkwasser - manipulierten Genen in Fleisch, Obst,

Gemüse, Mehl und verarbeiteten Lebensmitteln?

Was ist der Grund für die Verharmlosung und das Verschweigen wirklicher Gesundheitsgefährdung? Auch hier hilft die Frage: "Wer profitiert?" Erstens die Firmen, die man dann nur bedingt verklagen kann, weil sie durch die Verteufelung von Zucker, Salz, Fett nicht als alleiniger Verursacher festgestellt werden – nicht mal als Hauptverursacher – was schon wieder nach Volksverdummung stinkt. So sind deren Gewinne einigermaßen vor Schadenszahlungen geschützt.

Zweitens sind es die Versicherungen – was einen ziemlich dunklen Schatten auf den eigentlichen Sinn und deren ursprüngliche Verantwortung wirft – nämlich bei einem tatsächlichen Schaden finanziellen Ausgleich zu leisten. Die Begründungen der Versicherer eine Zahlung abzulehnen, sind ganz schön scheinheilig und bedenklich – hab ich in einer Politsendung gesehen – sie drehen und wenden mit Hilfe ihrer Anwälte das Geschehen so lange hin und her, bis sie eine Art von Mitschuld unterstellen können – die kann noch so klein sein – es wird dadurch oft erfolgreich versucht, nicht zu zahlen. „Sie hatten einen Autounfall – Wasserrohrbruch – Sturmschaden – Brand? Haben Sie vorher zu viel Salz,

Zucker oder Fett gegessen? Haben Sie vor dem Blitzschlag/der Überschwemmung/dem Beinbruch eine Zigarette geraucht? Ja, dann haben Sie leider keinen Anspruch!" Da brauch ich doch keine Versicherung!

Scheinbar hängen die Versicherungen zu eng mit den Banken zusammen, zumindest haben sie wohl in die gleiche Richtung ihr Geschäftsmodell verändert – Richtung Gewinnmaximierung – da stören natürlich diese Leute, die eine Schadenszahlung verlangen, nur weil sie jahrelang „peanuts" eingezahlt haben – das muss verhindert werden – sonst ist ja das ganze schöne Geld weg! Was sagen dann die Aktionäre?

Amoklauf an Schule - Rapper, Computerspiele, Horrorfilme und -romane - sie alle sind schuld am „Verfall unserer Gesellschaft" - der Zunahme der Gewalt. Wieder so eine oberflächliche Verurteilung – und fast alle Erwachsenen plappern es nach – ja, ja, da müssen wir was tun – am besten noch mehr Verbote - nur um nicht an die Wurzeln des Übels gehen zu müssen - das geht doch nicht – dann müsste sich ja die ganze Gesellschaft in Frage stellen – müsste darüber nachdenken, worin ihr eigener Anteil an der sich ausbreitenden Gewalt besteht – oh nein! - welche Anstrengung, so viel zu ändern.

Glaubt Ihr wirklich, dass ein Jugendlicher, der halbwegs mit seiner Situation und der Welt im Ganzen zufrieden ist – der eine Perspektive für seine Zukunft sieht – der Menschen kennt, die er respektiert und die ihm zuhören – das sind nicht so sehr viele – dass der durch das, was er hört, sieht, liest und spielt, gewalttätig wird und Amok läuft? Ich kenn genug absolut Friedfertige, Menschenfreundliche in meinem Alter, die Stephen King lieben, Rap hören und nächtelang bei LAN-Partys oder vernetzt mit mir zusammen Hardcore-Spiele gezockt haben. Sagt weder etwas aus über Charakter noch über labilen Seelenzustand. Haben einfach nur Spaß gehabt – das war`s!

Die behaupteten Schuldigen sind in Wirklichkeit nur die letzten Auslöser für das, was durch Vernachlässigung, fortgesetzte Enttäuschungen, fehlende Wertschätzung, Demütigung, Zorn über all die sichtbaren Ungerechtigkeiten, mangelnde Perspektiven, Hoffnungslosigkeit und Ohnmacht entstanden ist. Wenn sich zum eigenen Schmerz noch der Schmerz der gequälten Menschheit über dir ausbreitet, dann braucht es nur noch einen kleinen Funken, damit alles aus dem Ruder läuft.

Die Rapper hat die saubere bürgerliche Gesellschaft ganz besonders auf dem Kieker. Hört da eigentlich keiner richtig zu? Fällt euch nichts auf - außer der Wortwahl, die regelmäßig für Empörung sorgt? Die den Vorwand liefert, wieder Zensur auszuüben und Texte zu verbieten - lasst das! - wir sind fähig, uns selber ein Urteil zu bilden - spätestens, wenn wir volljährig sind - dann ist jede Form von Zensur ein ungerechtfertigter Eingriff in unsere Privatsphäre.

Immer wieder der gleiche Vorwurf - ich kann`s nicht mehr hören, ohne furchtbar wütend zu werden - die Inhalte hetzen die Jugend auf - bringen sie dazu, Straftaten zu begehen. Das lenkt doch nur von Eurer Mitschuld an der immer gewalttätiger werdenden Gesamtsituation ab. Gut, manche Aussagen finde ich etwas unappetitlich, darauf könnte ich verzichten - aber das nur am Rande - dahinter steckt doch sehr viel mehr Wesentliches. Ich habe mir die Texte richtig angehört - die deutschen wie die englischen/amerikanischen - manchmal dachte ich, mir bricht das Herz - diese tiefe Verzweiflung - diese eindringliche Beschreibung entsetzlicher Seelenzustände - habe teilweise lange darüber nachgedacht und sie zu Nachrichten und Erfahrungen in Beziehung gesetzt. Und ich sag Euch, Ihr liegt völlig falsch - es ist viel schlimmer!

Rapper sind nicht die Brandstifter – bringen nicht die Jugendlichen auf unheilvolle Ideen – bedrohen nicht deren Zukunft. Sie sind nur das Sprachrohr, der Bote – gut, der wurde auch in früheren Zeiten geköpft – wissen aus eigenem Erleben, was der Großteil denkt und fühlt und aus welchen Gründen - das ist das eigentlich Erschreckende – dass sie gar keine Zukunft haben/sehen in ihrer Situation.

Hinter dem gewaltigen Zorn ist immer so viel Verletzung, so viel Enttäuschung, so viel Ohnmacht – das kenn ich ja auch von mir. Solange diese Tatsachen nicht von der Gesellschaft verstanden, als Ursache gesehen und anerkannt werden, so lange wird sie auch nicht in der Lage sein, an den Zuständen etwas zu ändern - im Gegenteil - wenn weiterhin hirnlos große Teile einer ganzen Generation gesellschaftlich verwahrlost und abgeschrieben werden – denn nichts Anderes tut Ihr mit Eurem bequemen Denken der kurzen Wege – wird es zwangsläufig zu Aufruhr und Revolution kommen – Gewalt erzeugt Gegengewalt – auch das Fehlen einer Aktion führt zu einer Reaktion – denn auch wenn ich nicht handle, tue ich etwas – nichts ist nicht immer nichts – manchmal ist es einfach alles!

Beim Thema Zensur fällt mir auch gleich ein weiteres großes Problem ein, das sehr viel kleiner sein könnte, wenn man an den Wurzeln ansetzen würde. Das Verbot von Drogen – was ist eigentlich die größere Gefahr für das Gemeinwesen und die Sicherheit? Die Konsumenten von Drogen – oder die Drogenkartelle mit ihrem Verteilungsapparat?

Nachrichten: Die Polizeiorgane finden kein Mittel gegen den organisierten Drogenhandel – Die Drogenkartelle sind stets einen Schritt voraus – Drogen überschwemmen das Land. Wovon profitiert der Drogenhandel am meisten – was macht die Kartelle reich und mächtig? Was macht es für viele Jugendliche interessant, Drogen auszuprobieren? Das Verbot von Drogen – nicht missverstehen – bin nicht für eine breitflächige Verteilung von Drogen. Hab mal gelesen: Die Einnahme von Drogen sollte für Menschen unter 18 Jahren Tabu sein, aber nicht verboten – ist auch meine Einstellung.

Gedankenspiel – was sind die Folgen, wenn die Freigabe von Drogen erreicht wird? Der Schwarzmarkt würde komplett zusammenbrechen – die Preise würden enorm fallen – für die Kartelle würde sich das Geschäft nicht mehr lohnen – sie würden sich auflösen und ein neues Betätigungsfeld suchen – auch das

Strecken und Verunreinigen wäre dann Vergangenheit – ein ganzer Sektor an Kriminalität wäre einfach nicht mehr vorhanden – enorme Arbeitserleichterung für die Verfolgungsbehörden.

Eine Menge Jugendliche, die nur mal etwas Verbotenes tun wollen, würden Drogen nicht mehr ausprobieren - Abhängige bekämen sauberen Stoff legal – zu normalen Preisen – würden nicht mehr für ihr ganzes Leben kriminalisiert – was eh unmöglich ist - es gäbe kaum noch Beschaffungskriminalität – die Polizei könnte sich intensiv um die Rechts/Linksradikalen und alle anderen kranken Extremisten kümmern - rosige Zeiten – kann es sein, dass wieder jemand etwas dagegen hat?

Seit einiger Zeit hat sich ein neuer Markt entwickelt mit synthetischem Zeug, das in Laboren entwickelt wird und Millionen einbringt – hab ich auch in einer Nachtsendung gesehen – das finde ich gesundheitlich wirklich richtig bedenklich. Es wird gekauft von denen, die etwas einwerfen müssen, aber deshalb nicht vorbestraft sein wollen. Bei den synthetischen Drogen wird das Verbot nach Inhaltsstoffen und deren Gehalt bestimmt – also werden die chemischen Formeln dementsprechend ständig abgeändert und modifiziert – was sie meiner Meinung nach noch gefährlicher macht. Das kann man sich alles legal mit der Post schicken lassen. Dieser Markt hätte sich dann auch erledigt, weil sich auch dieses Geschäft bei sinkenden Preisen nicht mehr lohnt.

Warum nennt man es auch: „sich das Hirn wegblasen", wie fühlt man sich wohl, wenn man das braucht? Man kann die Welt einfach nicht mehr aushalten – das ist es – diese kaputte, kranke Welt, die wir so nicht gewollt und nicht gemacht haben – ich kenne diesen Zustand aus der Vergangenheit nur zu genau. Gott sei Dank waren es nur seltene Ausritte. Unabhängigkeit bedeutet für mich auch, nicht abhängig von Drogen zu sein. Jetzt habe ich ein Ziel, habe mein Wissen erweitert und die Hoffnung, zumindest für mich und mein engeres Umfeld etwas verändern zu können.

Nächster Schritt – um das Abgleiten in die Sucht zu verhindern – muss eine vollständige Aufklärung sein – anstatt plakativ mit Schlagwörtern schocken zu wollen – das nimmt keiner von uns ernst – wir glauben euch einfach nicht mehr – über die biologischen und chemischen Prozesse und deren Folgen auf das Gehirn und andere Organe – z. B. im Biologieunterricht – anstelle des Sezierens von Ochsenaugen und Froschschenkeln. Das würde auch das Fach interessanter machen. Ich hab jedenfalls keine Lust mehr auf Pulver und Pillen, seit ich das gelesen und verstanden habe – und Gras würd ich nur noch rauchen, wenn ich sicher bin, dass ich es dosiert und als reinen Genuss konsumieren kann. Wissen ist alles – auch in diesem Bereich.

Auch hier hab ich mich in der Geschichte informiert – merke immer stärker, man muss Geschichte kennen, um Gegenwart richtig zu verstehen und verantwortungsvoll zu handeln – nicht nur Könige, Schlachten und Jahreszahlen zusammenhanglos auswendig lernen wie in der Schule, sondern die Zusammenhänge erfassen – selber erfassen, nicht von anderen etwas vorbeten lassen – du weißt ja nie, was manipulativ verschwiegen wurde. Die Prohibition in den USA ist das beste Beispiel dafür, dass man mit solchen Verboten nicht nur mehr Schaden für die Bevölkerung produziert, sondern auch dem organisierten Verbrechen und der Gewalt Tor und Tür öffnet, um gewaltige Gewinne zu machen.

Erschreckend ist, dass man schon oft Alkohol und Drogen genutzt hat, um ganze Bevölkerungsgruppen handlungsunfähig zu machen und als minderwertig darzustellen. Mit den Indianern angefangen – man hat sie großzügig mit Alkohol versorgt – nachdem bemerkt worden war, dass sie ihn nicht vertrugen

– irgendwann waren sie davon abhängig
– zusammen mit der erzwungenen Aufgabe
ihrer Lebensweise in den Reservaten –
auch ein Dasein ohne Perspektive, ohne
Stolz – die Kinder verloren so völlig
den Respekt vor den Eltern – sahen
auch keine Zukunft – glitten oft ab in
Kriminalität – ganze Stämme seelisch
und charakterlich vernichtet – so waren sie keine Gefahr mehr – im Gegenteil!

Das Schicksal und die Lebensumstände
der afrikanisch-stämmigen Bevölkerung
und der Latinos in den Ghettos der USA
weisen starke Ähnlichkeiten dazu auf –
nur dass hier Alkohol durch Drogen ersetzt wurde – das ist doch wohl einen
Aufschrei aller anständigen und freiheitsliebenden Menschen wert!!! Auf
den Auswüchsen lassen sich dann wunderbar Vorurteile aufbauen und Unterdrückungsmechanismen in Kraft setzen.
Es scheint also bei einigen ein lebhaftes Interesse daran zu bestehen,
die Verhältnisse so beizubehalten,
weil sie von den so sich selbst bestätigenden Vorurteilen profitieren – z.
B. in einem Wahlkampf.

„Die Geschichte muss neu geschrieben
werden" – toller Satz – hab ich gerade
gehört – dann stimmte Vieles, das
Meiste oder gar alles nicht? Zum Beispiel Nero muss neu beurteilt werden –

wie viele Dinge hat man uns verheimlicht, weil sie nicht in die politische Landschaft passten? – trifft das auch auf andere Herrscher, ganze Länder, Kriege und Siege zu? – wozu dann alles auswendig lernen? – lieber selber nachforschen – Fakten sammeln - nachdenken – Schlüsse ziehen!

In der Schule ergaben all die Zahlen, Reden, Quellentexte überhaupt keinen Sinn – waren nie miteinander verknüpft – immer nur einseitige Sicht auf begrenzte Epochen. Daraus kann man doch nichts lernen. Die Dinge ergeben doch nur im Zusammenspiel der verschiedenen Seiten ein Bild. Griechische Geschichte auswendig gelernt mit ihren Jahreszahlen völlig isoliert von Römischer Geschichte mit ihren Jahreszahlen. Auch dieses Schulfach könnte richtig spannend sein, wenn man uns selbst herausfinden ließe, wie wir die Ereignisse beurteilen – welche Bedeutung sie für unsere Gegenwart und Zukunft haben.

Wollte ja noch mal über ein bedingungsloses Grundeinkommen als Gegenentwurf zu Hartz IV nachdenken – hat auch was mit dem wichtigen Thema „Freiheit und Selbstbestimmung" zu tun. Das Grundeinkommen soll zur Existenzsicherung dienen – unabhängig von einer Erwerbstätigkeit, s. Definition von Arbeit. Kritik: es arbeiten nur noch wenige – müssen die „Faulen" dann unterhalten – ist nicht finanzierbar – das letzte Argument wurde schon entkräftet.

Sehen wir uns doch mal die Kosten und Folgen von Hartz IV an – größter Nachteil liegt in Wertung bzw. Abwertung der Antragsteller durch die Gesellschaft – dadurch ständige Rechtfertigungssituation – auch durch Überprüfungs- und Bestrafungspolitik – unterstellt dadurch jedem grundsätzlich Betrugsabsichten – das züchtet Trotz und Gegenwehr – bindet Energien – lässt Motivationen verkümmern durch Scham und Gefühl der Minderwertigkeit – Selbstbild wird beschädigt – Depressionen und andere Krankheiten entstehen – auch nicht gerade kostengünstig für die Gesellschaft.

Kosten entstehen über die Auszahlungen hinaus durch maßlos überteuerte Mieten – überhöhte Nebenkostenabrechnungen – Gerichtsverfahren nach Kürzungen oder Falschberechnungen – Rechtsanwälte - Sachbearbeiter – Kontrolleure – Missbrauch durch Arbeitgeber, die Hungerlöhne zahlen. Hab gelesen, dass mehr als ein Drittel der Gelder für Hartz IV für Verwaltung draufgehen. Zusammen mit den zuvor genannten Kosten ohne Nutzen sind es sicher 50% der Gelder, die die Bedürftigen bekommen könnten, ohne dass sich die Kosten erhöhen würden.

Also hätte man für ein Grundeinkommen schon mal das Doppelte dessen zur Verfügung, was derzeit an die Menschen ausgezahlt wird – ohne all die demütigenden Nebenerscheinungen. Wer unwürdig behandelt wird, verhält sich irgendwann auch so – wer ständig einer Straftat verdächtigt wird, führt eines Tages auch eine kriminelle Handlung durch – sei es auch nur, um seine persönliche Situation ein wenig zu verbessern – es macht ja eh keinen Unterschied.

Beim Grundeinkommen fallen alle genannten Zusatzkosten weg – der Mensch als Individuum erhält einen höheren Stellenwert – das stärkt die Selbstwahrnehmung – erhöht Motivation und Ehrgeiz, etwas Eigenes zu schaffen - sozial aktiv zu werden – das stärkt soziale Bindungen. Kinder müssen sich nicht mehr für ihre Eltern schämen – was Energien zur Verleugnung der Existenzangst bindet – können besser lernen – sehen einen Sinn im Lernen – haben bessere Zukunftsaussichten. Und die paar, bei denen das ausbleibt, kann die Gesellschaft schon verkraften.

Da Wohnungen wieder persönlich angemietet werden, müssen die Mieten wieder realistisch gestaltet werden und sinken – Arbeitgeber werden sich wieder angewöhnen, anständige Löhne zu zahlen - mehr gut bezahlte Arbeit – mehr Steuereinnahmen. Wer zusätzliches Einkommen will, wird mit Freude und Einsatz arbeiten – weniger Krankheiten, weniger Unfälle, weniger menschliches Versagen – auch ein Haufen weniger Kosten für die Allgemeinheit. Das verdiente Geld kommt durch höheren Konsum wieder in Umlauf.

Wer mit dem Grundeinkommen auskommt, wird vielleicht kostenlos in Schulen und Kitas kochen – weg mit dem Fertigfraß – wird kostenlos Nachhilfe geben, Kinder oder Alte betreuen – dem Nachbarn oder Verwandten beim Hausbau helfen - ach, es gibt so viele Möglichkeiten, wo Menschen sich und ihre Fähigkeiten gerne einbringen, wenn sie gewürdigt werden.

Was spricht jetzt noch gegen ein Grundeinkommen?

Muss mich jetzt endlich auf eine Berufswahl konzentrieren – brauche eine Entscheidung – aber erst mal Entscheidungshilfen – werde Liste erstellen – dann mit meinen Fähigkeiten abgleichen – Weg festlegen - Voraussetzungen schaffen.

Was auch noch berücksichtigt werden muss: Wie kann ich meine Freiheit erhalten und von äußeren Einflüssen – außer dem Wetter – unabhängig bleiben? Innere Abhängigkeiten und Zwänge sind für mich kein Problem, da ich mich diesen aus freiem Willen auf Grund einer Einsicht, eines höheren Zieles oder eines Grundgedankens freiwillig unterworfen habe.

Also welche Berufe sind wirklich von Bedeutung?

Was Menschen brauchen - selbsterklärend:

Landwirtschaft – Fischerei – Bäcker – Metzger – Köche – Brauer - Winzer

Handwerker aller Art

Verteilungsbetriebe – Läden – Geschäfte - Post

Verkehrsbetriebe – regional und überregional

Medizinische Versorgung inklusive begleitender Hilfen und Fürsorge für Mensch und Tier

Bildung in jeder Form für jedes Alter

Seelsorge - soziale Institutionen für jedes Alter

Umwelt- und Tierschutz

Wissenschaften - Forschung

Kunst - Musik - Film - Theater - Malerei - Bildhauerei - Bücher - Fotografie - Schauspielerei - Satire

Informationsmöglichkeiten - wahrhaftige Journalisten - ehrliche Medien

Strafverfolgung - mit Einschränkungen - nur Polizei und Richter - allerdings Änderung des Systems - veränderte Ausbildung mit Blick auf den Menschen - Anwälte - ohne Spezialisierung - außer auf Gerechtigkeit für alle in ihrer ursprünglichen Form.

Was Menschen nicht brauchen - mit Erklärung:

Werbung - erzeugt künstlich Bedürfnisse, die gar nicht vorhanden sind - manipuliert - macht Menschen unzufrieden - schürt Gefühle von Minderwertigkeit - dadurch zu starker Fokus auf Geld - Oberflächlichkeit - Traumwelt/Scheinwelt - verzerrt Realität - gaukelt vor, durch Kaufen glücklich zu

werden - andere Möglichkeiten durch
Fehlen bunter Bilder und Filmchen kaum
noch sichtbar.

Makler - Agenten/Vermittler - ver-
teuern und verschatten Umstände - reden Menschen ein, sie könnten deren
Angelegenheiten schneller, besser,
einfacher regeln - Abgeben eigener
Kompetenzen - Notwendigkeit von Kontrolle - fremde Menschen - bei blindem
Vertrauen Gefahr von persönlichem
Schaden - Abhängigkeit!

Banken - mit Einschränkung - Kreditinstitute - ohne Zinsen braucht man
keine Kreditinstitute - keine Schulden
- Lohn vielleicht lieber wieder bar -
bezahlen bar, ohne Kreditkarten und
globale Überwachung - sparen zu Hause
- totaler Überblick über eigene Finanzen - keine ständige Kontrolle nötig
über Konten und Kreditkartenabrechnun-
gen, ob alles seine Ordnung hat - mehr
Erlebenszeit - Freiheit!!! Es gibt
keinen Geldverlust, wenn ich am Ende
noch über die gleiche Summe verfüge.
Inflation ist Halbwahrheit - nicht alles wird teurer. Speziell größere An-
schaffungen werden viel günstiger,
wenn man ein bis zwei Jahre warten
kann - wird uns alles nur eingetrich-
tert - manche Lebensmittel werden teu-

rer - aber auch hier starke Schwankungen - Konto nur für Dinge, die als Überweisung bezahlt werden müssen - keine Wiedereinführung der Postkutsche! Abschaffung der Abhängigkeit des Staates von Banken - Verständnisproblem: Warum gibt der Staat den Banken Geld und leiht es sich dann wieder zu höheren Zinsen? - Nachdenken über brutale Veränderung des Systems! Alles was künstlich erschaffen wurde, kann man auch wieder abschaffen bzw. zerstören.

Die Börse - mit allem, was daran hängt - nur Tanz um das „Goldene Kalb" - Illusionen - keine echten Werte - manipulierbar durch Kapital - kaum überprüfbar - zu wenig Kontrolle - kaum Regulierung - viel zu viel Einfluss auf tägliches Leben, da alle Bereiche an Börse notiert sind - dadurch kein normales Marktverhalten - Katastrophe für alle Belange der notwendigen Versorgung, die eigentlich in die öffentliche Hand gehört, bei Strom, Öl, Gas, Wohnraum, auch Nahrungsmittel usw. - unethisches Verhalten durch einseitige Konzentration - schon im Studium - auf Profitmaximierung.

Versicherungen - mit Einschränkung - nur normale Absicherung von gewöhnlichen Schäden im ursprünglichen Sinne ohne jegliche Verknüpfung mit Banken und Börse.

Leasingfirmen - auch nichts andere als Kredite - gleiche Form der Abhängigkeit - kaum Überprüfbarkeit der Ansprüche nach Ablauf nach meinen Informationen - teilweise unkalkulierbar - wird auch verkauft als bequem - muss ich aber auch ständig kontrollieren, um nicht übervorteilt zu werden.

Steuerberater - ähnlich wie Anwälte - gleiche Steuern für alle bei mehr Einkommen als Grundbetrag für Lebenshaltung - unkompliziert - gerecht - keine Hintertürchen durch tausend Ausnahmen. Gut, da muss ich nochmal nachjustieren, weil Einkommen sehr stark voneinander abweichen. Zwei, drei Steuergruppen würden jedoch ausreichen.

Konkursverwalter - keine Abhängigkeit von Schulden - kein Konkurs.

Gerichtsvollzieher - keine Schulden - keine Schuldeneintreiber.

Inkassounternehmen - siehe oben.

Rechtsanwälte, die das Recht verdrehen - große Kanzleien betreiben - was allein schon zu Abhängigkeit von zahlungskräftigen Kunden sorgt – und zu Erfolgszwang ungeachtet von Gerechtigkeit sorgt – junge Anwälte korrumpiert – Gerechtigkeit aushebelt.

Einen aufgesetzten, aufgeblasenen Kirchenapparat.

Call Center – aufdringlich – nervig – was ich will, hol ich mir schon.

Spionage – hab ich schon beschrieben.

Persönliche Einschränkungen bei meiner Berufswahl – kein Handwerk - wegen Unfähigkeit – keine Medizin auf Grund der Hierarchie und geforderten Unterwürfigkeit – hätte ich massig Probleme – Lehrerin - bei meinen Erfahrungen mit diesem System auch nicht wirklich vorstellbar – eigene Schule gründen wäre vielleicht eine Lösung.

Bei Strafverfolgung wär ich auch nicht wirklich gut aufgehoben – sehe so vieles nicht ein – halte es für überflüssig – fehlt Flexibilität –

Brauer oder Winzer – fehlt mir völlig der Bezug – Bauer fällt auch weg – kein Bauernhof in der Verwandtschaft -

aus Bereich Kunst liegt mir Musik machen am meisten – aber Zukunftsaussichten sind Glücksache.

Seelsorger ist auch nicht meins – will Menschen nicht erklären- wie sie in den beschissenen Verhältnissen einigermaßen zurechtkommen – will Verhältnisse verändern!

Und Verkehrsbetriebe/Verteilungsbetriebe – na ja – eher nicht – wenig spannend, sehr fad.

Viel bleibt nicht mehr übrig – will genug verdienen, um meinen Lebensunterhalt ohne Zuschuss zu bestreiten – nicht auf alle Luxusgegenstände verzichten – schneller Computer und Internet sind mir schon wichtig – ein paar andere Dinge auch noch. Wie schon gesagt, will nicht ganz unten sein – etwas tun, was Bedeutung hat – was hat überhaupt Bedeutung? Oh Mann!
Möchte auch die Welt kennenlernen, in der ich meinen Platz suche – vielleicht liegt der ja ganz fern von hier in einem stillen Tal der Mongolei – oder im brasilianischen Regenwald – oder hier gleich um die Ecke. Und wenn ich ihn gar nicht finde – wenn es ihn nicht gibt – wenn ich gar keine Zukunft habe – wenn die Unabhängigkeit, die ich suche, Illusion ist?

Was, wenn alles umsonst ist – ich auch im Hamsterrad lande – all die quälenden Gedanken umsonst sind – ich niemals vertrauen kann - ich für immer allein bleibe – oder schlimmer – auch kreuzunglückliche Kinder produziere – die sich ebenso das Hirn zermartern - ebenso ohne Erfolg? Schon wieder kurz davor, verrückt zu werden?

Und wenn ich gar nichts verändern kann - wie lange halte ich es aus, diese Bilder einer Welt zu sehen, wie sie sich mir darstellt? Sehe verhungernde Kinder, verzweifelte Mütter mit ihren toten Babys im Arm, ausgemergelte Großeltern. Sehe sterbende Tiere, ausgetrocknetes, aufgerissenes Land, fürchterliche Überschwemmungen. Sehe Kindersoldaten, zum Töten abgerichtet, die kindlichen Seelen vernichtet. Sehe geschändete, missbrauchte Kinder in Häusern, auf Plätzen, in den Straßen der Weltstädte, allein, abgeschrieben, ohne jeden Schutz - auch ihre Seelen wurden getötet.

Sehe Kinder in Kriegsgebieten, verwundet, mit fehlenden Armen oder Beinen, elternlos, blankes Entsetzen in weit aufgerissenen Augen. Was soll nur aus ihnen werden? Was soll aus mir werden? Ich hab so entsetzliche Angst! Sie schnürt mir die Luft ab! Und dieser unbändige Hass auf diejenigen, die damit Politik machen, sich daran bereichern und oft diese Zustände ganz bewusst steuern, jede Form von Menschenwürde mit Füßen treten. Ich muss irgendetwas tun, um mich aus dieser Qual zu befreien. Das Blut kocht, pocht heiß in meinen Adern, mein Kopf explodiert!

 Und so viele intelligente, vorausschauende Menschen können oder wollen das schreiende Unrecht, den Niedergang jeglicher Menschlichkeit nicht verhindern. Zu viele schauen bei unserer eigenen Selbstvernichtung zu, noch mehr schauen einfach weg, lenken sich ab. Wie soll ich da etwas tun können? Verdammt, das hat doch alles keinen Sinn – das ist schon viel zu weit gegangen! Kein Platz für mich in dieser Welt – es wird immer deutlicher – hab keine Lust mehr – werde so traurig – bin so müde – fühle so unsäglichen Schmerz - am besten beende ich dieses sinnlose…

 Bin gestern Nacht wohl ziemlich schnell weggetreten - wollte sicher letzten Gedanken nicht mehr zu Ende denken – aber in meinem Inneren hat es weitergearbeitet. Schlimme Nacht – schreckliche Träume. Ein Heer von verstümmelten Kindern mit Messern und Keulen an einem blutroten Fluss – der Himmel grau und gelb – brennende, qualmende Pflanzen – drohend kamen sie

auf mich zu - ich war schuldig. Es gab
viele Tränen - viel Gewalt - erinnere
mich dunkel - mir ist schlecht - hab
pochende Kopfschmerzen - gehe heut
nicht arbeiten - bleib jetzt hier sitzen, bis ich weiß, wie und ob es für
mich weitergeht!
  Beim Aufwachen wollte ich mal wieder
eine gewaltsame Revolution - am besten
weltweit - aber das taugt nicht - nach
allem, was ich jetzt aus der Geschichte gelernt habe - würde nur noch
mehr Ungerechtigkeiten und Grausamkeiten in die Welt bringen - nur dann andere Gruppen die Opfer - führt zu keinem Gleichgewicht.
  Eins steht jetzt für mich fest -
einfach aufgeben geht gar nicht - ein
paar Leute müssen anfangen - andere
von einer Umkehr überzeugen, Beispiel
geben, vorleben - die wieder überzeugen noch mehr usw., - endlich mal
sinnvolles Schneeballsystem! Um zu
überzeugen brauchen wir alle! eine
gute Portion an Wissen und Ausdrucksfähigkeit - gleichzeitig dienen Bildung und Wissen zur Selbstverteidigung
und zum Selbstschutz vor Manipulation.
  Freitod - auch schon oft als Option
durchdacht in Augenblicken dunkler
Hoffnungslosigkeit - kommt nicht wirklich in Frage - denke immer, was wenn
bessere Zeiten kommen und ich bin

nicht mehr dabei. Bewusste Entscheidung zum Leben bedeutet aber auch Verantwortung, etwas Gutes damit anzufangen.

Egal wofür ich mich beruflich entscheiden werde – ich darf nie vergessen, warum ich gegangen bin – was ich verabscheue – was ich herausgefunden habe. Und jedes Mal, wenn die satte, kranke, verlogene Gesellschaft mich einzufangen versucht mit ihrem Geld und ihren Heilsversprechen, werde ich mich erinnern - erinnern an die Demütigungen - die geistige Beschränkung und Beschränktheit – die Abwertung und das lächerlich machen der Andersdenkenden – erinnern an ihr wahres Gesicht hinter der politisch korrekten Maskierung – und den Zorn, die Wut bewahren über jede Form von Unrecht. Dann wird es mir gelingen, ihre wahre Motivation zu entlarven und ihre Argumente zu entkräften.

Zurück zur Entscheidungsfindung – ein sinnvoller Beruf muss her!

Was bleibt zu tun ohne handwerkliches Geschick und kaufmännische Ambitionen – welcher Schulabschluss ist nötig? Entweder sehr guter Realschulabschluss oder Abitur – könnte mein Zeugnis der 10. Klasse umschreiben lassen – schlechter Durchschnitt – also nicht sinnvoll – Abitur muss ich machen – entweder an anderer Schule, extern oder Fachabi nach einjährigem Praktikum – Abi nach Lehre entfällt – siehe Realschulabschluss. Wie mein Sommerzeugnis aussieht, weiß ich noch nicht – vielleicht damit bewerben? – zu hohe Fehlzeiten - kommt nicht gut.

Außerdem verlangen sie in vielen Ausbildungsberufen schon Abitur – erschließt sich mir nicht, warum man schon zum Verkaufen von Unterwäsche im Kaufhaus Abi braucht – sagt das nun mehr aus über die Qualität der Ware oder des Abis?

Wo kann ich was verändern mit meinen Fähigkeiten? Ernährung, Umweltschutz, Tierschutz oder medizinische Forschung würden mir liegen – kann ich auch für eigene Lebensführung gebrauchen.

Möglichkeiten:

Koch/Gartenbau – vielleicht kombiniert – anschließend Ernährungswissenschaften

Gartenbau – anschließend Biologie – Pflanzenschutz

Tierpfleger – anschließend Biologie, Tierschutz/Tierforschung

Oder gleich Biologie - spezialisieren auf medizinische Forschung

Eins davon wird`s wohl werden – noch ne Möglichkeit: Journalismus/Geschichte/Politologie/Philosophie studieren – kritische Bücher schreiben – kritische Filme drehen – auch nicht schlecht!

Aber vielleicht gehe ich auch für einige Zeit ins Ausland, um weitere Möglichkeiten der Lebensführung auszuloten.
Also kann es doch noch etwas werden mit mir!
Ha, noch was! Könnte in ein Kloster gehen und von dort aus Menschen helfen. Vor Mönchen und Nonnen, die das tun, hab ich größten Respekt – nur ein Problem – misstraue der Kirche an sich – glaube, dass nur wenig Spendengelder ankommen und man von Rom aus ständig ausgebremst würde. Die Machtstrukturen dort machen mir Angst und ich sehe – auch an den teuren Kostümen – ganz andere persönliche Interessen der Kirchenoberen. Da herrscht die gleiche Politik der Geheimhaltung wie bei den Geheimdiensten – deshalb ist ihnen nicht zu trauen. Da müsste schon ein ganz anderer Papst kommen – einer, der sich wieder an Jesus und die Anfänge erinnert, für den der Mensch wieder im Mittelpunkt steht ohne das ganze verschwenderische Brimbamborium.

Wichtig ist für mich auf jeden Fall, größtmögliche Unabhängigkeit zu erhalten – bedeutet Freiheit – sinnvolle Arbeit an der Basis ohne Kompromisse – so viel verdienen, dass ich auch mit Familie davon leben könnte – Ansprüche auf Notwendigkeit überprüfen. Nicht Karriere ist mir wichtig – Bedeutung und Wertschätzung sind es schon. Arbeit wird für mich niemals bedeuten, nur beschäftigt zu sein, damit die Gesellschaft mit mir zufrieden ist – für zu wenig Geld – wenn die Kosten das Einkommen übersteigen.

Zum Beispiel immer Gegenrechnung machen. Wenn ich nur 400,00 € verdiene, für meinen Weg aber ein Auto benötige – besondere Kleidung – nur noch fertige Nahrung kaufen kann, weil ich keine Zeit mehr habe, selber zu kochen – einen Kita-Platz zahlen muss – wo ist da auch nur der geringste Vorteil? Noch dazu bin ich mit einem solchen als minderwertig angesehenen Job unter Umständen viel eher den Stimmungen und der Herablassung eines Idioten mit Minderwertigkeitskomplex unterworfen.

Diese Form der Arbeit wird mit Vorliebe an Frauen vergeben. Welchen Vorteil haben die Frauen davon?

Haben sie real mehr Geld zur Verfügung bei den genannten Zusatzkosten? – Nein!

Entlastet das die Sozialkassen, sind sie unabhängig von finanziellen Zusatzleistungen? - Nein!

Stärkt es ihr Selbstwertgefühl? - Nein!

Bekommen sie mehr Wertschätzung? - Nein!

Warum wird dann diese Beschäftigungsart überall angepriesen und oft aufgezwungen? Wer profitiert? - Nur diejenigen Arbeitgeber, die durch das Überangebot an Bewerbern in die Lage versetzt werden, die Bezahlung auf ein Minimum zu reduzieren und dadurch letztendlich ihre Gewinne steigern.

Eins ist mir grad klar geworden: Meine Vorstellung von einem unabhängigen Leben ist nur mit Verzicht auf scheinbar selbstverständliche Dinge zu erreichen, die allerdings bei genauem Nachdenken gut verzichtbar sind. Man muss einfach nur für andere Voraussetzungen sorgen und sich bewusst organisieren.

Keine Kredite, Kreditkarten, Ratenkäufe, Leasingverträge - erst sparen, dann überlegt kaufen - unabhängig von Banken - ohne drohende Überschuldung leben.

Kein BAFÖG - diese „segensreiche" Konstruktion der finanziellen Förderung treibt einen ebenfalls in geplante Abhängigkeit. Führt dazu, dass man bereits vor dem ersten Gehalt eine Menge Schulden angesammelt hat, die zurückzuzahlen sind. Das wiederum bewirkt Existenzsorgen von Anfang an – verhindert eine freie Auswahl der Arbeitsstelle oder eine längere Suche nach der richtigen Beschäftigung bzw. kurzfristige Wechsel.

Da man zur Rückzahlung auf ein gewisses Einkommen angewiesen ist, hängt man schnell in einer Endlosschleife, in der man sich Skrupel nur noch schwer leisten kann – die jeden Widerspruch im Keim erstickt. Studieren geht durchaus ohne Zuschuss – man muss halt in den Semesterferien arbeiten, um sich selbst zu finanzieren – dazu das Kindergeld von den Eltern und ein bisschen Bescheidenheit – dann klappt alles. Und mal ehrlich – man braucht keinen Einser im Examen, um ein aufregendes, sinnvolles, anständiges Leben zu führen. Sagt über die Qualität eines Menschen und seinen Charakter nichts aus, außer bei ausgewiesenen Genies, und denen sei ihr Talent gegönnt. Ist auch kein leichtes Leben.

Außerdem würdet Ihr trotzdem ausgenutzt als Langzeit-Praktikanten, Ärzte im Praktikum, in Rechtsanwalts-Kanzleien und Wirtschaftsunternehmen. Dabei müsst Ihr ständig buckeln – sonst keine Chance auf Festanstellung. Das Alles so lange, bis Ihr so viel Neid und Frust aufgebaut habt, dass Ihr nach Erreichen des Ziels auch nur noch nach unten treten und endlich einmal andere unterdrücken wollt. Ist auch eine Art der Erziehung zu Folgschaft und Kritiklosigkeit - weil sie Euch damit brechen – so seid Ihr dann auch nur Sklaven Eurer Herrn – reiche Sklaven – aber eben nicht mehr als Sklaven. Wollt Ihr wirklich so werden? Was bleibt dann noch übrig von Euren Träumen? Und ich bin sicher- die meisten hatten mal welche, die über „reich werden" hinausgingen. Macht Euch das einmal bewusst – ich habe es gerade getan – hier beim Schreiben wurde es mir klar.

Nebenbei - Handwerker sterben aus – bald fehlen so viele fähige Leute – dann steigt deren Wert in der Gesellschaft wieder und auch das Einkommen. Lieber ein geachteter, solider Handwerker als ein mittelmäßiger Hochschulabsolvent, der bei seltsamen, sinnlosen Bürotätigkeiten seine Lebenszeit verschwendet. Also ich wäre stolz auf solch einen Vater.

Gemüse und Kräuter selber ziehen – geht auch auf dem Balkon und der Terrasse – oder Garten pachten. Auf jeden Fall kann man dann sicher sein, möglichst wenig Gift in seinem Körper anzusammeln. Selber kochen, schnell mit einfachen Gerichten kann man auch –

findet sich Vieles in alten Kochbüchern, im Internet, – dient auch der Gesundheit – ist gesünder und billiger als Fertiggerichte. Allein schlichter Pizzateig kann so flott und völlig ohne Maschinen hergestellt und tagelang im Kühlschrank aufbewahrt werden – dann Tomatensoße, Reste drauf, Käse dazu - kein Vergleich mit Fertigpizza!

Bei Eigentum unabhängig von Versorgern werden - eigenen Solarstrom produzieren – Brunnen bohren – Sammelbecken anlegen – eigenes kleines Kraftwerk im Keller – ist alles machbar – hab mich gut informiert. Bauen möglichst mit Hilfe von Nachbarn und Freunden – Mehrgenerationenanlagen ideal - nur möglich bei guter sozialer Verzahnung – muss durch gegenseitige Hilfe aufgebaut werden – dadurch kostengünstige Erstellung möglich. Gute soziale Kontakte, die auf Gegenseitigkeit und Vertrauen basieren, machen uns in vielen Bereichen des Lebens unabhängig von Institutionen, Vermittlern – sparen Geld – viel Geld – bewirken Verständnis für andere Lebensentwürfe – das bringt neue Ideen – mehr Freiheit und Lebensqualität durch weniger Angst vor dem Unvorhersehbaren – Kinderbetreuung, Altenpflege, Krankenbetreuung usw. Für solche Kontakte muss mir mein späterer Beruf auch noch Zeit lassen.

Der Plan steht, es ist alles berücksichtigt, was ich zu diesem Zeitpunkt bewerten kann. Bald muss ich nach Hause zurück – Zeit für eine endgültige Entscheidung. Sollte schon vor dem nächsten Halbjahr stattfinden – verliere sonst zu viel Zeit – die wichtigsten Gedanken sind abgeschlossen – viele Erkenntnisse, Erfahrungen gesammelt- muss bald in der Realität fortgesetzt werden. Erklären sollte ich mich meinen Eltern wohl – Bedingungen für meine Rückkehr will ich auch aushandeln. Habe mir Einiges vorgenommen.

Stopp! Hab gerade so eine Idee. In einer Sendung wurde eben gesagt, die Schere zwischen Arm und Reich klafft immer weiter auseinander. Ja, und die Ärmeren schämen sich dafür, weil die Gesellschaft denjenigen huldigt, die betrügen, lügen, tricksen – aber nur, wenn sie dadurch viel Geld gemacht haben – wie unwürdig! Kann man das nicht umkehren? Ich meine so, dass es wieder angesagt ist, einfach zu leben, wenig zu besitzen und anständig etwas Richtiges zu arbeiten – dass diese Bevölkerungsgruppen wieder hoch geachtet werden – dass man möglichst viel selber kann – das technische System könnte ja mal zusammenbrechen – was dann? Das geht jetzt weg von Eigentlichen – ist aber auch nicht unwichtig.

Das könnte ähnlich laufen wie bei den Pelzen – Pelzträger wurden mal sehr bewundert und beneidet – das hat sich völlig umgekehrt – auch nur durch ein paar Wenige, die das Bewusstsein geschärft haben.

Entscheidung für den richtigen Zeitpunkt wurde mir abgenommen – Internetausgabe unserer Lokalzeitung überflogen, um auf dem Laufenden zu bleiben – Traueranzeige und kleiner Artikel – Ellen ist tot – hat sich das Leben genommen – Staatsanwaltschaft ermittelt noch – muss zur Beerdigung – mein Magen dreht sich um – hab sie im Stich gelassen – sie einfach vergessen – alles verdrängt, weil`s mir unangenehm war ab einem gewissen Punkt. Das war`s jetzt hier – werde zusammenpacken – Job kündigen – Christoph Brief hinterlassen – Nachbarn Bescheid sagen – gehen – habe ein wenig Angst wie wird es sein?

Abrechnung

Obwohl ich nach meiner Rückschau höchstens noch drei Stunden Schlaf hatte, wache ich am nächsten Morgen erfrischt und voller Tatendrang auf. Meine Eltern überraschen mich mit dem Vorschlag, mir einen Platz an einer angesagten Privatschule zu bezahlen, wenn ich dazu stehe, mein Abitur zu machen. Das klingt im ersten Moment sehr verlockend, es würde mir eine ganze Menge Zeit und Aufwand ersparen, aber ein richtig gutes Gefühl habe ich bei dieser Vorstellung nicht. Ich bitte mir deshalb einen Tag Bedenkzeit aus.

Mein Zeugnis ist zwar einigermaßen annehmbar, acht unentschuldigte Fehltage gehen noch, und auch die Aussicht auf eine Nachprüfung schreckt mich nicht. Sorge bereitet mir allerdings die angefügte Bemerkung: "Sophie muss unbedingt an ihrer Selbstkontrolle arbeiten. Sie sollte dringend lernen, Anforderungen der Lehrpersonen zu respektieren und sich einzufügen, um ihren Schulerfolg nicht weiterhin ernsthaft zu gefährden." Nach dem Lesen dieses Textes habe ich das kaum zu unterdrückende Bedürfnis, ein paar Scheiben einzuschmeißen.

Wenn ich damit in der Privatschule auftauche, werde ich von Anfang an als Störenfried eingestuft. Ich sehe schon den roten Alarmpunkt für solche Schüler neben meinem Namen kleben. Außerdem gefährde ich meine Unabhängigkeit, sobald ich das Angebot annehme. Das wäre wieder ein Schritt rückwärts. Nein, nein, lieber trage ich all meine Unterlagen zusammen, fülle die umständlich formulierten Formulare aus und schreibe eine Art Bewerbung mit ausführlicher Begründung, um zur externen Abiturprüfung zugelassen zu werden.

Um meine Eltern von der Ernsthaftigkeit meines Vorhabens zu überzeugen, werde ich ihnen alles zeigen und berichten, was ich in die Wege geleitet habe und sie auch an meinen Lernbemühungen teilhaben lassen. Leicht fällt mir das sicher nicht, aber dieses Vorgehen wird mir ständiges Nachfragen ersparen. Und wenn ich ganz ehrlich bin, stehen ihnen diese Informationen zu, jetzt wo ich wieder unter ihrem Dach wohne. Das ist der Preis für meine Inkonsequenz.

Hätte ich gemäß meiner inneren Überzeugung und gegen die Bequemlichkeit gehandelt, dann wäre ich in der Wohnung geblieben, hätte meinen Job behalten und mich in der freien Zeit auf die Prüfungen vorbereitet. Doch die Tatsache, dass diese Entscheidung den gesamten Prozess stark verzögern würde, hat mich davon abgehalten. Einzig wahrer Vorteil dieser Situation: Es ist mir bewusst geworden, wie schnell man korrumpiert werden kann, wie kritisch man das eigene Handeln stets hinterfragen muss.

Nun kann man argumentieren, es sei doch vernünftig, so zu entscheiden. Die Beurteilung jedoch kann nur mit dem Blick auf das Hauptziel erfolgen. Das Hauptziel in meinem Fall ist Freiheit und Unabhängigkeit, um nicht zu falschem, schädlichem Handeln gezwungen zu sein. Das Abitur ist lediglich ein Zwischenschritt, sozusagen eine nicht einmal unbedingte Voraussetzung, um einen der vorgesehenen Berufe ausüben zu können. Führen Kompromisse – besonders wenn man sie nicht bemerkt oder verdrängt – dazu, dass das Endziel nur noch stark eingeschränkt erreicht wird, dann nenne ich das nicht vernünftig.

Unerwartet friedlich reagieren meine Eltern beim Abendessen auf die Ablehnung ihres Angebotes und die Begründung. Das liegt vielleicht auch an der Erklärung meiner Absichten. Als mein Vater allerdings glaubt anmerken zu müssen, dann könne ja wohl doch noch etwas Anständiges aus mir werden, halte ich die Luft an. Nun steht nur noch ein Kommentar meiner Mutter aus.

Er lässt nicht allzu lange auf sich warten. Da ich also jetzt doch noch mein Abitur machen würde, hätten sie wohl nicht allzu viel falsch gemacht bei meiner Erziehung. Schön, dass das deine einzige Sorge ist, denke ich im Stillen. Ich habe mich für Gelassenheit entschieden, da unser Denken einfach zu weit auseinanderklafft. Still beenden wir unsere Mahlzeit. Nach dem Abräumen gehe ich erst einmal laufen – gegen den Wind – das ist gut für meinen Kopf.

Später in meinem Zimmer nehme ich den Faden noch einmal auf. Kaum Fehler gemacht – von wegen! Es geht doch hier nicht nur um mich. Das Leben besteht aus so viel mehr. Guckt euch mal um in der Welt. Keine Fehler gemacht? Ha!

Und überhaupt nervt mich diese Konzentration auf mich. Vorbei ist es mit der Gelassenheit.

Das kann man sich ja gar nicht alles merken, was Ihr in Gemeinschaft mit den meisten Erwachsenen versiebt habt. Ich möchte euch das gerne einmal klar machen, diese unerträgliche Selbstzufriedenheit und ständige Unzufriedenheit mit uns Jugendlichen, in der Ihr Euch so wunderbar einig seid, durch die Wahrheit zu zerstören.

Ich habe das drängende Bedürfnis, eine Art zusammenfassenden Brief aufzusetzen, der vielleicht nie an die Öffentlichkeit gelangen wird. Vielleicht aber doch! Also los, auch weil ich meine Gedanken beim Schreiben am besten ordnen kann.

Offener Brief an alle Eltern und zur Weitergabe an all jene, die sonst noch meinen, Kindern und Jugendlichen sei es noch nie so gut gegangen wie heute, sie hätten keinen Grund zur Kritik und seien einfach nur verwöhnt und undankbar:

Wir waren nie euer Eigentum. Keiner von uns hat darum gebeten, auf diese Welt zu kommen. Ihr seid die einzigen Verursacher unserer Existenz. Die Gründe dafür sind vielfältig. Sie gehen von der Weitergabe der Gene über einen benötigten Erben bis hin zu gesellschaftlichen Zwängen, Erfüllung geplatzter Wünsche, Rettung einer Ehe, Sicherung der Renten, steuerlichen Vorteilen und dem Vorweisen eines hochintelligenten oder auf andere Weise erfolgreichen Nachkommen. Damit wird uns schon vor unserer Geburt eine ungeheure Verantwortung aufgebürdet. Mit welchem Recht?

Dabei müsstet Ihr die Verantwortung übernehmen, egal wie wir beschaffen sind. Begreifen, dass wir euch nur anvertraut sind für eine kurze Weile, um uns zu lieben, zu beschützen und Vorbild zu sein, bis wir reif genug sind, ein selbstbestimmtes Leben zu führen.

Eure Verpflichtung gilt in erster Linie unserer Seele, nicht unserem Schulerfolg. Wir kamen unschuldig in diese Welt, haben Euch verehrt und vertraut. Doch Ihr habt erst euch selbst und dann uns verraten.

Egal ob Mädchen oder Junge, wir haben ein Recht auf die Bewahrung unserer Würde und wollen als Menschen gesehen werden. Ihr habt uns reduziert auf unseren Notendurchschnitt, Firmennachfolger, auf Vernichter Eurer Karrieren, Stolpersteine für Beziehungen und Schlimmeres. Ihr lasst uns allein, wenn es zu kompliziert wird und redet Euch auch noch ein, das sei schon in Ordnung.

Denn nach eurer Darstellung wollen Kinder glückliche Eltern. Diese These dient Euch als Rechtfertigung für blanke Selbstsucht und Rücksichtslosigkeit uns gegenüber. Natürlich wollen Kinder nicht, dass ihre Eltern unglücklich sind. Aber vor allem und in erster Linie wollen sie selbst glücklich sein und sich aufgrund ihrer ausgelieferten, abhängigen Situation sicher fühlen. Die Pflicht zum Verzicht liegt, wie bereits ausgeführt, ganz eindeutig beim Verursacher. Schließlich ist dieser auch zeitlich begrenzt auf wenige Jahre.

Ihr habt euer gesamtes Leben dem Geld untergeordnet und gehorcht seinen Forderungen, es steht über Allem. Dabei sollte es doch nur ein Hilfsmittel sein, das dem Menschen dient. Euren Verstand habt Ihr kritiklos in den Dienst der Gewinnmaximierung gestellt, wodurch wir in völlige Abhängigkeit geraten sind. Indem Ihr die Macht des Kapitals widerspruchslos unterstützt, ist es zum Goldenen Kalb, zum höchsten Wert in Eurem Leben geworden.

Auch Ihr hattet doch sicher einmal Träume und Ideen für eine bessere, gerechtere Welt, in der jeder Mensch seine Existenzberechtigung hat. Wo niemand an Hunger sterben, aus seinem Land fliehen oder in sinnlosen Kriegen umkommen muss. Wann habt Ihr euch verkauft für Oberflächlichkeiten?

Ihr redet über das Elend in der Welt, seid einen Moment lang betroffen. Dann beruhigt Ihr euer Gewissen mit Geldspenden – schon wieder Geld –, um schnell wieder zu vergessen und nur nicht über die Wurzeln des Übels nachdenken zu müssen.

Ihr lasst es zu, was einer Unterstützung gleichkommt, oder nehmt es als gegeben hin, dass die Erde verschmutzt, vergiftet und ausgelaugt wird. Durch euer Stillschweigen kommt es zu Klimakatastrophen, aussterbenden Tierarten, verelendeten Völkern, verhungernden Kindern, ertrinkenden Flüchtlingen, entsetzlichen Kriegen und der Entwicklung immer grausamerer teuflischer Waffen. Das führt zu immer mehr Zorn und Gewalt, nicht irgendwelche Videospiele!

Weil Ihr das Leben nicht wertschätzt, kann es Massentierhaltung mit unaussprechlichen Quälereien, schädliche Nahrung, steigende Armut, grausames Elend überhaupt erst geben. Durch Stillschweigen und Verdrängung macht Ihr es möglich, dass die Kapitalwirtschaft den Menschen gnadenlos überwacht, entwürdigt, einschüchtert und unterwirft und jede Form von Freiheit oder Menschlichkeit auslöscht. Ohne diese Grundlagen des Menschseins erschafft die Verzweiflung eine kranke, instinktlose, kaputte Gesellschaft. Eine kranke Gesellschaft erzeugt kranke Kinder mit missgebildeten, entstellten Seelen.

Dadurch habt Ihr uns die Zukunft geraubt. Was soll aus uns werden, woran können wir uns orientieren, wo sollen wir hin? Aber für den Platz, den wir nicht mehr haben, sollen wir schön gehorsam und unkritisch lernen, was man uns vorsetzt. Ich will auch nicht mehr hören, dass Ihr unser Bestes wolltet, was ich Manchen durchaus bereit bin zu glauben. Denn der Vorsatz bedeutet gar nichts, wenn durch Unüberlegtheit, Bequemlichkeit, Oberflächlichkeit letztendlich das Gegenteil bewirkt wird.

Worauf können wir aufbauen in einer nahezu zerstörten, verdorbenen, sterbenden Welt? Viel habt Ihr uns nicht übriggelassen! Wir klagen euch an und das zu Recht!

Und sagt jetzt bloß nicht: „Werd endlich erwachsen!"

Notizen

Hier ist Platz für Gedankenblitze, die beim Lesen aufkommen und für Punkte, die den Wunsch nach weiterer Recherche und Diskussionen wecken: